MALENE SØLVSTEN

BLUT DES LEBENS

Ein *Flüstern der Raben*-Roman

Aus dem Dänischen von
Dagmar Lendt und Dagmar Mißfeldt

ARCTIS

Die Originalausgabe erschien 2019 unter dem Titel
Livets blod im Verlag Gyldendal, Kopenhagen.

MIX
Papier | Fördert gute Waldnutzung
FSC® C014496

Deutsche Erstausgabe
1. Auflage

Published by Agreement with Gyldendal Group Agency
Übersetzung: Dagmar Lendt und Dagmar Mißfeldt
Lektorat: Maike Frie
Umschlaggestaltung: Mette Breth
Überarbeitung: Niklas Schütte
Satz: Greiner & Reichel, Köln
Druck und Bindung: GGP Media GmbH, Pößneck
Printed in Germany 2023
ISBN 978-3-03880-086-6

www.arctis-verlag.de

Folgt uns auf Instagram
unter @arctis_verlag

Besaßen nicht Seele,
und Sinn noch nicht,
Nicht Blut noch Bewegung,
noch blühende Farbe.
Seele gab Odin,
Hönir gab Sinn,
Blut des Lebens gab Lodur
und blühende Farbe.

Weissagung der Völva, 10. Jahrhundert

PROLOG

Das Seidengespinst glänzte im Mondschein. Die Spinne zog mit dem hinteren Beinpaar einen fast durchsichtigen Faden aus ihrem Leib und hing daran schwebend über dem Wasser. Ihr Körper war so stark angeschwollen – es grenzte an ein Wunder, dass das Netz ihr Gewicht hielt.

Bevor der Abend sich dem Ende neigte, würde es eine noch schwerere Last tragen müssen.

Ihren hellen Rücken durchzogen unterschiedlich braune Streifen, die der Zeichnung auf den Flügeln von Nachtfaltern ähnelten. Die Spinne arbeitete sorgfältig und geduldig. Aus ihren Spinnwarzen zauberte sie eine beeindruckende Menge an glänzender Seide. Dann hielt sie inne und zog kräftig, als stecke etwas in ihr fest.

Elias beugte sich vor. Eine Brise zerzauste sein Haar. Im Schutz der Schatten beobachtete er die Spinne mit angehaltenem Atem. Im Kraghede Skov rauschten und knarrten Bäume, und der Tau legte sich wie ein Schleier auf ihn. Die Nacht zur Schwelle des Sommers war lau, und den nahenden Tag würde lauter Sonnenschein erfüllen.

Elias hielt seine Beobachtung in einem Notizbuch fest, ohne die Spinne aus den Augen zu lassen. Im Dunkeln konnte man das Papier ohnehin nicht sehen. Er hoffte nur, dass er am Morgen seine Schrift würde entziffern können.

Schließlich gelang es der Spinne, eine perlmuttfarbene Blase aus sich zu ziehen, die die Mondstrahlen widerspiegelte. Das Tier kroch ein paar Fingerbreit hoch, bevor es sich umdrehte, leicht schaukelte und die Perle am Ende des Fadens in Schwingungen versetzte.

Elias konnte nichts riechen, hörte aber das schnelle Schlagen von zarten Flügeln.

»Die weibliche Spinne sondert einen Stoff ab«, schrieb Elias im Dunkeln. »Er ist für Menschen geruchlos, aber meine Beobachtungen lassen keinen Zweifel zu: Sie fängt ihre Beute, statt sie zu jagen.«

Er befeuchtete seine Lippen mit der Zungenspitze. In dem Augenblick kam ein männlicher Nachtfalter angeflogen. Er flatterte um die Falle. Viermal größer als die Spinne, sah er beeindruckend aus. Doch mit einem Bein klebte er schon am Faden, und durch sein hektisches Zappeln schnürte er sich schnell darin ein. Die kleine Spinne kletterte nach unten und umwickelte den Nachtfalter mühsam mit Seide. In einer tödlichen Umarmung schaukelten die Tiere hin und her, und für einen kurzen Moment glich es einem liebevollen Tanz.

Schließlich hingen sie bewegungslos; der Nachtfalter, den die weibliche Spinne fest umklammert hielt, war jetzt ganz und gar in weiße Fäden eingesponnen. Falls der Nachtfalter in seiner Hülle noch lebte, konnte oder wollte er sich nicht mehr rühren.

Elias schlug sein Notizbuch zu. Ein leiser Knall war im Schatten zu hören. Dann verließ er seinen Platz unter dem Baum, weil er in dieser Nacht noch mehr zu tun hatte.

KAPITEL 1

Die Würfel fielen laut knallend auf das Holzbrett. Odin hielt sich die Hand vor den Mund. Sein schwarzes Haar hing über seinen Rücken, und die Haut um die eine leere Augenhöhle durchzogen feine Falten. Er saß auf einem Stein vor einem verzierten Brett, auf dem unterschiedlich geschnitzte und bemalte Spielfiguren standen. Eine stellte einen Mann mit einem Hammer dar, und eine andere war wie ein Eiskristall geformt. Wiederum andere sahen aus wie Wölfe, Vögel und Bäume. Gegenüber befand sich eine Reihe identischer hölzerner Menschenfiguren, die so grob bearbeitet waren, dass nicht zu erkennen war, ob sie Männer oder Frauen, Erwachsene oder Kinder darstellten. Auf Odins Schultern saß je ein Rabe. Einer pickte ihn ins Ohrläppchen, der andere betrachtete aufmerksam das Hnefatafl-Spiel.

»Was hast du gewürfelt?«

»Tīwaz und Dagaz. Ich besitze also für einen Tag die Macht von Tyr.« Odin verschob die Spielfigur, die einen Mann mit fehlendem Unterarm darstellte.

Loki stand nackt mitten in der Höhle. Seine Haut bedeckten blaue Tätowierungen von Spiralen, Tieren und Pflanzen. An Knie, Bauch und Schultern war er an Mühlsteine gekettet. Seine Hand- und Fußgelenke waren mit verdorrten Gedärmen gefesselt. Über seinem Haupt lauerte eine Schlange, deren Körper den Umfang eines Eichenstammes und deren Kopf die Größe eines Pferdes besaß. Aus ihren Fangzähnen tropfte Gift. Eine Frau, die aussah wie ein wandelndes Skelett, fing die Tropfen in einer Schüssel auf. Ihre Kleider wurden nur noch von wenigen Fetzen zusammengehalten, und ihre Arme zitterten vor Anstrengung, die Schüssel in der richtigen Position zu halten. Da schwappte das fast volle Gefäß plötzlich über.

»Dein Gewinn nützt dir nichts, weil du bereits Tyrs Kräfte beherrscht«, kicherte Loki.

Odin sprach in seine Handfläche und unterdrückte so seine Flüche, die er offensichtlich ausspuckte. Das brachte Loki noch mehr zum Lachen.

»Thulr! Du alter Nörgler.«

Odin nahm seine Hand wieder herunter und sah Loki aus seinem einen Auge wütend an. »Du machst noch Witze, so, wie du dastehst? Du solltest froh sein, dass ich dich überhaupt besuche.«

»Ach, lass gut sein. Du liebst die Opfer, die die Menschlein dir bringen, jedes Mal, wenn du eine Naturkatastrophe oder einen Seuchenausbruch gewinnst. Aber nur einmal Glück beim Würfeln und die höchste Punktzahl, und ich bin frei.« Er sang: »Frei, frei, frei. Na, wer würfelt für mich?«

Die Raben auf Odins Schultern schlugen mit den Flügeln. Neben dem Hnefatafl-Brett stand auf dem staubigen Boden Mimirs abgehackter Kopf, der traurig von einem zum anderen blickte.

»Keine Arme – kein Würfelspiel.« Mimirs Stimme war dünn wie ein Blatt Papier.

Odin schüttelte die Würfel klappernd und schritt dabei langsam auf Loki zu. Sigyn war zwei Köpfe kleiner als der Gott und sah mit aufgerissenen Augen zu ihm hoch, als er Loki die Würfel auf der flachen Hand hinhielt.

»Puste.«

Loki legte den Kopf schräg. »Ich habe Haare in den Augen.«

Behutsam strich Odin ein paar graue Locken aus Lokis Gesicht. Als er dessen Haut berührte, schmiegte Loki seine Wange an Odins Hand, obwohl er die Würfel darin hielt. Sigyn schaute weg.

»Puste jetzt!«, flüsterte Odin.

Loki richtete den Kopf auf, schürzte die Lippen und blies langsam. Raureif erfüllte die Luft in der Höhle, die Goldwürfel bedeckte Frost, und die Haut auf Odins Handfläche schimmerte bläulich. Er ballte die Finger um die eiskalten Metallwürfel zur Faust und kehrte Loki und Sigyn den Rücken zu. Abermals beugte er sich über das Spielbrett und öffnete die Hand.

»Welche Runen kommen raus?« Loki hielt den Atem an.

»Jēra und Īsaz. Also Jahr und Eis.«

Loki blickte auf den Boden der Höhle und bewegte lautlos die Lippen, als würde er etwas zählen. Dann verkündete er das Ergebnis: »Ich spare meine Eisjahre für später auf.«

Odin hob den Kopf. »Bist du dir da sicher?«

»Nein. Die Natur ist niemals sicher.«

Odin zuckte mit den Schultern und würfelte noch einmal, diesmal für sich. »Hagal und Ōþala.«

»Was bedeutet das?«, fragte Loki.

»Hagel und Familie.«

»Das weiß ich, aber wie lautet die Auslegung?«

»Nur weil ich Runen lesen kann, heißt das nicht, dass ich sie immer deuten kann«, antwortete Odin. »Ich muss noch einmal würfeln, um den tieferen Sinn zu ergründen.«

»Mach das, aber ich wollte jetzt …«, begann Loki.

»Schh!« Odin würfelte. Sie zeigten Mannaz und Jēra.

»Mensch, Jahr, Hagel und Familie. Was in allen Welten bedeutet das?« Da Odin darauf keine Antwort wusste, wandte er sich an den Kopf auf dem Boden. »Mimir, hilf mir.«

Mimir räusperte sich. Sein schütteres Haar war verfilzt, sein Gesicht übersät von Wunden und unter der Haut wand sich Ungeziefer. Auf der Stirn trug er tief eingeschnittene Runen. Trotz der Makel war sein Antlitz weise.

»Ein menschliches Familienmitglied wird viele Jahre leben. Hagal steht für das Neue, das auf die Zerstörung folgt. Auf den Untergang der Welt. Auf Ragnarök! Das Alte vergeht, und das Neue entsteht.«

»Was ist mit mir?«, fragte Odin.

»Du bist das Alte.« Mimir verzog das Gesicht zu einer Grimasse. Odin richtete sich wieder auf, verpasste dem wehrlosen Kopf einen Tritt und drehte in der Höhle mehrere Runden. Die Raben hatten Mühe, sich auf seinen Schultern festzukrallen. Der eine spreizte seine riesigen schwarzen Flügel, um das Gleichgewicht zu halten. Mimir rollte in einer Staubwolke rückwärts und landete auf der Seite, wo er in den festgetrampelten Lehmboden atmete.

»Roork«, schrie einer der Raben laut.

Genau in dem Moment sah Loki mit weit aufgerissenen Augen und offenem Mund jung und verletzlich aus. »Mit diesen Würfeln hättest du nicht würfeln dürfen. Jetzt ist es in Bewegung gebracht.«

»Die Zukunft ist immer in Bewegung. Der Unterschied ist nur: Ich weiß jetzt, dass da irgendwo ein Mensch lebt, der uns auf Ragnarök zutreibt.«

»Trotzdem habe immer noch ich die Kontrolle über den Fimbulwinter, und ich könnte ihn einfach nicht anbrechen lassen«, verkündete Loki.

»Du hast nicht gerade besonders viel unter Kontrolle, so, wie du da jetzt stehst«, schnaubte Odin. Dann trabte er weiter im Kreis und murmelte vor sich hin. Die meisten Worte verschluckte sein langer Bart. Mimir und Loki sahen einander an, ohne etwas zu sagen.

»Wer ist es, Mimir?«, fragte Odin, als er sich wieder mehr im Griff hatte.

»Ein Vollblutmensch fordert den Allvater heraus«, erklärte Mimir von seiner ungünstigen Position, seitlich auf dem Boden liegend, aus. »Eine Person ohne jedwede übernatürliche Fähigkeiten. Du bist mit ihm verwandt.«

»Wie um alles in den Welten liest du das aus Hagal, Ōþala, Mannaz und Jēra heraus?«, fragte Loki.

Mimir stöhnte immer noch. Kleine Luftstöße kamen dort aus seinem Halsloch, wo unter normalen Umständen die Schlüsselbeine ansetzen würden. »Nicht nur die einzelnen Runen deute ich. Ich sehe auch die Verbindungen zwischen den Zeichen. Alles, was andere nicht sehen können, sehe ich.«

»Pah«, brach Loki aus. Er zerrte an seinen Fesseln aus Stein und Gedärm. »Du hältst dich wohl für besonders schlau.«

»Ich bin schlauer als du. Klüger als alle.« Mimir pustete ein paarmal nach oben, weil ihm ein zotteliges Haarbüschel ins Auge gefallen war.

»Wenn du so klug wärst, würden dir deine Arme nicht fehlen«, sagte Loki sanft.

Mimir schürzte die aufgesprungenen Lippen. »Wie viele andere abgeschlagene Köpfe kennst du, die noch leben? Ich war schlau genug, um den Tod zu überleben.«

Loki sah ihn voll tief empfundenem Mitleid an. »Deine Schläue ging nach hinten los. Genauso wie Unzuverlässigkeit für mich nach hinten losging. Wir haben uns immer nur unserer Natur entsprechend verhalten.«

»Unsere Zeit wird wiederkommen«, flüsterte Mimir. »Die Götter können uns nicht für immer fesseln. Am Ende gewinnt immer die Natur.«

Odin war stehen geblieben, während sich der Kopf und der Riese unterhielten. »Ich stimme Loki zu. Mimir, deine Weissagung muss falsch sein. In meiner Familie gibt es keinen Menschen.«

»Der Ziehsohn deines Sohnes«, kam es prompt von Loki. »Der Apotheker. Elias Eriksen. Er ist ein Mensch.«

»Elias ist nur adoptiert. Wir sind keine Blutsverwandten.«

»Wir beide sind doch auch Brüder, obwohl wir unterschiedlicher Herkunft sind«, konterte Loki. »Wir sind Blutsbrüder, oder etwa nicht?« Letzteres wurde vorsichtig ausgesprochen. Sigyn, die sich auf die Zehenspitzen gestellt hatte und die Schüssel über Lokis Kopf im Auge behielt, neigte das Gefäß leicht, und ein kleiner Gifttropfen fiel auf seine Nasenspitze.

»Aua!« Die Felswand bekam einen Riss, als er vor Schmerz zitterte und an den Fesseln zerrte.

Odin musterte Loki, als der stöhnte. Ein leichtes Zucken um die Mundwinkel verriet, dass es ihn kalt ließ, Loki leiden zu sehen. Dann wandte sich Odin dem einen Raben zu: »Hat Mimir recht? Was wird passieren, Hugin?«

Der Rabe betrachtete ihn. Seine Knopfaugen funkelten und er drehte den Kopf. »Roork. Elias wird dich herausfordern. Er strebt danach, die Toten wieder zum Leben zu erwecken.«

Daraufhin stieß Odin einen ganzen Schwall von Obszönitäten aus. Nach einer Weile hatte er sich wieder so weit beruhigt, dass er Klartext reden konnte. »Kann ich den Lebensweg des Apothekers verändern?«

»Roork. Die Zukunft kann immer verändert werden. Aber das kannst du nicht allein.«

Odin wandte sich Loki zu.

»Nein, nein, neinneinneinnein!« Loki schüttelte den Kopf, sodass ihm die grauen Locken um die Ohren flogen. »Ich will mit deinem Irrsinn nichts zu tun haben. Außerdem gefallen mir Elias und all seine Umtriebe. Der Mensch folgt seiner Natur. Manchmal glaube ich, er hat einen Spritzer Riesenblut in sich.«

»Du bist mein Blutsbruder. Wenn das Leben von einem von uns bedroht ist, kommt der andere ihm zu Hilfe.«

Loki musterte Odin von Kopf bis Fuß. »Dein Leben ist doch nicht bedroht. Ihr Götter. Ein erbärmlicher Mensch geht dir nur ein bisschen auf die Nerven. Nichts weiter.«

Odin setzte eine hinterlistige Miene auf. »Ich erkläre mich selbst für gefährdet. Ganz Asgard ist bedroht. Ha! Dann MUSST du helfen.«

»Ihr Herrscher ruft immer den Ausnahmezustand aus, wenn ihr euren Willen durchsetzen wollt«, schmollte Loki.

»Du hast Mimir doch gehört. Ich bin das Alte, das vergeht.«

Loki sagte verärgert: »Mimir ist ein Orakel. Die faseln doch immer was von Untergang und Verderben. In allen Religionen, deren Anhänger ich einmal war, habe ich nie was anderes zu hören gekriegt als: *Oh, der letzte Tag bricht an. Oh, der Tag des Jüngsten Gerichts ist nahe.*«

»Ich will nichts von deinen anderen Religionen hören.« Eifersucht brannte in Odins Auge. »Du hilfst mir, wenn ich Hilfe brauche. Die andere Zeit stehst du hier. Sigyn nimmt deinen Platz ein, wenn du mir zur Hand gehst.«

Sigyn zuckte zusammen und schaute zur Schlange hoch, die sie bedauernd anblickte. Dann öffnete das Reptil sein Maul, entblößte die Zähne und ließ ein paar Tropfen schillernden Giftes mit einem lauten Plopp in die Schüssel fallen.

»Wer hält mir währenddessen die Schüssel über den Kopf?«, fragte sie schüchtern.

Keiner der Männer würdigte sie auch nur eines Blickes oder einer Antwort.

»Dann steht es fest. Du wanderst hin und wieder auf der Erde herum. Somit bringen wir Elias schnell wieder richtig auf Spur.«

»Du wagst es wirklich, mich herumwandern zu lassen? Du willst der Natur freien Lauf lassen?« Loki bleckte seine langen Raubtierzähne zu einem weißen Grinsen. »Ich bin ungefähr so zuverlässig wie die Schlange über meinem Kopf.«

Odin beugte sich vor und drehte sein Haupt zur Seite, sodass er mit seinem einen noch verbliebenen Auge Loki fixieren konnte. Bei der Bewegung glich er einem Vogel. »Ich brauche deine Kraft. Und ich kann dich knechten, wenn es mir passt.«

»Bist du dir da so sicher?«

Odin drehte sich um, zog seinen Umhang zu und stapfte zum Ausgang der Höhle. Hugin krächzte, was wie Gelächter klang.

»Roork. Wenn das Gjallarhorn erschallt, wird Ragnarök ausgelöst.«

»Das Gjallarhorn?« Odin stutzte, im Weggehen. »An das alte Stück Blech habe ich schon lange nicht mehr gedacht.« Er griff geistesabwesend nach oben und strich die Federn unter dem Kinn des Raben glatt. Als Antwort pickte der Vogel in seinen Finger.

»Aua, fahr nach Nifelhel«, fluchte er. »Du verbiestertes Federviech. Verzieh dich! Flieg runter zu Elias und zieh in jemanden ein.«

Hugin hob von Odins Schulter ab und flog durch den Höhleneingang. Odin zeigte auf den anderen Raben.

»Du fliegst mit dem Tod. Nimm Elias mit, wenn du kannst.«

Der Rabe breitete seine Schwingen aus, schwebte über Odin und kreiste dann in der Höhle. In dem Moment beugte sich Sigyn zur Seite, um die Giftschale zu leeren. Der Rabe sauste blitzschnell an der großen Schlange vorbei, die zischend nach dem Vogel schnappte und Gift aus ihren Fangzähnen versprühte. Der Rabe wich aus, Loki jedoch, der ohne die schützende Schale gefesselt dastand, traf ein großer Spritzer grünen Giftes, das zischend auf seiner Stirn landete, sodass er sich brüllend wand. Dabei bebte der Boden und die Steinwände zitterten.

Die Erschütterung setzte sich von Midgard bis nach Jotunheim fort.

KAPITEL 2

Das Schlimmste war nicht die Atemnot. Schlimmer noch war, dass Karen die Luft aus der Lunge nicht vollständig ausstoßen konnte und die sich beim Einatmen so immer weiter aufblähte. Sie hustete, um wenigstens einen Großteil aus der Lunge zu entlassen. Doch das verursachte nur schmerzhafte Flammen, die nach oben in den Rachen und nach unten in den Magen züngelten. Zugleich durchzog sie Kälte, sodass sie mit den Zähnen klapperte. Sie stöhnte, aber das tat nur noch mehr weh, also konzentrierte sie sich am Ende darauf, bewegungslos dazuliegen. Karens ältere Schwester erschien im Türrahmen. Hinter ihr flackerte das Licht in der Küche, aus der ein gedämpftes Gespräch zu hören war.

»Er ist unterwegs.« Die Schwester trat einen Schritt vor.

Für einen schrecklichen Moment konnte sich Karen nicht an ihren Namen erinnern. Sie hatte keinen Schimmer mehr, wie ihre geliebte Schwester hieß, obwohl sie immer unzertrennlich gewesen waren. Sie spürte nur die Kälte auf der Haut und das Brennen in der Brust.

»Kommt der Tod?«, krächzte sie.

»Was redest du da?« Die Schwester näherte sich dem Alkoven in der niedrigen Wohnstube.

»Du darfst sie nicht anfassen.« Eine Stimme erklang hinter Inge. *Inge!* Natürlich.

»Inge, Inge, Inge«, flüsterte Karen. »Der Tod holt mich jetzt.«

Die Türöffnung verdunkelte sich nun vollends. Im Schatten nahm sie eine Bewegung wahr, die näher kam. Sie rollte sich im Bett zusammen und wäre am liebsten davongekrochen; doch dazu fehlte ihr die Kraft. In einer Wolke von Wachtelblüten- und Engelwurz-Duft näherte sich eine Gestalt und beugte sich schließlich über sie.

Der Tod sah überraschend hübsch aus. Seine graublauen Augen funkelten frech, engelsgleiche, weiche Locken liebkosten seine Stirn, und wohlgeformte Lippen flüsterten unchristliche Formeln. Aus dem rauchenden Gefäß in seiner Hand stieg der Duft von Lavendel und Nelken, und unter dem kleinen Topf brannte eine helle Flamme. Er stellte alles auf dem Nachttisch ab, wo die Flamme ein wenig flackerte.

»Ich entsage dir und all deinem Wesen«, flüsterte Karen.

»Das ist der Apotheker«, erklärte Inge, aber Karen betete leise Richtung Zimmerdecke. »Mein Gott. Hilf mir, mein Gott.«

»Schhh.« Der Laut kam aus dem weichen Mund des Mannes. Er richtete einen langen Stock auf Karen. An dessen Spitze saß eine Nadel. Sie konnte sich zur Ablehnung noch aufbäumen, bevor die ihr in den Hals stach.

»Das hilft.« Die Stimme des Todes war sanft. Dann hielt er seinen Mund ans andere Ende des Stocks und blies hinein.

Karen wollte schimpfen, doch dann setzte die Wirkung ein. Hitzewogen vertrieben die Kälte, der Schmerz in ihrer Brust ließ nach, und sie konnte wieder Luft holen. In einem großen Ausatmer entleerte sie ihre Lunge und sog frische

Luft ein. Der Mann betupfte ihre Lippen mit einem weißen Taschentuch und dunkle, rosenrote Flecken breiteten sich auf dem hellen Gewebe aus. Seltsamerweise schluchzte Inge.

»Karen ist noch so jung«, weinte sie. »Es ist viel zu früh.«

»Lass uns allein«, sagte der Teufel oder der Tod, oder wer auch immer er sein mochte.

Inge schloss die Tür hinter sich, und nur ihr gedämpftes Schluchzen war noch zu hören. Der Mann tastete seine Taschen ab, weil er etwas suchte; und die Alltäglichkeit dieser Bewegung brachte Karen zum Kichern. Plötzlich kam ihr das alles ganz lustig vor.

»Hallo, Satan?« Im Bauch kitzelte es angenehm, als würde sie mit dem Bösen flirten.

»Ich bin der Apotheker.«

Sie fing wieder an zu lachen. »Du kriegst mich nicht in die Hölle.«

»Ich bin nur ein Apotheker.«

Karen konnte ihn jetzt problemlos erkennen, weil die Schmerzen etwas abgeklungen waren. Er schaute unter langen, dunklen Wimpern nach unten und sein hübsches Gesicht war in den Schein der Lampe getaucht. Karen sah ihn wie von goldenen Funken umgeben.

»Ich bin Elias Eriksen.«

»Das weiß ich doch schon!« Sie hatte das Gefühl, als würde sie ein großes Geheimnis preisgeben.

»Was weißt du, Karen Nielsdatter?«

»Dass ich im Sterben liege.«

Elias Eriksen ergriff ihre Hand. Mit dem Zeigefinger drückte er auf ihr Handgelenk. »1–2–3«, zählte er leise. Zwischen den Pulsschlägen wurden die Zeitabstände immer größer; Licht schien, das jetzt nicht von der Lampe auf dem Tisch kam, sondern vom Rand ihres Sichtfeldes. Ganz langsam schwebte sie wie eine Schneeflocke in einer windstillen Winternacht hinab. Elias' Stimme war leise.

»Wie fühlst du dich?«, fragte er wie ein Geliebter, der seiner Auserwählten etwas zuflüstert.

»Jetzt, da die Schmerzen fort sind, geht es mir gut.«

»Ist da eine Seele, die deinen Leib verlässt?«

Karen konnte die Augen nicht länger offen halten, also senkte sie die Lider. Gleichzeitig verschob Elias seine Hand so, dass er ihre in seiner hielt. Der Griff war fest und sicher. Er legte seinen Mund ganz dicht an Karens Ohr. Sein Atem traf ihre Wange.

»Erzähl mir *alles*.«

»Meine Seele befreit sich.« Das war richtig. Sie fühlte, wie sich ihre Seele vom Fleisch löste.

»Was noch?« Er atmete schnell, und jetzt hielt lediglich seine Hand um ihre sie davon ab, auf und davon zu schweben. »Wo bist du? Beschreib es.«

»Hier geht ein lauer Wind, in der Sonne ist es warm, und der Himmel ist so blau, wie ich ihn noch nie gesehen habe. Der Sand ist weiß, das Meer rauscht, und es duftet herrlich.«

»Nach was?«

»Nach Gras, Meer und frischer Luft.«

Er streichelte ihr über die Stirn. »Hast du Angst, Karen?«

»Nein.« Sie hatte keine Angst. Überhaupt keine. »Da kommt jemand.«

»Wer?« Das Wort blieb ihm im Hals stecken, als bekäme er keine Luft mehr.

»Ich kann niemanden sehen, aber ich kann Federn fühlen. Weiche Federn an meinem Hals.«

»Sind sie von einer Taube?«

Der Vogel zog in Karens Körper ein, und jetzt strichen dessen Gedanken durch ihren Sinn. Das Tier lachte krächzend. »Ich bin ganz bestimmt keine Taube.«

Elias sagte eine Weile keinen Ton. Wahrscheinlich suchte er nach Worten. »Bist du ein Spatz?«

»Endlich redest du mit mir. Das fehlte nach allem, was wir durchgemacht haben, und allem, was wir noch zusammen erleben werden.«

»Dann sag schon! Was für ein Vogel bist du?« Elias' Stimme war grell.

»Ein Rabe.« Karen konnte die Hand kaum noch halten. Eine gewaltige Kraft zerrte an ihrer Seele.

»Natürlich ist der Tod ein Rabe«, sagte er vor allem zu sich selbst.

Wieder war Karen von Federn und Schnabel erfüllt. »Wir sehen uns in vielen Jahren wieder, Elias.«

»Karen Nielsdatter und ich sehen uns in vielen Jahren wieder?« Er drückte fester ihre Hand.

»Du und *ich*, wir sehen uns wieder. Bis dahin bin ich viele Male gestorben und wiedergeboren worden.«

»Bleib! Ich habe so viele Fragen an dich.«

Der Vogel in Karen hatte nicht die Absicht, darüber noch mehr Worte zu verlieren. Stattdessen lachte das Tier ein lautes *Roork*.

»Was bist du?«, fragte Elias.

»Ich bin dein Leben und dein Tod. Ich bin Ragnarök. Ich bin der Untergang.« Karen ließ die Hand los und flatterte mit rauschenden, mitternachtsschwarzen Flügeln davon.

Elias' Schrei gellte in weiter Ferne: »Wer bist du?«

KAPITEL 3

Elias stahl sich ins Zimmer. Er sah Cecilie von hinten. Der Schnitt des Kleides betonte ihre Taille, und weil sie ihre Haare hochgesteckt hatte, konnte er sehen, wie die Wirbelsäule vom Hals an unter dem Stoff des Kleides verschwand. Bei einem kleinen Schritt zur Seite bauschte sich der Rock. Er näherte sich Cecilie und stellte fest, dass sie rosige Wangen hatte. Eine ganz andere Farbe als das helle Grau von Karen Nielsdatters Gesicht, kurz bevor sie ihren letzten Atem ausgehaucht hatte. Nachdem der Tod eingetreten war, war Karen schnell wachsgelb geworden.

In Cecilies Schlafzimmer hing ein schwerer Blumenduft. Neben dem Tisch stand ein Korb, dem der Wohlgeruch entströmte. Cecilie beugte sich über ein Buch und hob dann den Blick zu einem hellbraunen Stoffkissen, auf dem eine lila Blume lag. Danach zog sie die Lampe näher heran. Elias spürte, wie sich ihm die Schatten aufdrängten, also trat er dichter an das Licht und Cecilies warmen Körper heran.

Unter ihm knarrte eine Bodendiele, Cecilie aber war so in ihre Arbeit vertieft, dass sie es nicht hörte. Das Papier im Buch war fleckig vom Pflanzensaft, und die aufgeschlagene Seite zeigte Zeichnungen von verschiedenen Kräutern und Blumen. Cecilie beugte sich ganz zu der Blume, die sie am Stiel mit einer Nadel befestigt hatte. Sie spreizte die Blütenblätter mit einer Pinzette und steckte auch diese eins nach dem anderen fest, bis die Blüte vollständig aufgefächert war. Mit der Pinzette fuhr sie die seidigen Blätter entlang. Die hellvioletten Blütenblätter wurden zur Mitte hin immer weißer. Sie schnitt die vordersten ab, sodass die Samenkapsel und die Staubblätter der Blüte freigelegt waren. Vorsichtig legte sie das Skalpell zur Seite und nahm die stumpfe Schere, die sonst bei Operationen dazu verwendet wurde, die Blutgefäße abzuklemmen. Damit teilte sie die Staubblätter.

»Monandria, Diandria, Triandria«, zählte sie, als sie einen Staubfaden nach dem anderen mit der Pinzette vorsichtig abknipste und auf ein kleines Metalltablett auf dem Tisch legte. »Vier, fünf, sechs, sieben, acht.« Sie stieß ein gedämpftes »Ja!« aus.

»Hast du sie gefunden?«

Sie zuckte zusammen und unterdrückte einen Schrei, indem sie sich den Handrücken vor den Mund hielt. Dann wirbelte sie – immer noch mit Pinzette und Schere bewaffnet – zu ihm herum. »Was machst du hier?«

»Ist es eine gewöhnliche Kornrade?« Elias blickte auf die fixierte Blume.

»Ich habe dich über eine Woche nicht gesehen«, rief Cecilie aus. »Und dann fragst du zuallererst, ob ich *deine* Aufgabe gelöst habe.«

Elias blickte hoch. »Die Tür stand offen. Ich dachte, du würdest auf mich warten.«

Cecilies Lippen wurden schmaler und er streckte die Hand aus. Sie ließ ihn trotz allem ihre Hand nehmen, doch sie lag schlaff in seiner.

»Ich bin ohne Umwege hierhergekommen, sobald ich wieder in Aalborg war.«

»Man sagt sich, du hättest Karen Nielsdatter auf dem Sterbebett besucht, bevor sie in den Himmel auffuhr. Jetzt schau doch nicht so erstaunt. Du weißt doch, wie rasch sich Klatsch und Tratsch herumsprechen«, sagte Cecilie.

»Das Gerede verblüfft mich nicht. So weit ist es schlichtweg nicht gekommen.«

»Karen ist nicht gestorben? Es heißt auch, sie sei unheilbar an Schwindsucht erkrankt gewesen.«

»Sie starb, aber sie fuhr nicht in den Himmel auf. Ich weiß nicht genau, wohin sie gegangen ist.« Elias starrte gedankenverloren an die Wand, deren Holzvertäfelung rosa gestrichen und mit grünen Pflanzen auf vertikalen, hellblauen Streifen bemalt war. In der Ecke stand Cecilies Himmelbett, dessen roter Web-Vorhang zur Seite gezogen war.

Cecilie schnipste vor seinem Gesicht. »Elias!«

»Verzeih.« Er blinzelte ein paarmal. »Ich hätte zuerst zu dir kommen sollen.«

Sie lächelte sanft. »Natürlich musst du deiner Arbeit nachgehen. Ich kann warten.«

»Vielleicht kann *ich* nicht warten.« Er strich mit dem Daumen über ihre Knöchel. Sie holte tief Luft. Ihre Pupillen verengten sich, und die feinen Härchen auf den Armen sträubten sich. Weil er Cecilies Hand hielt, fühlte er ihren kräftig pochenden Puls schnell steigen. Ganz im Gegensatz zu Karens schwachem und ungleichmäßigem.

Sie zog ihre Hand zurück. »Wir schauen uns besser die Blumen an.«

»Dein Wunsch sei mir Befehl.« Er verneigte sich steif.

Dann deutete sie auf das Kissen. »Das ist eine Octandria.«

»Wo ist der Saft?« Er linste über ihre Schulter.

»Die hat eine fünfzackige Samenkapsel.« Sie schnitt das

Hellgrüne in der Mitte der Blüte ab, sodass eine klare Flüssigkeit hervorperlte. Mit routinierten Handgriffen fing sie den Tropfen mit der Scherenspitze auf und ließ ihn in ein Schälchen fallen. Elias betrachtete die Werkzeuge.

»Du hast wieder die Operationsinstrumente deines Mannes stibitzt. Was sagt denn der Herr Doktor dazu?«

Sie blickte auf Schere und Pinzette in ihren Händen und legte sie schnell auf den Tisch. »Was mein Mann nicht weiß, macht ihn nicht heiß.«

Elias biss sich auf die Lippe. »Meine Worte.« Er fühlte Cecilies Blicke auf sich; sie schaute aber nach unten, als er sie erwiderte. Er spürte ihre Verärgerung. »Cecilie …«

»Eigentlich solltest du nicht hier sein«, sagte sie mit gedämpfter Stimme.

»Hast du Angst, dein Gemahl erwischt dich spät in der Nacht dabei, dass du das Schlafzimmer in ein geheimes Labor verwandelst? Du führst verbotene alchemistische Arbeiten für einen schönen jungen Apotheker durch«, schäkerte Elias.

Ein Lächeln huschte über ihre Mundwinkel. »Du musst recht selbstgefällig sein.« Sie wandte sich wieder dem Kissen mit der Blüte zu. »Von einem ganzen Korb hatten fast alle zehn Staubblätter. *Decandria.* Das sind die gewöhnlichen Kornradeblüten, von denen einem nur übel wird.«

Wieder stand er so dicht neben ihr, dass sich ihre Schultern berührten. Er nahm den Duft von Sandelholz und Lavendel wahr. Da sie stehen blieb, legte er ihr eine Hand auf den Rücken. Mit einem Finger fuhr er auf dem Stoff die Wirbelsäule entlang. Obwohl er sie berührte, sprach sie weiter, wenn auch etwas atemloser.

»Es gab nur eine Handvoll Octandria. Ich habe zwei

Nächte gebraucht, um sie zu finden, aber die, die es dort gab, haben viel abgegeben. Wenn du noch mehr Kornradeblüten holst, kann ich die Substanz extrahieren. Die ist kräftig, du musst sie mit Opium mischen, wenn du nicht willst, dass es die Leute hypnotisiert.«

Elias nickte nachdenklich. »Ich könnte von der Mischung mit Opiaten Stjórna herstellen. Mit Alkohol verdünnter Kornradesaft dämpft die Fähigkeiten der Leute.«

»Welche Fähigkeiten?«

Elias winkte ab. »Ach, nichts.«

»Was, meinst du, kann reiner Kornradesaft bewirken?«

Elias schaute weg. »Das weiß ich nicht.«

»Warum bittest du mich um Hilfe, wenn du mir nicht verrätst, woran du arbeitest?«

»Weil du eine viel bessere Botanikerin bist als ich.« Die Worte kamen unvermittelt und ehrlich. »Und weil alle Gauner einen Helfershelfer brauchen«, fügte er schnell hinzu, um die Stimmung aufzuhellen.

»Ich bin nur deine Helfershelferin? Und ich dachte, ich sei hier die gerissenste Gaunerin.«

Elias strich ihr eine Haarsträhne hinters Ohr, die sich bei der Arbeit gelöst haben musste. Sie schloss die Augen, als seine Fingerspitzen ihre Haut berührten.

»Wir sind beide Gauner«, flüsterte er und legte den Mund auf ihr Schlüsselbein. Liebevoll küsste er ihren Hals hinauf. Er öffnete die Spange in ihrem Haar, und die Locken fielen in sanften Wellen auf ihre Schultern. Erst schnupperte er daran und genoss den Duft. Dann fand sein Mund ihren.

Sie erwiderte seinen Kuss und zog ihn dann mit sich zum Bett, ohne ihre Lippen von seinem Mund zu lösen. Als sie die roten Web-Vorhänge streiften, zog sie an einer Schnur, damit sie rund um das Himmelbett nach unten glitten. Vom Stoff umgeben, waren sie dort wie in einer Höhle, zogen sich langsam gegenseitig aus und wechselten nur wenige leise Worte.

Danach lagen sie eng aneinandergeschmiegt da. Elias entspannte sich mit Cecilie im Arm. Jetzt war es spät in der Nacht, und Dunkelheit hüllte das Haus wie eine Decke ein. Elias versuchte, wach zu bleiben, aber ihm fielen immer wieder die Augen zu. Cecilie musste genauso müde sein, denn sie gähnte.

»Ich suche wohl besser mein eigenes Bett auf«, murmelte Elias. »Die müssen mich hier nicht unbedingt entdecken.«

»Halt mich einen Moment fest«, flüsterte Cecilie.

Elias drückte ihren nackten Körper an sich und atmete langsam aus. *Eins, zwei, drei und dann los …*

Er glitt so leicht in den Schlaf wie ein Blatt, das vom Baum auf den Waldboden segelt. Im Traum durchstreifte er goldene Getreidefelder, deren Ähren höher waren als er. Odinshöhe tauchte vor ihm auf und erschien ihm so groß wie ein Berg. Den Hügel bedeckten lila Blüten. Mühsam krabbelte er ihn hoch und legte sich auf den Rücken. Über ihm kreisten Raubvögel, und die Sonne brannte. Ein Schmetterling flatterte über sein Gesicht und setzte sich in der Nähe auf einen Stein, in den jemand Runen geritzt hatte. Vorsichtig drehte er sich auf die Seite und betrachtete das Insekt. Im Sonnenschein funkelte Staub auf seinen Flügeln. Sie waren weiß mit einem schwarzen Oval darauf. Der Fleck glich einer leeren Augenhöhle und die Flügel einem Schädel.

»Ziehsohn meines Sohnes«, erklang es.

Elias war sich nicht sicher, ob die Stimme von dem Schmetterling, dem Hügel oder vielleicht der Sonne kam. Er kauerte sich ganz klein zusammen.

»Was habe ich getan?« Elias hörte, wie hell seine Stimme war. Erschrocken hielt er seine Beine umklammert und duckte den Kopf hinter die Knie.

»Sag meinen Namen«, befahl die tiefe Stimme.

»Odin. Allvater«, flüsterte Elias.

»Nur ich allein herrsche über Leben und Tod. Nur *ich.*« Das letzte *Ich* wurde so laut geschrien, dass Elias sich vor Schreck ganz tief ins Gras drückte wie ein verlassenes Hasenjunges. Ein lauter Knall ertönte.

Elias blickte sich verwirrt um. Er wachte davon auf, dass die Tür zu Cecilies Kammer mit einem schallenden Dröhnen gegen die Holzvertäfelung schlug. Er richtete sich halb auf. Neben ihm im Bett schlief Cecilie noch immer. Sie lag mit entblößtem Rücken auf dem Bauch und ihre Haare waren ein einziges Wirrwarr. Die Sonne schien durch das Fenster, das war durch die transparenten Bettvorhänge zu erkennen. Elias' Blick wanderte zur Tür.

Dort standen zwei identische Mädchen mit einem Mann, der ein kleines Kind auf dem Arm trug. Der Mann öffnete den Mund, wogegen die Mädchen die Augen weit aufrissen.

KAPITEL 4

»Vaaaaater.« Die Mädchen stürmten ins Zimmer und warfen sich zwischen Elias und Cecilie.

Cecilie schlug die Augen auf, als sich die kleinen Körper im Bett an sie kuschelten. Elias brauchte etwas, um zu sich zu kommen. Odins Warnung aus dem Traum hallte noch in seinem Kopf wider.

»Endlich! Wir haben dich vermisst«, sagte Sofia mit einem Stirnrunzeln. Die Zwillinge glichen sich wie ein Ei dem anderen, obwohl Sofias Mund ein hartnäckiges Zucken umspielte und Amalie eine unstillbare Neugier besaß. Beide hatten lange, hellbraune, große Locken. Carl, der auf Benedikts Arm saß, streckte die Hand nach seinen Eltern aus. Benedikt ließ ihn über den Boden zu Amalie krabbeln, die ihn ins Bett hob. Elias' dunkelhäutiger Diener schloss die Tür und lehnte sich an die Wand, während er die Familie im Bett mit kaum verhohlenem Vergnügen beobachtete. Seine schwarzen, gelben und roten Dreadlocks hatte er im Nacken zusammengebunden. Er trug eine grüne Seidenjacke und ein Hemd, das am Hals so eng zugeknöpft war, dass man seine vielen Tätowierungen nicht sehen konnte.

Wenn er lachte, funkelten seine Goldzähne im Sonnenlicht. »Dem Pastor würde das missfallen. Ein Mann muss seine Frau in Ruhe lassen, bis das jüngste Kind über ein Jahr alt ist.«

»Der Pastor ist mir gleichgültig.«

»Gott?«

»Einige Götter machen mir Angst, aber nicht der in der Kirche.«

»Ins andere Zimmer.« Cecilie warf Elias einen scharfen Blick zu und scheuchte die Kinder aus dem Himmelbett. »Wir müssen uns ankleiden.«

»Aber ...«, beschwerten sich die Zwillinge.

»Hinaus! Wir sind gleich wieder da.«

Die Kinder stapften durch Cecilies schönes Gemach. Benedikt nahm Carl auf den Arm, der im Vorübergehen nach Cecilies Botanikbuch die Hand ausstreckte. Amalie betrachtete lange die aufgeschnittenen Blumen. Benedikt scheuchte sie weiter, obwohl sie den Hals reckte, damit ihr kein Detail entging.

Als sie sich aus dem Zimmer entfernt hatten, entfuhr Cecilie in gereiztem Ton: »Das sollte *nicht* vorkommen. Die Kleinen dürfen dich nicht in meinem Bett schlafen sehen.«

Elias suchte nach seiner Hose, die unerklärlicherweise weit unter dem Bett gelandet war. »Für die Kleinen ist es von Vorteil, wenn sie eine glückliche Ehe erleben.«

»Glücklich?« Cecilie zog eine Augenbraue hoch. »Eine Ehe, in der sich der Mann wie ein Dieb in der Nacht hereinschleicht.«

Elias zog seine Hose an, stand barfuß und mit nacktem Oberkörper vor ihr. Er wollte nach ihr fassen. »Wenn ein Mann seine Frau nicht ab und zu verführen darf, hat es nicht viel mit einer Ehe zu tun.«

Cecilie wich seiner Hand aus.

»Das war ein Scherz. Ich dachte, auch du findest Gefallen an dem Spielchen. So schien es mir jedenfalls.«

»Natürlich habe ich daran Gefallen, aber ...« Sie verstummte.

»Bist du nicht glücklich mit mir?«

»Ich bin glücklich«, sagte sie schnell. »Wenn du endlich einmal hier bist.«

»Was soll das heißen?«

Sie straffte ihre Schultern. »Bei unserer Heirat waren wir uns einig, dass wir zusammenarbeiten wollen. Wir wollten alles untersuchen und alle Bücher lesen.«

»Das machen wir doch auch.« Er zeigte auf ihren Arbeitstisch mit den Blumen und Heilmitteln.

»Du erteilst mir Aufträge. Du fragst mich nie, was *ich* gern möchte.«

Elias verschränkte die Arme. »Du kannst von Glück reden, dass ich dich überhaupt einbeziehe. Die anderen Frauen sitzen schlecht gelaunt mit Näharbeiten zu Hause und beten zum Herrn.« Elias deutete mit einer spöttischen Geste nach oben. »Wenigstens lasse ich dich lesen und Pflanzen untersuchen, obwohl es für Frauen verboten ist. Ich weiß, dass der Teufel dich nicht verführen wird.«

Cecilie stand auf. »Darüber freue ich mich auch, aber du hast versprochen ...« Ihre Stimme versagte, und sie musste sich sammeln, bevor sie weitersprechen konnte. »Ich habe deinen Antrag angenommen, weil du anders warst als meine anderen Verehrer. Dein Diener ist ein Zauberer aus Afrika, und du kannst die kompliziertesten Arzneien herstellen. Der Demigott Od Dinesen ist dein Ziehvater ...«

Elias unterbrach sie: »Dir ist bekannt, dass ich nicht über Od reden möchte.«

»Verzeih.« Cecilie versuchte, langsamer zu sprechen. »Du bist hundertdreißig Jahre alt und immer noch neugierig. Das liebe ich an dir; aber vor allem, was du im Labor machst, habe ich Angst.«

»Die Versuche sind völlig harmlos.«

Cecilie verschränkte die Arme vor der Brust. »Du bist nie ganz unschuldig.«

»Ich forsche.«

»Dann verrate mir, woran du forschst, wenn es so harmlos ist.« Da Elias keine Antwort gab, schüttelte sie bitter lächelnd den Kopf. »Schau an. Du willst mir nicht sagen, was du machst.«

»Nur zu deinem Schutz.«

Cecilie senkte ihre Stimme und sprach langsam, was sie nur in allergrößter Wut tat. »Ich bin nicht zartbesaitet, und ich bin eine gute Assistentin.«

Elias stülpte sich umständlich das Hemd über, schüttelte die Jacke so heftig aus, dass der Stoff knallte, zog sie an und drehte sich um.

»Die Kinder warten auf dich. Sie haben dich vermisst«, protestierte Cecilie, als er auf die Tür zum Flur zuging.

»Sag Benedikt, er soll ins Anatomische Theater kommen. Ich habe verschlafen. Was wir zu tun haben, muss innerhalb der nächsten Stunde geschehen.«

»Ich muss dir etwas über Carl erzählen.«

»Das muss warten.« Elias öffnete die Tür.

»Elias!«, rief sie, doch er war schon fort. Die Tür schlug er hinter sich zu. Er stampfte den Flur entlang. Von den Wänden starrten ihn die Porträts längst verstorbener Apotheker mit ernster Miene vorwurfsvoll an.

»Hört auf zu glotzen«, knurrte er. »Ich weiß, dass eure

Geister anwesend sind, obwohl ich sie nicht sehe.« Er erreichte das Auditorium, wo sich sein Laboratorium befand. Vor der Tür atmete er langsam aus, um sich zu beruhigen. Schon jetzt war ihm klar, dass Cecilie recht hatte. Später würde er sich entschuldigen, zuerst hatte er aber noch etwas zu erledigen. Er öffnete die Tür zum großen Hörsaal, der wie ein Amphitheater gebaut war.

Um diesen Raum hatte er das Apothekerhaus nach dem Kauf des Anwesens zuerst erweitert. Hier nahm er Sezierungen vor und unterrichtete die wenigen Aspiranten, die es in Nordjütland gab. Er forschte auch, wenn außer Benedikt keine anderen Augenzeugen anwesend waren.

Von ganz oben blickte Elias hinunter auf den runden Boden vor den schräg aufwärts verlaufenden Bankreihen. Auf hohen Säulen thronten die Marmorbüsten der entschlafenen Apotheker, deren Porträts draußen im Korridor hingen. Ganz oben hinter der letzten Zuschauerreihe befand sich ein großes Fenster, durch das Licht in den Saal fiel. Von dort aus konnte man sehr gut die Wipfel der Bäume im Klostergarten hinter dem Apothekerhaus sehen. Doch Bäume weckten im Moment nicht seine besondere Aufmerksamkeit.

Denn dort unten stand ein menschenlanger, mit einem weißen Laken abgedeckter Tisch. Unter dem Tuch zeichneten sich deutlich die Konturen eines Frauenkörpers ab. Die Brüste wölbten sich, die Rundung der Schultern und der Hüftknochen warfen Schatten auf das helle Gewebe. Es erinnerte an die Sanddünen an der Nordsee. Leise schloss er die Tür hinter sich und stieg gemessenen Schrittes die Treppe hinab. Ganz unten am Tisch angekommen, legte er seine Hand auf den verhüllten Knöchel der Frau. Fleisch und Knöchel waren eiskalt; und was einmal ein warmer und weicher Muskel gewesen war, fühlte sich durch das Laken jetzt wie Holz an. Er schlug das Tuch zurück.

Karen Nielsdatter lag mit blau angelaufenen Lippen und gelblich weißer Haut vor ihm. Erst in der Nacht zuvor hatte er mit ihr gesprochen, aber jetzt lag sie leblos da. Er hatte wahrgenommen, wie ihre Seele in einer Wolke aus Federn davongeflogen war. Aus dem Grund war er sich sicher: Vor ihm lag kein Mensch, sondern eine leere Hülle. Er blickte hoch zur Decke des Auditoriums.

»Wenn deine Seele noch hier ist, dann komm!«, rief er. Eine Antwort blieb aus, etwas anderes hatte er auch nicht erwartet. Seine Augen waren wieder auf Karen auf dem Seziertisch gerichtet.

Sie konnte höchstens neunzehn Jahre alt gewesen sein und lag da, reglos mit geschlossenen Augen und einem geheimnisvollen Lächeln. Er schwor sich, eines Tages diese Art von Schwindsucht, die sie getötet hatte, genauer zu studieren, um dann deren tödliche Umklammerung zu bekämpfen. Aber jetzt stand eine andere Aufgabe an.

Auf den Rolltisch neben Karin stellte er ein zylindrisches, flaschenähnliches Gefäß, das aus einem runden Glaskolben in einem Metallgestell bestand. Aus dem Deckel ragte ein Bügel, an dem er ein Stück Kupferdraht befestigt hatte. Jetzt wärmte er einen Klumpen Bienenwachs in seinen Händen auf, bis er weich war. Dann drückte er ihn auf Karens nicht mehr schlagendes Herz und strich ihn glatt, sodass auf der Haut eine Beule entstand. Danach steckte er das Ende des Drahts in den Klumpen. Er öffnete den Metalldeckel auf dem Kolben, um eine Salzwasserlösung einzufüllen.

Karen lag auf einem ungebleichten Laken. Bereiche ihrer Haut an Beinen und Rücken, die die Unterlage berührten, hatten sich bereits dunkelblau verfärbt und bildeten einen Kontrast zum hellen Baumwollstoff. Elias hatte ihn unter die Tote gelegt, damit etwaige Körperflüssigkeiten aufgesaugt wurden. Plötzlich kam ihm aber der Gedanke, dass das Laken sie wärmen würde, wenn das Experiment gelänge. Das Skalpell schwebte über der Vertiefung an ihrem Halsansatz.

»Was machst du da?« Mit diesen Worten kam Benedikt durch die Tür neben dem Fenster. Er stand einige Meter oberhalb, sodass er die Stimme erheben musste, um zu Elias durchzudringen, der vollständig in seine Arbeit vertieft war.

Elias, der kurz davor war, Karen in die Haut zu stechen, zuckte bei Benedikts Ruf erschrocken zusammen.

»Sollte Karen Nielsdatter nicht morgen bei deiner Vorlesung seziert werden?«

»Es kann uns gelingen. Die Totenstarre ist noch nicht eingetreten.«

Benedikt übersprang jede zweite Stufe auf der Treppe zwischen den Bankreihen und kam unten bei Elias vor den Zuschauersitzen an. »Die Eintrittskarten für die Sektion waren heute Morgen in weniger als einer Stunde ausverkauft. Wir lassen sogar Frauen und Kinder zu, wie du angeordnet hast.«

Elias blickte auf. »Ich hätte nicht gedacht, dass die Leute so begierig auf neues Wissen sind.«

Benedikt zuckte mit den breiten Schultern. »Ich vermute eher, sie wollen Blut sehen. Der Mob strömt auch zusammen, wenn jemand gehängt wird. Jetzt kommen sie, um zuzugucken, wie ein junges Mädchen aufgeschnitten wird. Ich kann ganz und gar nicht verstehen, warum du so versessen darauf bist, Bauersleuten Einblick in deine Arbeit zu gewähren.«

»Mit Aufklärung können wir ihnen den Aberglauben austreiben, damit Kräfte und Götter weniger Macht über sie erlangen.« Elias schüttelte den Kopf. »Aber das Volk muss unter allen Umständen auf anderem Wege aufgeklärt werden.«

Benedikt umrundete den Tisch. Elias fiel auf, dass sein Gang geschmeidiger und schneller war als sonst.

»Ist Mardöll hier gewesen? Du weißt sehr wohl, dass mir das missfällt.«

Benedikt räusperte sich. »Was ich in meinem Zimmer tue und lasse, ist ganz allein meine Angelegenheit.«

»Solange du ihr meine Geheimnisse nicht verrätst, kannst du machen, was dir beliebt. Aber sie ist schlau wie ein Fuchs.« Elias beugte sich über den Leichnam.

»Mardöll ist eine listige Hexe«, gab Benedikt ihm recht. »Aber wir haben viel gemeinsam. Zum Beispiel unseren Glauben, obwohl wir verschiedene Götter anbeten.«

Elias rümpfte die Nase. »Mein Glaube gehört der Wissenschaft.«

»Wirklich?« Benedikt zog die Augenbrauen hoch.

»Die Götter existieren, aber sie nützen mir nichts.«

»Ich glaube, da irrst du.«

»Du *glaubst* …«

Benedikt krempelte die Ärmel hoch. »Was soll ich tun?«

»Ich werde Electricus benutzen. Steck das in die Batterie. In den Glaskolben.«

Benedikt krümmte die Finger, als er eine Zauberformel murmelte, und seine Hände summten vor magischer Energie. Vorsichtig hielt er den Bügel am Kolben fest und ließ den Strom fließen. Im Wasser entlud er sich in kleinen

Blitzen. Elias schob den Glaskolben zur Seite und bekam einen kräftigen Schlag in die Finger, als er aus Versehen den Metallbügel berührte. Blaue Zungen leckten am Kupferdraht und liefen in Karens totes Herz. Auf ihrer Haut breiteten sich rote Strahlen aus. Dann zitterte sie. Als der Strom durch ihren Körper floss, krampften ihre Muskeln immer stärker, und schließlich hämmerten ihre Hände auf den hölzernen Seziertisch ein. Der Kolben wäre von der Erschütterung fast umgefallen, wenn Benedikt ihn nicht festgehalten hätte, doch dabei bekam er eine große Menge Strom ab. Zum Glück war es sein eigener, und er war abgehärtet, stöhnte jedoch vor Schmerzen.

»Ist es geglückt?«, konnte er herauspressen.

»Nur die Muskeln ziehen sich zusammen.« Elias umrundete den Tisch.

Benedikts Haare qualmten, und im Hörsaal roch es reichlich stark nach verbrannter Haut. Elias griff nach dem Fläschchen Kornrade, für deren Extrahierung Cecilie zwei Tage gebraucht hatte. Er goss ein paar Tropfen in einen ausgehöhlten Weidenzweig, den er an beiden Enden schräg angeschnitten hatte. Dann steckte er ein Mundstück auf, griff erneut zum Skalpell und stieß Karen ein Loch in den Hals. Mit flinken Fingern schob er den Weidenzweig in die Ader. Der Strom traf ihn durch ihre steifen Muskeln und ihre Haut, aber er zuckte nicht zurück. Hoch konzentriert beugte sich Elias nach unten und blies in das Mundstück. Er bekam einen Stoß über die Lippen, pustete aber ein letztes Mal Kornrade in Karens Halsschlagader, bevor er rückwärtstaumelte. Die Spitze des Weidenzweigs blieb in ihrem Hals stecken. Er legte die Hand da an den Mund, wo er sich verbrannt hatte.

»Halt!«, rief er.

Benedikt ließ den Glaskolben los, sodass er scheppernd zu Boden fiel und Wasser auslief. Er betrachtete seine verbrannte Hand und schüttelte sie ein paarmal. Von seinen verbrannten Haar- und Hautpartien war der Saal voll dickem Qualm. Karen hörte langsam auf zu krampfen, bis sie völlig ruhig dalag. Ihre Augen waren immer noch geschlossen. Die beiden Männer musterten sie, während sich der Rauch verzog.

Nichts tat sich. Elias schlich näher, bis er unmittelbar neben dem Körper stand, der sich jetzt in einer seltsamen krummen Stellung befand. Er beugte sich über sie, sodass seine Nase fast ihre berührte, und studierte Teint und Hautporen gründlich. Sie war nach wie vor aschfahl und hatte blaue Lippen.

»Es ist nicht geg…«, begann er.

Er brach ab, weil ihre Hand nach oben schoss und seine Kehle packte. Sie riss die Augen auf und öffnete den Mund zum Schreien, obwohl nur ein heiseres Kreischen herauskam. Aus ihrer Kehle stieg ein fauliger Geruch und Elias wollte zurückweichen. Doch sie war so stark, dass er sich nicht aus ihrem Griff befreien konnte. Die Pupille in ihrem einen Auge war punktiert, und das Schwarze floss in die blassblaue Iris. Aber ihr Blick fixierte ihn, sie zog ihn zu ihrem Mund. Ob sie ihn beißen oder küssen wollte, war nicht zu beurteilen, und nun lag er beinahe auf ihrem nackten Körper.

»Sie lebt«, flüsterte Elias. »Sie lebt.«

Karen packte Elias mit mehr Kraft.

»Hilfe«, krächzte er Benedikt zu. »Hil…«

Noch ehe Benedikt etwas unternehmen konnte, erschlaffte Karen wieder. Ihre Hand rutschte weg und der Arm baumelte über der Tischkante. Die andere Hand glitt langsamer über seine Wange, wie bei einer eiskalten Liebkosung. Ihr Kopf fiel zur Seite, bevor sie mit ihrer punktierten Pupille blicklos über Elias' Schulter hinwegstarrte.

Nach Luft schnappend kroch Elias von der nackten und jetzt eindeutig toten Frau. Dabei knackten die Knochen unter ihm, und er setzte sich neben das Rednerpult auf den Fußboden. Benedikt ging vor ihm in die Hocke. Die Stimme des sonst so ruhigen Mannes zitterte.

»Elias?«

Elias gab keine Antwort. Er starrte auf den baumelnden Arm der Frau, der schräg vom Seziertisch hing. Jetzt sah er es von unten, entdeckte, dass sie Schmutz unter den Nägeln hatte. Schwarzes Blut tropfte aus der Stelle, wo er ihr einen Schnitt gesetzt hatte, und sammelte sich in einer kleinen Pfütze auf dem Boden.

»Es ist geglückt«, flüsterte Elias. »Für einen kurzen Moment ist es geglückt.«

KAPITEL 5

Auf dem Altar qualmte eine Zigarre zwischen den Zähnen eines Totenkopfes, der einen blau-gelben Pillbox-Hut trug, und in die Stirn hatte eine Hexe vor fünfzig Jahren ein Pentagramm geritzt. In bemalten Tonschalen lagen Münzen, getrocknete Kräuter und Weizenkörner, um die auf dem Altar Tierknochen, Federn und Zähne verteilt lagen. Ganz vorne stand eine Emaillefigur, die Benedikt bis aufs Haar glich, obwohl die Statuette nur eine Handbreit groß war. Sie trug einen Lendenschurz und hatte vollkommen schwarze Haare statt Benedikts bunten.

Benedikt kniete vor dem Altar, hatte Jacke und Hemd ausgezogen, damit die Tätowierungen auf der Brust Luft bekamen. Sie glühten schwach im Halbdunkel. Seine Zehen waren nackt, weil er die Schuhe in die Ecke geschleudert hatte. Er schloss die Augen, Magie summte um seine Hände, und er murmelte eine Zauberformel.

»Dabobo awọn ẹru. Jeki iku ni eti.«

Der Schutzzauber schoss aus seinen Fingern. Die Zigarre zwischen den Zähnen des Totenkopfes glomm auf und stieß Rauchringe aus. Benedikt beugte sich vor und legte eine weitere Handvoll Getreidekörner in eine Schale.

»Ṣe Mo le yọ hihan?«, fragte er Obatala, der nicht antwortete. Entweder konnte der Gott Benedikt hier oben in

Dänemark nicht erreichen, oder er hatte etwas Besseres zu tun. Benedikt sah stattdessen das Figürchen an. Die Luft im Kellergewölbe war vom Zigarrenrauch vernebelt, und er atmete tief ein. »Ich vermisse dich, Odion«, sagte er zu der kleinen Emaillefigur.

Sie zitterte als Antwort und tropfte Schweiß auf die Altarplatte. Der Zigarrenrauch vermischte sich mit dem Geruch von verbranntem Holz.

»Das kannst du vergessen. Ich lasse dich nicht frei, Bruder. Kaum zu glauben, dass ich nicht einmal sagen kann, dass ich dich vermisse, ohne dass du ganz Aalborg in Nzumbies verwandeln willst.«

Jetzt schaukelte Odion hin und her. Die kleine Figur stieß kurze Flüche in Yoruba aus, und ein Flämmchen loderte auf dem Tisch auf.

»Nein! Nein!« Benedikt drückte es mit dem Daumen aus. Als Antwort feuerte Odion böse Magie ab, und Benedikt griff sich an die Brust, als er getroffen wurde. Auch als Winzling konnte Odion Schaden anrichten, und Benedikt hütete sich, ihn zu berühren. Benedikt nahm etwas Zigarrenasche ab und verrieb sie in seiner Hand mit Speichel zu einer dunkelgrauen Paste. Mit dem Finger seiner freien Hand zog er einen grobkörnigen Kreis um Odion, kurz bevor die Figur vor Wut umkippte. Dann malte er graue Aschepunkte um den Kreis. Odion beruhigte sich, schaukelte aber immer noch wütend hin und her.

»Was machst du da?«, fragte eine helle Stimme vom Bett aus.

Das Kellergewölbe diente Benedikt als Zimmer, das er mit einem Alkoven, einem Arbeitstisch, mehreren Trommeln und Masken aus seiner Heimat sowie einem Schrank eingerichtet hatte, in dem die feine dänische Kleidung verstaut war, die er tragen musste, wenn er Elias' Diener spielte.

Er drehte sich zum Bett um, in dem eine weibliche Gestalt lag. Sie hatte sich in eine Decke gewickelt.

»Ich dachte, du seist schon gegangen.« Er beugte sich über Mardöll. »Es ist schon spät am Morgen.«

»Ich habe letzte Nacht lange gearbeitet«, murmelte sie, immer noch mit geschlossenen Augen. »Und dann wollte ich dich bei der Gelegenheit auch besuchen.«

Benedikt stützte beide Hände auf die Matratze und hielt sich mit ausgestreckten Armen über der Hexe, die mit den Händen seinen Nacken umschlang. Ihr fast schwarzes Haar ringelte sich über das Kissen. Er näherte sich ihr behutsam, darauf bedacht, sie nicht zu drücken. Sie zog ihn an sich und küsste ihn. Mardölls Finger glitten über seinen nackten Oberkörper, und sie legte sich zurück und klimperte mit den Wimpern.

»Schon wieder nackt? Ich würde gerne, aber ich habe keine Zeit.«

Benedikt legte sich seitlich aufs Bett und stützte den Kopf in seine tätowierte Hand. Mardöll drehte sich um, sodass ihre Gesichter sich beinahe berührten. Sie faltete die Hände wie in ein Gebet vertieft unter ihrer Wange. Ihre zarten Gesichtszüge glichen denen eines Engels, Benedikt wusste aber, dass man in Dänemark lange nach einer stärkeren Hexe suchen konnte. Vielleicht sogar auf der ganzen Welt. Nur Odion, bevor er in die Emaillefigur verbannt worden war, hätte es mit ihr aufnehmen können. Benedikt legte seine Hand auf ihre Hüfte.

»Ich habe zu Obatala gebetet, aber es ist nicht möglich, ihn in dem stinkvornehmen Zwirn zu erreichen.«

»Du betest nur zu Obatala, wenn echte Gefahr droht.«

Benedikt nickte.

»Was ist passiert?«

Benedikt schüttelte lächelnd den Kopf.

Mardöll zuckte mit den Schultern. »Warum versuchst du es stattdessen nicht mit Odin?«

»Elias sieht es nicht gern, wenn ich zu ihm bete.«

»Du musst nicht *alles* tun, was Elias sagt.«

Benedikt streichelte ihren Arm. »Das tue ich tatsächlich. Wir haben einen Pakt geschlossen.«

»Natürlich. Du hättest mein Diener sein können, aber du hast dir Elias ausgesucht.«

»Ich bin immer noch dein Diener. Nur auf meine Art.«

Mardöll schmiegte sich an ihn. »Was geht da vor sich?«

Benedikt zog seinen Kopf weg. »Bist du hier im Apothekerhaus, weil du mich sehen willst, oder willst du mich in Wahrheit aushorchen?«

»Das eine schließt das andere nicht aus.« Dann schnupperte sie. Zuerst war es nur ein oberflächliches Schnüffeln, aber dann kam sie ganz dicht an Benedikt und sog durch die Nase Luft ein. »Du riechst nach Tod.«

»Ich habe mich gewaschen.«

Mardöll setzte sich im Bett auf und musterte ihn von Kopf bis Fuß, und ihm war unklar, was sie wirklich sah.

»Es ist kein gewöhnlicher Tod. Es ist etwas anderes.« Sie rümpfte die Nase.

»Tot ist tot.«

»Nicht immer.« Sie ließ ihn nicht aus den Augen. »Was habt ihr gemacht, du und Elias?«

Benedikt guckte zur Seite, weil er fürchtete, die Hexe könnte ihm geradewegs in die Seele schauen.

»Vertraust du mir nicht?«, fragte Mardöll.

Benedikt drehte den Kopf zu ihr und legte eine Hand an ihren Hals. Er schob seine Finger in ihr dunkles Haar. »Ich würde mein Leben in deine Hände legen.«

Sie beugte sich vor und küsste ihn wieder, diesmal zärtlicher. Dann zog sie sich mit der Hand vor dem Mund zurück. »Du stinkst. Seit Odin Elias von den Toten auferweckt hat, habe ich nicht mehr etwas so Ekeliges gerochen.« Sie erstarrte, immer noch die Hand auf den Lippen. »Oh nein!«

Benedikt hielt ihr abwehrend die Hand entgegen. »Es ist nur für einen Augenblick gelungen. Die junge Frau ist wieder gestorben.«

»Elias hört nicht auf.«

»Vermutlich nicht, aber ich bin mir ziemlich sicher, dass es all seinen Bemühungen zum Trotz nicht gelingen wird.«

»Du kennst ihn nicht so gut wie ich. Ich war dabei, als seine Mutter starb. Ich habe ihn als Kind erlebt. Elias hört nie auf.«

»Ich kenne ihn auch«, protestierte Benedikt. »Und ich vertraue ihm genauso sehr wie dir.«

Eine Miene, die eine Mischung aus Liebe und Mitleid widerspiegelte, huschte über Mardölls Gesicht. »Dann kennst du niemanden von uns richtig gut.«

»Was soll das heißen?«

»Nichts.« Mardöll schnippte vor Benedikt mit den Fingern, als sie eine Formel sprach. Funkelnder Staub kam aus ihren Fingerspitzen. Sodann fegte sie mit der Hand über ihm hin und her, als wolle sie eine übel riechende Ausdünstung fortwedeln. Sie schnupperte wieder. »Es ist weg.« Sie stieg aus dem Bett, fand ihr Kleid ordentlich zusammengelegt über einer Stuhllehne.

Benedikt stand ebenfalls auf. »Wo willst du hin?«

Mardöll schlüpfte ins Kleid, ein schönes, rosafarbenes Gewand mit Spitzenbesatz und Perlmuttknöpfen. Mardöll trug immer die neuste Mode, wie wahrscheinlich schon seit dem 8. Jahrhundert. Sie knöpfte die Ärmel zu.

»Mardöll?«

Sie drehte ihre Handgelenke, um sich vom perfekten Sitz des Kleides zu überzeugen.

»Mardöll, ich habe dich etwas gefragt.« Benedikts Stimme war jetzt lauter.

Sie schaute hoch. »Was?«

Er verschränkte die Arme über seiner nackten Brust. »Ich habe dich gefragt, wo du hinwillst.«

»Na ja, das hast du wohl.«

»Gehst du ins Bootsmann und plauderst alles an Od Dinesen aus?«

»Ich arbeite nicht mehr für Od, sondern für die Kanzlei.«

Benedikt umfasste sich fester. »Und die Kanzlei für magische und übernatürliche Vorkommnisse arbeitet für Od.«

»Das ist nur eine Art, wie man das sehen kann.« Ihre Katzenaugen funkelten.

»Gehst du ins Bootsmann?«

»Warum fragst du?«

»Weil ich wissen möchte, ob du vorhast, Menschen zu opfern«, platzte es aus ihm heraus. »Du weißt, dass Elias eine Tote auferweckt hat, und du fürchtest Odins Zorn.«

»Eigentlich geht es dich nichts an, was ich vorhabe. Aber du hast recht, dass Odin wütend werden wird.«

»Dann sag ihm nichts.« Zum ersten Mal bat Benedikt Mardöll, sich ihrem Gott zu widersetzen. Sie wollte gerade ihren Mantel anziehen, hielt aber inne.

»Man stelle sich das mal vor, ich finde, es klang so, als hättest du mir einen Befehl erteilt. Das ist doch putzig.«

Benedikt ließ die Arme sinken. Er trat ganz dicht zu ihr. Sie reichte ihm nur bis zur Brust, und ihr Körper war winzig, aber er war es, der sich schwach fühlte. »Ich bitte dich. Erzähl Odin nicht, was Elias getan hat.«

Mardöll stellte sich auf die Zehenspitzen und strich sein Haar glatt. »Ich verspreche, es für mich zu behalten.« Dann drehte sie sich in ihren perlenbesetzten Schühchen um und verließ Benedikts Gemächer.

Benedikt blieb in dem verrauchten Raum zurück. Die muskulösen Arme hingen an ihm herab. Unhörbar fluchte er auf Yoruba, bevor er sich umdrehte, um die Zigarre im Mund des Totenschädels auszumachen.

KAPITEL 6

»Barnabarn Óðins er áskorun.« Mardöll drehte den Kopf zum brennenden Feuer. Der Nachthimmel über den Baumkronen war schwarz.

Die Flammen züngelten hoch, und von der Hitze glühten ihre Wangen. In der Hand hielt sie ein mit Met gefülltes krummes Rinderhorn und goss etwas davon in die Glut, sodass ein Schwall von Dampf aufstob. Ein Scheit schrie, als das rot glühende Holz eine kleine Lache zum Blubbern brachte. Als der Met verdunstet war, knisterte das Feuer wieder.

»Hann hefur snert dauða«, fuhr Mardöll fort. »Adest Elias periculo. Soll ich ihn töten, Allvater?«

Obwohl sie ins Feuer starrte, kam keine Antwort. Eine fingergroße Flamme schwankte und glich einem tanzenden Mann mit mittellangem Haar und verführerischem Lächeln.

»Soll ich Elias töten?« Sie trank aus dem Horn und merkte, wie der Alkohol in Verbindung mit der Magie und dem getrockneten Hanf, den sie ins Getränk gekrümelt hatte, in ihr sprudelte.

»Ein Opfer«, flüsterte das Feuer. »Ein Opfer von neun.«

Mardöll schüttelte sich, sodass der Umhang abfiel, unter dem sie nackt war. Sie goss den letzten Schluck Met in zwei kleine Becher. In dem einen war Ockerpulver und in dem anderen Kalk. Aus beidem rührte sie schnell grobkörnige Gemische an, eins rostrot, eins weiß, und zeichnete eine rote Spirale um ihren Nabel. Sie brachte das gleiche Zeichen auf Hüften und Schultern an. Dann bedeckte sie ihre Handflächen mit weißer Farbe und legte sie auf ihre Brüste, sodass auf jeder ein Handabdruck prangte. Langsam erhob sie sich auf leicht unsichere, trunkene Beine und wirbelte um die eigene Achse. Sie genoss die kalte Nachtluft. Die Opferungen hatten in größeren Abständen stattgefunden, weil es durch Melderegister und Volkszählungen mittlerweile auffiel, wenn Menschen verschwanden. Zwischendurch nutzte sie jede Gelegenheit, um Hangatyr durchzuführen, weil ihre Hexenkräfte danach immer sehr viel stärker waren.

Das Haar trug sie offen, und es peitschte um sie her.

»Roork«, ertönte es von den Bäumen. Nur das Feuer brannte hier im stockfinsteren Kraghede Skov. Um die Flammen standen die Steine, die Mardöll selbst vor über tausend Jahren aufgestellt hatte. Mimir hatte magische Runen in sie geritzt, bevor er seinen Körper verloren hatte. Gemeinsam hatten sie für Odin geopfert.

Auf jedem Runenstein saß jetzt eine Person. Insgesamt neun. Acht waren gelähmt, doch ein Mann versuchte aufzustehen, obwohl seine Hände jeweils an den Fußknöchel derselben Seite gefesselt waren. Er sah aus wie ein seltsames Insekt, als er mit den Armen an den Beinen vornübergebeugt wegkroch. Mardöll musste kichern. Bestimmt lag es am Hanf, der ihr zu Kopf gestiegen war.

»Du bist also der Erste.«

»Nein«, bat der Mann, als Mardöll ihm mit langen Schritten folgte. »Nein.« Er lief schneller, aber da seine Arme fest an die Beine gebunden waren, rutschte er weg, lag dann auf der Seite und glich noch mehr einem umgefallenen Käfer. Er war dünn, langgliederig und hatte dünnes blondes Haar.

Mardöll stellte sich vor den Mann, der zitternd den roten Kreis auf ihrem Bauch anstarrte. Er musste eine starke Seele haben, wenn er sich so ihrer Magie entziehen konnte. Sie wollte den Mann gerade dafür loben, als die Vögel eintrafen.

»Roork, roork«, schrien sie in der Dunkelheit, als sie zwischen den Steinen auf der Lichtung umherflatterten.

Mardöll nickte ehrfürchtig. »Hugin und Munin. Hat euer Herr euch geschickt?«

Die Raben waren so schwarz, dass sie beinahe schon blau schimmerten. In ihren Knopfaugen spiegelte sich das Feuer. Dies ließ es so aussehen, als loderten Flammen in ihren schmalen Schädeln. Der eine Vogel breitete die Schwingen eindrucksvoll aus, fast so weit, wie Benedikt groß war. Der andere sprang seitwärts und hinterließ Abdrücke im staubigen Boden. Der Rabe, von dem Mardöll nicht wusste, ob es Hugin oder Munin war, zeigte mit seinem langen Schnabel auf den weinenden Mann.

»Ja, ja ... ich bin dabei.« Mardöll packte die blonden Haare und zog den Kopf nach hinten. Sie drehte ihre freie Hand nach oben. »Reipi.«

Ein goldenes Seil erschien zwischen ihren Fingern. Sie wand es um den Hals des Mannes und zog die Schlinge fest zu. Mit einem präzisen Wurf beförderte sie das Seil über einen dicken, hohen Ast über dem leeren Runenstein und ergriff das Ende wieder. Dann zog sie. Eigentlich könnte sie einfach zaubern, aber manches musste mit bloßen Händen gemacht werden. Ihre Muskeln arbeiteten, als sie den Mann hochhievte.

Bevor das Seil sich straffte, gelang es ihm noch, zu schreien: »Gott, nimm meine See…« Dann wurden seine Worte vom Röcheln erstickt.

Der Anblick war fast schon lächerlich, weil seine Hände nach wie vor an die Knöchel gefesselt waren. Wenn man eine so starke Seele hatte und dazu noch mutig genug gewesen war, zu versuchen, seinem Schicksal zu entkommen, hatte man einen würdevollen Tod verdient. Mardöll fuchtelte mit den Fingern herum und feuerte dann einen Blitz ab, sodass die Beine des Mannes in eine weniger demütigende, aber nicht minder tödliche Position sackten. Sie drehte sich um und zeigte auf die letzten acht Menschen, die sie im Armenhaus gefunden hatte, wo niemand sie vermissen würde. Gute Opfer waren immer schwerer aufzutreiben.

Nur die weit aufgerissenen Augen der Opfer verrieten ihre Angst, als ihnen leuchtend goldene Seile um den Hals gelegt und sie an den Bäumen hochgezogen wurden. Die Raben schlugen mit den Flügeln, das Feuer prasselte, und die Gehängten röchelten. Mardöll tanzte mit erhobenen Armen und schrie animalisch, als die Energie von allem um sie herum in ihren zierlichen Körper einzog. Die Ekstase ließ nicht lange auf sich warten. Vielleicht kam Odin diese Nacht endlich zu ihr.

»Fórnarlamb Oðins«, heulte sie. »Blóð fórn.« Ihre Stimme schlug in Falsett um, was dazu führte, dass Blut aus den Ohren der Erhängten floss. Sie hingen jetzt still, und ihre Seelen waren auf dem Weg nach Walhalla.

»Was für ein schönes Lied.«

Sie wirbelte außer Atem herum, die Arme immer noch in der Luft. Vor ihr stand die Flammenperson, die sie im Feuer gesehen hatte. Jetzt hatte der Mann die Größe eines Menschen, war vielleicht sogar etwas größer, schwankte aber immer noch im Widerschein des Feuers orange. Er musterte ihren verschwitzten Körper von oben bis unten, während die Flammen um ihn herum erloschen. Mardöll blinzelte, denn vielleicht spielte ihr der Rausch einen Streich.

»Ich liebe Druidentänze.«

Sie fand ihre Stimme wieder, die nach dem Gesang etwas heiser war. »Ich bin eine Seiðrfrau, eine Hexe und eine halbe Sirene.«

Er wedelte mit der Hand, als wollte er sagen, es sei ein und dasselbe.

»Loki?«

Er verbeugte sich, was aber eher wie eine spöttische denn eine höfliche Geste anmutete. Sein Gesicht war glatt und jung, und sein ganzer Körper flackerte durchscheinend. Seine Augen funkelten hinterlistig, und die Mundwinkel zogen sich nach oben zu einem frechen Lächeln.

»Ich habe viele Namen. Loki ist nur einer davon.«

»Warum bist du orange?«

Er zuckte mit brennenden Schultern. »Ich mag das Feuer.«

»Du stehst nicht gefesselt in der Gnipahöhle?«

»Nicht, wenn der alte Griesgram mich herumwandern lässt.« Loki breitete die Arme aus und drehte sich in stolzer Pose um die eigene Achse. Die Hitze, die sein Feuerkörper ausstrahlte, traf Mardöll. Beim Umdrehen entdeckte er die Raben und zeigte auf einen.

»Hugin, was machst du hier? Hatte Odin dich nicht zum Apothekerhaus geschickt? Ihr Raben gehorcht nie Befehlen.«

»Roork«, sagte Hugin trotzig.

»Kannst du dann jetzt losfliegen?« Loki wedelte mit den Händen nach dem Raben. »Sch!« Funken stoben von ihm, und Gestank von verbrannten Federn breitete sich schnell aus.

Als Antwort spreizte der Vogel die schwarzen Schwingen und zischte dann so laut, dass Mardöll zurücksprang. Loki machte ein besorgtes Gesicht, blieb aber stehen, bis der Rabe mit dem Schnabel klappernd auf ihn zukam. Der krächzte, wobei sein rasiermesserscharfer Schnabel sich Loki näherte. Loki rannte los und hatte, jetzt verfolgt von dem großen Vogel, Ähnlichkeit mit einem komischen Hofnarren. Das Feuer wehte aus seinem Haar nach hinten, und die Beine sahen aus wie verkohlte Baumstümpfe.

»Nimm einen Bissen, und dann weg mit dir!«, rief er.

Gerade als Mardöll dachte, der Rabe würde ihn einholen, schwang Hugin sich in die Luft und umkreiste sie alle. Er setzte sich auf die Schulter einer gehängten Frau und pickte an ihrem Auge, bevor er in den blauschwarzen Himmel schoss. Seine Umrisse zeichneten sich deutlich vor dem Vollmond ab, bevor er ganz verschwand. Loki blieb stöhnend stehen, und sein Atem klang wie zischendes Feuer. »Was machst du eigentlich hier, Hexe?«

Mardöll sah sich nach den neun Erhängten um. »Ist das nicht ziemlich offensichtlich?«

»Ich sehe, dass du Hangatyr blótest. Aber hast du deinem afrikanischen Liebhaber nicht versprochen, den Mund zu halten und keine Menschen zu opfern?«

»Woher weißt du das?«

»Ich habe mich in die Gestalt eines Flohs verwandelt und bin ins Apothekerhaus gesprungen.« Er ging in die Hocke und hüpfte zappelnd um das Feuer. »Ich habe Elias mit seiner schönen Frau beobachtet. Das war ein Vergnügen. Dann wurde ich Zeuge seiner Untat mit der toten Karen.

Zum Schluss habe ich deine Unterhaltung mit dem dunklen Zauberer belauscht. Du hast dem armen Benedikt ein Versprechen gegeben.«

Mardöll zuckte mit den bemalten Schultern. »Das war kein Hexenschwur.«

Loki richtete sich auf und kam näher. Sein Gang war träge wie der eines übersatten Tigers. »Du solltest stattdessen mich anbeten.«

»Ich bete nur zu Odin.«

»Der Allvater ist so langweilig. Ich bin Spaß.« Er verlieh seiner Stimme einen helleren Klang, als er das Wort *Spaß* aussprach.

»Ich will keinen Spaß. Ich will dem Allvater dienen.«

»Du brauchst einen Vorwand, um draufloszumorden, damit deine Kräfte gestärkt werden, meinst du *das?*«, fragte Loki unschuldig.

Mardöll holte mit der Hand zum Schlag aus, aber er hielt ihr Handgelenk in einem unlösbaren Griff fest. Die Hitze verbrannte ihre Haut, und sie musste ihre ganze Magie aufbringen, damit ihr Arm nicht verkohlte.

»Warum regst du dich so auf, schönes Trollweib?«, fragte Loki sanft. Es ließ ihn kalt, dass er dabei war, sie zu versengen.

Mardöll konnte sich losreißen. »Du hast es selbst gesehen. Der Pflegesohn von Odins Sohn hat eine Frau wiederbelebt. Nur Odin darf die Toten zurückholen; und er wird schwächer, wenn die Menschen zu viel Macht bekommen. Ich blóte, um ihn zu stärken.«

»Elias Eriksen, dieser Halunke.« Lokis Augen bekamen horizontale Pupillen, und aus seiner Stirn schossen kleine Hörner. Er stellte sich wieder ganz dicht vor Mardöll und zeichnete mit einem Finger eine rote Spirale auf ihrer Schulter nach. Es war zwar heiß, aber dieses Mal verbrannte sein Feuer sie nicht. »Zusammen mit mir kannst du alle töten, die du töten willst. Die Natur tötet ständig.«

Plötzlich fiel Mardöll das Sprechen schwer, doch sie fand ihre Stimme. »Ich wage es nicht, mich Odin zu widersetzen.«

»Ich passe schon auf dich auf. Meine Zeit kommt wieder. Mimir hat es gesehen.« Loki bewegte seine Finger zu einem der weißen Handabdrücke; sie aber wich einen Schritt zurück, bevor er ihre Brust berühren konnte.

Jetzt war seine Nase zu zwei schmalen Nasenlöchern abgeflacht, und seine Stimme nahm einen blökenden Unterton an. »Erzähl das nicht Odin. Das ist unser Geheimnis. Immerhin starb Karen wieder, und die Natur stellte ihre Ordnung wieder her. Jetzt darf sie in der Erde verwesen und als etwas Neues auferstehen.«

»Ich habe Odin bereits alles in einem Gebet erzählt.«

Loki schrumpfte und landete auf den Knien in Gestalt eines Ziegenbocks mit einer Glocke um den Hals. Sie bimmelte, als er sich schüttelte. Der Fäulnisgestank der Erhängten breitete sich aus. Doch Mardöll, die in ihrem langen Leben schon Schlimmeres gerochen hatte, rührte sich keinen Daumen breit. Loki schaute aus seinen jetzt gelben Augen mit horizontalen Pupillen auf. Er mampfte wiederkäuend.

»Odin rächt sich an Elias. Er rächt sich fürchterlich.«

Die Loki-Ziege rannte zu den Bäumen, und ihre Glocke läutete bei jedem Schritt und Tritt.

KAPITEL 7

»Tut es Karen Nielsdatter weh, wenn ich sie aufschneide? Was meinen Sie wohl?« Elias hob den Blick zu den schräg nach oben verlaufenden Bankreihen, die bis zum Bersten mit Zuschauenden gefüllt waren.

Kleinkinder wimmerten auf den Schößen ihrer Mütter, Männer starrten mit einer Mischung aus Ekel und Begierde den nackten, blassblauen Frauenkörper auf dem Sektionstisch an, und einige lauschten gebannt. Elias hatte beschlossen, die Obduktion jetzt durchzuführen, weil Karens Körper noch unversehrt und tot war. Er blieb hinter dem Tisch stehen, auf dem Karen lag, als schütze ihr Körper ihn vor der Menschenmenge. Daneben stand Benedikt mit einer Metallschüssel bereit.

»Haben Sie Angst, dass sie aufspringt und vor Zorn und Schmerz schreit?«, fragte Elias, und nicht wenige im Publikum nickten.

Elias griff zum Skalpell und zog es über ihre Brust. Es dauerte einige Zeit, bis die Leute den Y-Schnitt entdeckten. Die Haut sprang auf und gab den Blick auf dunkles Fleisch frei. Mehreren blieb die Luft weg, und ein paar von den Jüngsten hielten sich die Augen zu.

Elias' Zwillingstöchter saßen in der ersten Reihe. Amalie beobachtete die Sektion gespannt, Sofia hingegen schien sich mehr für die Kekse in der Tüte in ihrer Hand zu interessieren. Auf Cecilies Schoß saß Carl, der vor sich hin plapperte und irgendetwas mit den Augen verfolgte, was Elias nicht sehen konnte.

»Bvaaaar«, rief das Kleinkind und streckte seine pummeligen Ärmchen aus. Elias fuhr mit dem Kopf hoch.

»Hat er gerade etwas gesagt?«

Cecilie ließ Carl auf ihren Beinen hüpfen, der, völlig unbeeindruckt von dem toten Frauenkörper, unmittelbar vor ihm kicherte. »Vorige Woche, als du weg warst«, Letzteres wurde gereizt ausgesprochen, »hat er wie ein Wasserfall geredet. Wir verstehen nur die Hälfte, aber er hat wahrhaftig herausgefunden, wie man die Sprechwerkzeuge benutzt.«

»Bvar, bvar, bvar.«

Von den Sitzreihen ertönte »Oh« und »Wie süß«, was die Stimmung deutlich aufheiterte im Gegensatz zu vorher, als alle auf Karen fixiert gewesen waren. Elias fuhr in seinem Vortrag fort, obwohl viele im Publikum nicht den Anschein erweckten, als würden sie viel davon verstehen.

»Zwischen Geist und Körper besteht ein großer Unterschied. Der Körper kann geteilt werden, der Geist aber nicht. Also nein. Es tut Karen nicht weh. Sie hilft uns; denn wenn wir Tod und Vergehen nicht kennen, können wir auch das Leben nicht beherrschen.« Er schaute auf das Loch in Karens Halsschlagader, durch das er ihr Kornrade injiziert hatte. Wieder schwebte das Skalpell über ihrem Bauch, und er wollte gerade zum Schnitt ansetzen, zog aber stattdessen das Messer zurück.

Ein kollektives enttäuschtes Stöhnen ging durchs Auditorium.

»Ich möchte Ihnen gern etwas über Frau und Mann erzählen«, sagte Elias. »Einmal waren Sonne und Mond eins, und auch Frau und Mann waren ein Teil ein und derselben Kugel. Die Götter … ich meine, Gott … spaltete die Kugel in zwei Hälften, sodass Sonne und Mond getrennt und Mann und Frau voneinander abgeteilt wurden. Das ist der Grund, warum Sonne und Mond einander über das Firmament treiben, ohne sich jemals zu vereinen, und wir Menschen sind ebenfalls auf der Suche nach unserer anderen Hälfte, nach Seelenverwandten. Wir haben also eine Seele, unabhängig davon, was mit dem Körper geschieht. Wie verdorben das Fleisch auch sein mag, unser Geist ist intakt. Und einige Seelen wird man für immer und ewig lieben.«

Cecilies straffe Lippen wurden weicher. Carl wandte sich auf ihrem Schoß um und griff nach etwas. Elias konnte sich ein Lächeln nicht verkneifen, als er seine Familie in einer Reihe dasitzen sah. Er schaute Cecilie direkt in die Augen, und sie tauschten einen liebevollen Blick.

»Manche behaupten, die Frau sei das schwächere Geschlecht; aber ich bin der Ansicht, sie ist stärker als der Mann. Sie kann Leben erschaffen …« Elias brach ab. In seinem Gehirn kam es zu einer kleinen Explosion, als ihm etwas dämmerte. »Die Frau vermag das, was sonst nur den Göttern vorbehalten ist. Sie kann ein anderes Leben erschaffen und austragen. Gold vermag es nicht, Edelsteine, die Sonne oder das Meer sind zur Schöpfung nicht in der Lage. Nicht einmal der mächtigste König kann es. Aber jede Frau ist dazu fähig.« Letzteres sagte er schnell, weil er eine Idee hatte. In Cecilies Armen wand sich Carl nun, versessen auf das, was nur er unter der Decke des runden Hörsaals kreisen sehen konnte.

Elias winkte Benedikt näher zu sich. »Wir müssen etwas Fruchtwasser besorgen«, flüsterte er.

»Was?«

»Fruchtwasser muss in der Batterie sein. Dann, glaube ich, gelingt es.« Elias griff unter den Tisch, wo der Batteriekolben stand. Dann drehte er sich um und kramte in seinem großen Schrank. Zwischen den Glasbehältern mit zu Pulver gemahlenen Mumien und verbranntem Bernstein fand er ein Fläschchen mit Fruchtwasser. Die Leute auf den Sitzen reckten die Hälse, um zu sehen, was er tat.

»Elias«, sagte Benedikt aus dem Mundwinkel. »Über fünfzig Zuschauer sitzen hier und warten darauf, dass du Karen in Stücke schneidest.«

»Wir können sie nicht sezieren. Sie hat noch Kornrade im Blut. Jetzt ist die Zeit reif, es zu versuchen.«

Die Leute in den Rängen rutschten auf ihren Plätzen ungeduldig hin und her.

»Ich verstehe dich nicht«, sagte Benedikt laut genug, um im gesamten Auditorium gehört zu werden.

»Pulchra sunt quae videntur, pulchriora quae sciuntur, longe pulcherrima quae ignorantu. *Schön sind Dinge, die man sieht, schöner sind Dinge, die man kennt, viel schöner sind Dinge, die man nicht kennt.*« Elias feuerte sein charmantestes Lächeln ins Publikum ab, als er in den Händen den Wachsklumpen erwärmte, ihn auf Karens Brust anbrachte und die Kupferdrähte befestigte. Ein paar junge Mädchen kicherten und stießen sich gegenseitig an.

»Hypnotisiere sie«, befahl er Benedikt leise. »Verzaubere sie alle.«

Benedikt hob seinen braunen Blick zum Publikum. »Bist du sicher?«

»Nicht zum ersten Mal löschst du in Aalborg die Erinnerung aller, und bestimmt auch nicht zum letzten.«

Das Gespräch führten Elias und Benedikt leise, aber mehrere der im Anatomischen Theater Versammelten husteten und forderten die anderen mit einem »Pssst« zur Ruhe auf. Ein Mann in der obersten Reihe erhob sich.

»Wollen Sie mit Ihrem Sklaven schwafeln, oder fangen Sie bald an? Wir haben bezahlt, um die Vorstellung zu sehen, und ich muss zum Füttern nach Hause.«

»Sie nennen mich einen Sklaven?« Benedikt bleckte die Zähne und hielt seine Hände dem Mann entgegen. Magie schoss aus seinen tätowierten Handflächen, sodass der Mann völlig erstarrte und einen leeren Blick bekam. Das Publikum konnte noch sein Entsetzen zum Ausdruck bringen, bevor Benedikt sie alle verzauberte. Sie sackten auf ihren Sitzen in sich zusammen. Sogar Amalie und Sofia hingen auf ihren Plätzen und lehnten sich aneinander. Cecilie saß verwirrt mit dem nun sehr unruhigen Carl im Arm da. Sie tätschelte die Wangen ihrer Töchter, bevor sie Benedikt und Elias anstarrte.

»Ihr beide!«

Carl versuchte immer noch, sich mit seinen in der Luft herumfuchtelnden Händchen zu befreien. »Vogel«, lachte er. »Vooooogel.« Er schlug aus Versehen auf die Tüte mit den Keksen, die jetzt lose in Sofias schlaffer Hand lag. Sie fielen auf den Tisch und einer auf den Boden. Carl quengelte und streckte die Hand danach aus.

Benedikt unterbrach sich und zielte ein paarmal, aber Carl war so unruhig, dass er schwer zu treffen war. Cecilie erkannte, was Benedikt vorhatte, und stand auf. Sie marschierte direkt vor den großen Zauberer.

»Unterstehe dich, meinen Sohn oder mich zu verzaubern.«

Weiter kam sie nicht, denn Carl versteifte sich in ihren Armen. Anscheinend war etwas auf ihm oder womöglich in ihm gelandet.

»Ich habe gesagt, du sollst Carl nicht verzaubern.«

»Das war ich nicht«, widersprach Benedikt und starrte den Jungen prüfend an.

Carl nörgelte laut, was nicht mehr wie Kindergebrabbel klang: »Rooooork, rooork … Iiiihhhh.« Er war plötzlich so stark, dass er aus Cecilies Armen schlüpfte und auf den Fliesenboden plumpste.

»Carl!«, rief sie, aber er stolperte auf seinen pummeligen Beinchen zur toten Karen auf dem Seziertisch, stellte sich auf die Zehenspitzen und streckte die Hand nach ihr aus. Elias versuchte, Carl wegzutragen, die Kraft des Jungen hatte aber beträchtlich zugenommen. Am Ende gelang es Cecilie und Elias mit vereinten Kräften, ihn auf Elias' Arm zu hieven.

»Carl, tut dir etwas weh? Hast du Schmerzen?« Als Elias sprach, hatte er Carls volle Aufmerksamkeit. Er hing bei jedem Wort an seinen Lippen, und der Junge studierte den Mund seines Vaters aufmerksam. Die Hand des Kindes schoss vor und packte Elias' Kiefer. Die kleinen Fingerspitzen, deren Nägel messerscharf waren, bohrten sich in Elias' Lippen.

»Au, au. Das tut Vater weh«, sagte Elias. Als das nichts bewirkte, nahm er sanft Carls kleine Hand, um sie zu entfernen, aber sein Sohn hielt sich kräftig fest.

Ohne mit der Wimper zu zucken, starrte er Elias nachdenklich an.

»Lass mich los, Carl.« Elias erhob jetzt seine autoritäre

Stimme und bemühte sich mehr, seinen Sohn vom Festkrallen abzubringen.

»Chaos.« Carls Aussprache war klar und deutlich. Wie weggeblasen waren das Lispeln und Brabbeln. »Sturm, Krankheit und Hunger und Tod.«

Ein eiskalter Schauer lief Elias über den Rücken. Carl sah ihn immer wieder mit einem tiefen Stirnrunzeln an, das überhaupt nicht zu dem Kindergesicht passte.

»Was meinst du damit?«

Die Augen, die sonst immer wie Cecilies aussahen, funkelten jetzt, und Carl bewegte ruckartig den Kopf. In dem Moment waren seine Augen wie schwarze Knöpfe. Carl stieß einen weiteren Ruf aus, der an den heiseren Schrei eines Vogels erinnerte.

»Was ist mit dir?« Elias war kurz davor, ihn zu schütteln.

»Elias Eriksen«, schrie Carl deutlich. »Mach nicht Odins Kunst nach. Du wirst hart bestraft. Ich sehe es. Ich seeeeeehe es.«

Plötzlich merkte Elias, wie seine Beine unter ihm nachgaben. Der Saal rotierte im Kreis, und er taumelte. Cecilie drehte Carls Kopf etwas fester zu sich, als es sonst ihre Art war. »Sag das noch mal zu Mama.«

Carl starrte sie lange aus seinen unheimlichen schwarzen Augen an. »Bring Vater dazu, aufzuhören.«

»Womit?«

Elias starrte Carl wütend an. »Komm raus aus meinem Sohn«, sagte er laut.

»Roooook.«

»Ich weiß, wer du bist.« Vor Wut hätte Elias fast das Wesen geschlagen, das von seinem Sohn Besitz ergriffen hatte, wollte aber Carl nicht wehtun.

»Womit sollst du aufhören, Elias?« Cecilies Stimme war schrill vor Angst. »Was fehlt Carl?«

»Hugin«, sagte Elias zu Carl. »Ist Odin hier?«

»Ja. Jaiiiiiih.«

Elias blickte sich um. Er sah keinen großen Gott mit einem fehlenden Auge. Hier waren nur hypnotisierte Aalborger und Aalborgerinnen, Benedikt und Elias' Familie, darunter der von einem Raben besessene Carl.

»Jaaaaa. Roooorrrrrk. Und untersteh dich, Tote wieder zum Leben zu erwecken.«

Elias schnappte nach Luft. »Wenn Odin mich warnt, heißt das, dass ich auf dem richtigen Weg bin. Ich bin kurz davor, das Rätsel zu lösen.«

»Welches Rätsel?«, fragte Cécilie. »Jetzt sagst du mir, was hier vor sich geht.«

»Ich werde über den Tod herrschen«, antwortete Elias. »Ich werde ihn besiegen.« Er schüttete schnell Fruchtwasser in die Batterie und befestigte die Kupferdrähte, die von Karens Herz zum Metallbügel verliefen. Er holte die Flasche mit dem letzten Rest Kornrade.

»Halt!«, schrie Carl mit seiner gruseligen, heiseren Stimme.

»Nein!«

»Dann musst du deine Strafe kriegen.«

Durch das Anatomische Theater fegte ein so kräftiger Wind, dass Skalpelle und Pinzetten über das Metalltablett geschoben wurden und klirrend auf den Fliesenboden fielen.

»Hoch ins Zimmer, Cecilie!«, befahl Elias. »Ich kümmere mich um das hier.«

»Was geschieht hier?«

»Geht weg. Jetzt!«

»Sofia und Amalie.« Cecilie wollte schon auf die schlafenden Mädchen zugehen, doch da hielt Elias seinen Arm vor ihre Brust, weil der Seziertisch mit Karen zwischen ihnen und den Zwillingen stand.

»Benedikt passt auf sie auf. Lauft. LAUFT!«

Cecilie wirbelte herum und verschwand mit Carl auf dem Arm. Sie sprintete zu einer Tür am unteren Ende des Hörsaals, die zur Leichenhalle führte. Elias hörte ihre schnellen Schritte dort verhallen. Wenn sie diesen Weg nahm, würde sie über den Hof gehen müssen, wo er ihren Ziegenbock leise meckern hörte. Die Glocke läutete, als das Tier beiseitesprang, um einen Zusammenstoß mit Cecilie und Carl zu verhindern.

Benedikt hatte die schlaffen Zwillinge, als seien sie federleicht, bereits auf je einen Arm genommen. Er machte sich nicht die Mühe, die glutrot leuchtende Mauer aus schützender Magie zu verbergen, die er um sie drei aufgebaut hatte. Unterdessen sah sich Elias um. Blitze liefen von der Decke bis nach unten zum Boden. Einer traf Karen am Kopf. Sie zuckte zusammen, und ein Wirbelsturm fegte durchs Auditorium. Tücher und Papiere flatterten umher, und es roch nach Schwefel und Feuer. Karens langes Haar wurde in die Höhe gesaugt und sie hob den Oberkörper vom Tisch.

»Apotheker«, hallte es von überall um sie herum wider. »Ich bin Odin. Ich bin der Allvater, und du wirst für deinen Verrat büßen.«

KAPITEL 8

Cecilie schlug die Tür zu und verschanzte sich hinter Schloss und Riegel. Sie schob den Tisch vor die Tür, nachdem sie Carl auf dem Bett abgelegt hatte. Dann eilte sie zurück zum Bett und nahm ihren kleinen Sohn in den Arm. Der Web-Vorhang war nicht vollständig zugezogen, sodass ein Sonnenstrahl auf die beiden fiel. Sie legte Carl wieder auf die Matratze, wo er sich hin- und herwälzte, bis das weiche Hemd voller Falten war. Cecilie hielt ihn fest, damit er still liegen blieb. Das Kind lachte und streckte die Händchen nach ihr aus.

»Da gibt es nichts zu lachen.« Vor Angst prickelte es in ihren Lippen, und die Beine zitterten unter ihr.

Carl verstummte und sah sie aus seinen großen braunen Augen an, und seine Mundwinkel fuhren nach unten. Er war ein sensibles Kind, darum holte Cecilie tief Luft und sagte sanft: »Erzähl Mama noch einmal, was du über Odin gesagt hast.«

Carl plapperte wieder, was sich wie das übliche Kleinkindgebrabbel anhörte und weder etwas Magisches noch etwas Prophetisches hatte. Ein paarmal versuchte er, sich vom Bett und aus der unbequemen Lage zu rollen.

»Komm schon, Carl!« Cecilie hob ihn unter den Achseln hoch und hielt ihren Kopf auf Höhe von seinem, sodass er weder Blick noch Griff entkommen konnte. Carl begann vor Schreck zu weinen. In Blasen quoll Rotz aus seinen Nasenlöchern, und sein kleiner Mund stand offen, sodass sie das Zahnfleisch und die halb durchgebrochenen, weißen Vorderzähnchen im Unterkiefer sehen konnte. Verzweifelt drückte sie ihn an sich und flüsterte *Verzeih*, doch er schrie nur noch lauter.

Sie hatte gewusst, worauf sie sich bei der Heirat mit Elias einließ. Er hatte ihr vom grausamen Tod seiner Mutter auf dem Scheiterhaufen erzählt, von seiner Kindheit und Jugend bei Od Dinesen, von dem langen Leben, das er durch das Zusammenleben mit einem Demigott gewonnen hatte, und von seiner späteren Distanzierung vom Übernatürlichen, obwohl sie den Grund dafür nicht genau erfahren hatte. Die Göttlichkeit würde sich verflüchtigen, und er würde von nun an mit ihr und den Kindern wie alle anderen altern. All das hatte sie gewusst und hatte ihn dennoch zum Mann genommen, weil ihr Herz schneller schlug, wenn er sie ansah, und weil er von einer unstillbaren Neugier getrieben war, ihrer eigenen so ähnlich. Außerdem war die Magie für Elias ein abgeschlossenes Kapitel. Das einzige Übernatürliche, was es in seinem Leben noch gab, war Benedikt, dem er aus irgendeinem Grund eine Unterkunft im Apothekerhaus gewährte. Alles hatte sie akzeptiert, hatte allerdings nie damit gerechnet, dass ihr eigenes Kind übernatürliche Fähigkeiten entwickeln würde. Sie streichelte Carls weiche Wangen.

»Hast du Vater sterben sehen?«, fragte sie so beherrscht wie möglich. Die Worte blieben ihr fast im Hals stecken und kamen ihr wie ein böser Zauber vor, wenn sie sie laut aussprach. Schon der bloße Gedanke war unerträglich. Auf den anstrengenden Mann, den sie über alles auf Erden liebte, wollte und konnte sie nicht verzichten.

»Mam«, antwortete Carl. »Mamamamam.«

Cecilie ging zu ihrem Schreibtisch. Mit dem Schlüssel, den sie an einer Schnur um den Hals trug, schloss sie die verbotene Schublade auf und entnahm ihr zwei getrocknete Khat-Blätter, einen Mutterkornpilz und etwas Bilsenkraut. Mit zitternden Händen legte sie alles auf das Stahlblech. Mit der Hüfte schob sie die Schublade wieder zu, beugte sich über die Zutaten und machte sich ans Werk.

Mit dem Skalpell kratzte sie das Myzel von der Pilzwurzel. Dann legte sie es zusammen mit den Khat-Blättern in ein Tässchen mit Wasser. Zu guter Letzt schnitt sie die Samenkapsel des Bilsenkrautes quer durch, fing einen Tropfen Saft auf und verrührte alles in dem Tässchen, bevor sie es durch ein sauberes Tuch seihte. Den so gewonnenen orangeroten Extrakt goss sie in ein Fläschchen, bevor sie sich wieder Carl zuwandte. Er streckte sich nach einer Umarmung aus.

»Mam …«

Cecilie schob ihn sanft weg. »Was passiert, wenn Papa mit seinem Vorhaben nicht aufhört? Und wie verhindere ich das? Zum letzten Mal!«

»Bvaaaarrr.«

»Vater ist beschäftigt. Er kommt nicht. Sag mir, was du gesehen hast. Sonst bekommst du Arznei.«

Als Carl keine Anstalten machte, etwas Hellseherisches zu sagen, gab sie ein paar Tropfen auf einen Löffel. Die Stärke des Saftes war am Geruch nicht zu erkennen, also nippte sie daran, um sicherzugehen, dass sie ihn im richtigen Verhältnis angemischt hatte. Am Rand ihres Sichtfeldes erschienen flackernde Regenbögen. Die gestreiften Wände wellten sich und der Holzboden gab wie eine Matratze unter ihr nach. Ein Gefühl von Gleichgültigkeit überkam sie, aber sie schüttelte den Kopf, um die Halluzinationen zu verbannen. Sie hielt Carl den Löffel hin.

Er betrachtete ihn misstrauisch. Ihre Augen brannten, und sie hatte einen kratzenden Kloß im Hals, führte dennoch den Löffel näher an Carls Mund heran. Er krabbelte im Bett rückwärts, sie packte ihn aber am Knöchel und zog ihn zu sich. Der Junge wand sich, doch sie umfasste seine Wangen, drückte zu und zwang so seinen Mund auf. Schnell goss sie ihm den Saft direkt in die Kehle und hielt ihm die Nase zu, sodass er schlucken musste. Carl hustete und gab Erbrechenslaute von sich, während ihre Mundwinkel zitterten. Sie wiegte ihn, bis das Mittel seine Wirkung tat.

Er wurde schwer und schlaff, und sie ließ ihn so nach hinten rutschen, dass er auf dem Rücken lag und an den Baldachin des Himmelbetts starrte. Er drehte seinen Kopf hin und her wie ein Vogel. Cecilie legte sich neben ihn und streichelte seine Stirn.

»Du beschwörst meine Fähigkeiten herauf.« Die Worte kamen zwar aus dem weichen Kindermund, die Stimme jedoch klang schneidend und heiser.

»Ich muss wissen, was geschehen wird.«

Carl lachte sein Rabenlachen. »Es wird viel geschehen. Die Zukunft ist ein einziges Chaos.«

»Wie verhindere ich, dass dein Vater zu Schaden kommt?«

Carl atmete schwer. »Bring Vater dazu, sein Vorhaben zu unterlassen.«

Jedes Mal, wenn Carl ausatmete, ertönte ein rasselnder Schrei.

»Dein Vater will mir nicht verraten, woran er arbeitet. Er hat nur gesagt, dass er den Tod besiegen will.«

»Du bist seine Frau und die Einzige, auf die er hört«, flüsterte Carl, sein Atem war jetzt kaum noch hörbar. Mit panischem Ziehen im Bauch legte Cecilie ihren Finger an seinen Hals, wo glücklicherweise der Puls gleichmäßig schlug.

Sie rollte sich zusammen und drückte ihn fest an sich, bevor sie aufstand und zum Hörsaal ging.

KAPITEL 9

Elias hatte Cecilie noch nie in so einer Verfassung erlebt. Ihr sonst immer ordentlich hochgestecktes Haar hing in Strähnen, ihr Blick war gehetzt, und ihre Bewegungen waren ruckartig und ein wenig ungeschickt. Sie tauchte im Hörsaal ganz oben hinter den Bankreihen auf und blickte auf ihn und Benedikt hinab, die im runden Bereich vor dem Rednerpult standen. Auf dem Arm hatte sie Carl, der seltsam schläfrig aussah.

Der Boden war immer noch übersät mit Sezierinstrumenten und einem zu Pulver zertretenen Keks. Der leere Seziertisch in der Mitte des runden Bereiches stand leicht schief, das Tuch war zurückgeschlagen, als wäre Karen gerade aus einem Dornenröschenschlaf erwacht.

Als Odins Stimme verhallt war, hatten Elias und Benedikt Karens reglosen Leichnam fortgeschafft, bevor Benedikt erneut alle im Saal hypnotisierte. Die Einwohner der Stadt hatten den Schauplatz glücklich und mit Erinnerungen an eine gründliche Obduktion ihrer hübschen Mitbürgerin verlassen. Eine Frau entsann sich einer Ohnmacht, als Elias das noch blutige Herz entnommen hatte. Benedikt hatte ihr diese Erinnerung gar nicht eingegeben; und nicht zum ersten Mal dachte Elias, dass die menschliche Vorstellungskraft die Arbeit der Zauberkundigen ein wenig erleichterte.

»Ich muss mit dir reden«, sagte Cecilie.

Benedikt versuchte, sich davonzustehlen.

»Bleib hier«, sagte Elias gereizt. Er hatte Angst, mit Cecilie allein zu sein, und obwohl Benedikt nicht besonders begeistert zu sein schien, kehrte er um.

Cecilie stieg die Treppe zwischen den Bankreihen hinab. Wahrscheinlich merkte sie es nicht, aber sie schwankte, und als es Benedikt auffiel, ging er ihr entgegen und streckte die Hand aus. Vermutlich fürchtete er, sie könnte Carl fallen lassen. Als sie an ihm vorbeiging, legte sie ihm das müde Kind gedankenverloren in die Arme. Carl wirkte schwer und schlaff und blinzelte. Benedikt hielt den Jungen fest an sich gedrückt und wiegte ihn, als Cecilie auf unsicheren Beinen ihren Weg fortsetzte. Elias bewegte sich rückwärts Richtung Leichenhalle, als sie näher auf ihn zukam.

»Wo ist Karen Nielsdatter?« Cecilie durchwühlte die Laken, als erwartete sie, dass sich irgendwo zwischen den Falten eine Frau verbarg. Da sie natürlich nicht fündig wurde, blickte sie verzweifelt auf.

»Was stellst du mit den Leichen an?«

Elias krümmte sich. So, wie Cecilie sich ausdrückte, klangen seine Experimente wie Ungeheuerlichkeiten. Er fühlte, wie ihm der kalte Schweiß auf der Stirn ausbrach. »Willst du mich verlassen?«

Cecilie schlug mit der Faust auf den Seziertisch, auf dem vor Kurzem noch Karen gelegen hatte. »Ich verlange, dass du mir die Wahrheit sagst.«

»Die Kinder dürfen das nicht mithören«, mischte sich Benedikt ein. Er hatte immer noch Carl auf dem Arm. Der Junge hatte seinen Kopf schwer auf Benedikts Schulter gelegt und den kleinen Daumen in den Mund gesteckt.

»Eins ist ein Kleinkind und die Mädchen sind hypnotisiert«, widersprach Elias. Aus irgendeinem Grund führte die Anwesenheit von Benedikt und den Kindern dazu, dass er sich etwas weniger vor Cecilies Reaktion fürchtete.

»Bei Magie weiß man nie«, erklärte Benedikt. »Manchmal erinnern sich Menschen trotzdem an etwas.«

Elias fragte sich, ob das nur eine faule Ausrede war, um sich zu entfernen, aber er nickte als widerwillige Zustimmung.

»Ji lẹhinna«, sagte Benedikt leise, und die Zwillinge wachten auf. Sie protestierten benommen, als Benedikt sie sanft die Treppe hinaufscheuchte.

»Warum ist es hier so unordentlich?«, fragte Amalie beim Verlassen des Saales. »Und wo sind alle hin?«

»Gbagbe«, sagte Benedikt grell, bevor die Tür hinter ihnen zufiel.

Elias und Cecilie waren jetzt allein. Nachdem Benedikt die Kinder zusammen hinausgeführt hatte, hatte sie Elias nicht aus den Augen gelassen. Er bezweifelte ernsthaft, dass sie sie überhaupt wahrgenommen hatte.

»Die Wahrheit.« Sie verschränkte die Arme.

Elias schnaubte ein trauriges Lachen. »Es gibt so viele Wahrheiten, dass ich nicht weiß, welche die richtige ist.«

»Meinst du damit, du hast so viele Lügen erzählt, dass du den Unterschied nicht mehr erkennen kannst?«

Elias traf der Vorwurf wie ein Schlag.

»Elias.« Cecilie war etwas außer Atem. »Carl hat mich gewarnt, aber du musst mir sagen, was du machst. Sonst kann ich dir nicht helfen.«

»Wir haben Karen Nielsdatter wiederbelebt.« Elias sprach die Worte schnell, weil er Angst vor Reue hatte.

Cecilie blieb der Mund offen. »Ihr habt *was*?«

Elias straffte den Nacken: »Der Tod hat mir so viele genommen. Ich werde mich wehren.« Genau an dem Punkt fühlte er sich wieder wie das verletzte Kind, das er vor hundertzehn Jahren gewesen war. Der Schmerz war so heftig wie beim Tod seiner Mutter.

»Ist es euch geglückt?«

Elias hatte nicht damit gerechnet, dass sich Cecilie nach dem Ausgang des Experiments erkundigen würde.

»Für einen Moment, aber Karen ist wieder in den Tod abgeglitten.«

»Was hast du gemacht?« Es war unklar, ob Cecilie beeindruckt oder entsetzt war. Im Grunde klang ihre Stimme völlig emotionslos.

»Ich habe ihr Kornrade verabreicht und Benedikts magische Elektrizität in ihr Herz geleitet.« Elias trat nervös von einem Bein aufs andere.

»Ich musste mehrere Nächte hintereinander arbeiten, um diese Kornrade zu gewinnen.« Ihren Mund umspielte ein verletztes Zucken. »Und deshalb bist du aus meinem Bett gesprungen. Wenn die Kornrade wirken soll, musst du sie verabreichen, bevor die Totenstarre eintritt.«

Elias sagte keinen Ton, was Cecilie Antwort genug war.

»Ich verstehe nicht, warum Odin so erzürnt ist.«

Elias blickte überrascht auf. »Findest du nicht schrecklich, was ich getan habe?«

Endlich trat in Cecilies Augen ein wenig Wärme. »Elias, du bist Arzt und Apotheker. Ich weiß nicht, was du sonst bekämpfen solltest, wenn nicht Tod und Krankheit.«

Elias atmete langsam aus. »Odin ist zornig, weil ich danach strebe, ihm nachzueifern. Er glaubt, dass nur die Götter Tote wiederbeleben können.«

»Er hat dir also gedroht?«

»Ja.«

Cecilie stellte sich ganz dicht zu ihm. »Odin ist mächtig, also müssen wir es ernst nehmen.«

Erleichterung machte sich in Elias' Körper breit, als sie ihre Arme um ihn schlang. Er seufzte und zog sie an sich. Sie roch so herrlich vertraut nach Lavendel und Sandelholz. Auch Cecilie lehnte sich an ihn, und so standen sie mitten im chaotischen Hörsaal zwischen allen zerschlagenen Gegenständen.

»Wo ist sie?«

»Karin? Sie ist in der Leichenhalle.«

»Bring sie zum Pastor, damit sie beerdigt werden kann«, flüsterte Cecilie. »Du musst mit dem Wiederbeleben aufhören. Ich will dich nicht verlieren. Ich kann ohne dich einfach nicht leben.«

Elias legte seine Wange auf ihren Kopf. Mit einer Hand strich er über ihre wilden Locken.

»Versprich es, Elias.«

»Ich verspreche, ich höre auf«, sagte er. Sein Blick fiel auf die Flasche mit dem Fruchtwasser.

Nur noch ein letzter Versuch …

KAPITEL 10

»Sofia. Sofiiiiaaa …« In Amalie prickelte und kribbelte es, und sosehr sie sich auch bemühte, sie konnte nicht still liegen. »Wundersame Dinge geschehen hier.«

Sofia drehte sich auf den Rücken und schaute mit ihren graublauen Augen zu den bemalten Deckenbalken hoch. »Hier im Haus geschehen immer seltsame Dinge, und die Erwachsenen verhalten sich merkwürdig. Ich habe einmal ein Messer mit Runenzeichen auf der Klinge gesehen, das hatte einen geschnitzten Schlangenkopf als Griff. Vater sagte, es wurde in Miklagard gekauft; aber es gibt keinen Ort, der so heißt. Und in der Kirche zeigte er auf das Bild eines Teufels und nannte ihn Fingalk. Der Pastor hatte von einem solchen Tier noch nie gehört, als ich ihn danach fragte.«

»Aber heute ist etwas noch viel Rätselhafteres geschehen. Ich kann mich beinahe daran entsinnen.« Amalie schloss die Augen und versuchte, die Erinnerungen hervorzulocken. Doch etwas ganz anderes klopfte plötzlich an ihr Gedächtnis. »Od Dinesen stand neulich vor dem Apothekerhaus.«

Sofia starrte sie ungläubig an. »Du hast Od Dinesen getroffen?«

Das fragte sich Amalie auch. »Ja, das habe ich wohl. Wirklich erstaunlich, dass ich es vergessen habe.«

»Hast du mit ihm geredet?«

»Er sagte, ich sei Papa ähnlich. Aber er sagte das traurig.«

Sofia schaute sie an, als traue sie Amalies Worten nicht. »Du triffst Od Dinesen und vergisst es hinterher?«

»Ja.« Amalies Magen verkrampfte sich. Was früher wie ein aufkeimender Verdacht gepuckert und gekitzelt hatte, schwirrte nun im ganzen Körper herum. »Bei der Obduktion heute ist etwas geschehen«, sagte sie langsam. »Unten im Anatomischen Theater.«

»Was?«

»Ich weiß es nicht mehr.« Amalie saß ganz still auf ihrem Bett. Das Haus knarrte, und mehrmals hörte sie draußen Raben. »Ich kann mich einfach nicht mehr erinnern; aber es hat etwas mit ihr zu tun, mit der toten Karen Nielsdatter.«

»Komm!« Sofia sprang vom Bett. »Wir gucken nach.«

Jetzt sträubten sich Amalie die Nackenhaare. »Wohin?«

»In den Hörsaal.« Sofia streckte ihre Hand aus, die leicht zitterte, und Amalie ergriff sie zögernd.

Gemeinsam schlichen sie zur Tür, Sofia mit einem brennenden Kerzenhalter in der Hand. Lautlos schlüpften sie in den dunklen Korridor mit den abscheulichen Gemälden. Die Mädchen hielten sich an den Händen und Amalies Herz klopfte.

Nachts sah hier alles so anders aus, als würden sie sich nicht in ihrem Zuhause bewegen. Amalie konnte spüren, wie die Geister dicht an ihnen vorbeiflogen, und hören, dass Hels Pferd unten am Bach wieherte. Als von der Straße ein tiefes Rufen zu hören war, zuckte sie zusammen, denn das musste das Feuermännchen sein.

Sie stellte sich ganz dicht zu Sofia, die ebenso flach atmete wie sie. Sie erreichten das dunkle Auditorium und stahlen sich in den Hörsaal. Die Luft war kalt und kühlte noch weiter ab, als sie die Treppe hinunterstiegen.

Der Seziertisch, auf dem Karens Leiche gelegen hatte, war leer. Sogar das Laken war verschwunden. Da stand nur noch der rollbare Tisch in Menschenlänge, auf den ein Mondstrahl fiel.

»Sie ist nicht da«, stellte Amalie ganz leise fest, wusste aber nicht, warum sie flüsterte.

»Vater muss ihre sterblichen Überreste zusammengelegt und hinten rausgebracht haben.«

Sie gingen zur Tür hinter dem Seziertisch.

Der vertraute Alkoholgeruch schlug ihnen entgegen, als sie die Leichenhalle betraten. Sofia hielt die Kerze hoch und beleuchtete die Regale, in denen Gefäße mit reinem Alkohol standen, die abgetrennte Körperteile enthielten. Dort gab es auch freigelegte Knochen und ein ganzes Skelett, das von Eisenringen zusammengehalten wurde und an einem Haken hing. Sofia und Amalie machten sich sonst einen Spaß daraus, es anzutippen, damit es hin- und herschaukelte. Jetzt sahen die dunklen Augenhöhlen sie nur ernst an. Der Raum, der früher immer sicher und angenehm auf sie gewirkt hatte, war jetzt zum Fürchten.

Ein Geräusch drang vom Hörsaal an ihre Ohren.

Amalies Nase kribbelte vor Angst. »Lösch die Kerze. Sofort!«

Sofia erstickte die Flamme zwischen Zeigefinger und Daumen, und die beiden Mädchen drückten sich hastig in die nächste dunkle Ecke.

Licht flackerte. Sie hatten vergessen, die Tür zu schließen, und jetzt drang ein goldener Schein durch den Türspalt. Ein Schatten näherte sich und bald war der Lichtstrahl vollständig verschluckt. Sie hielten sich eng aneinander gepresst bei den Händen.

Eine Gestalt schlüpfte durch die Tür. Amalie konnte das Wesen nicht deutlich ausmachen.

Jetzt war Amalie nahe daran, vor Angst umzufallen, und nach Sofias leisem Wimmern zu urteilen, ging es ihr ähnlich. Eine Frau kam auf sie zu, Amalie konnte es am Umriss erkennen. Die Mädchen wie die Frau schnappten nach Luft, weil sie fast zusammenstießen.

»Sofia und Amalie?«

»Mutter!«

»Was macht ihr hier?«

»Was machst *du* hier?«, fragte Amalie, als sie wieder in der Lage war zu sprechen.

Ihre Mutter stand im Nachthemd vor ihnen und beleuchtete sie mit einer Öllampe. Sie kaute auf einem Nagel. »Ich habe ein Geräusch gehört. Ich dachte, es wäre euer Vater.«

Weiter hinten im Raum war ein Scheppern zu hören und alle drei erstarrten.

»Raus«, flüsterte ihre Mutter. »Vater darf euch hier drin nicht finden.«

Sie waren nur ein paar Schritte weit gekommen, als in der Dunkelheit angestrengtes Atmen zu hören war.

KAPITEL 11

Elias saß auf dem Hocker in Benedikts Kellergemach. In der Hand schwenkte er ein Glas Aquavit so, dass der klebrige, starke Alkohol die Wand des Glases hochleckte.

»Wasser des Lebens«, murmelte er.

»Was?« Benedikt bereitete einen Kessel mit Glut vor. Daneben stand der Schädel, und dahinter zitterte die Odionfigur wie immer vor Wut.

»Aquavit kommt von *aqua vitae*. Wasser des Lebens. Die Bauern konnten kein Latein.«

»Hmm …« Benedikt warf ein paar Münzen in eine Wanne.

Elias versenkte eine Weile seinen Blick ins Glas. »Wir müssen uns vorbereiten.«

»Worauf?«

»Auf Odins Zorn.«

Benedikt richtete sich zu seiner vollen Größe auf und verschränkte die Arme vor der Brust. »Hast du nicht Cecilie versprochen, die Versuche einzustellen?«

Elias schaute immer noch ins Glas.

»Hast du Karens Leichnam heute dem Pfarrer übergeben?«

Elias schüttelte langsam den Kopf.

»Ile-aye«, rief Benedikt aus. »Fahr nach Helheim!«

»Sie war voller Kornrade, und ich hatte die Idee mit dem

Fruchtwasser. Das durfte nicht vergeudet werden«, murmelte Elias.

Benedikt seufzte. »Du bist ja besessen.«

Elias hob abwehrend die freie Hand. »Es ist nicht geglückt, und ich höre auf, es zu versuchen. Das hier war das allerletzte Mal.«

»Das glaube ich dir einfach nicht.«

Elias schaute an die Ziegelwand, in die Benedikt Bilder von Tieren aus seiner Heimat geritzt hatte. »Ich brauche etwas, womit ich verhandeln kann, wenn Odin zuschlägt. Du musst es mir besorgen.«

Wie immer, wenn Elias einen direkten Befehl erteilte, schürzte Benedikt die Lippen.

Elias zählte an seinen Fingern ab: »Es könnte Mimirs Kopf, Gungnir oder das Gjallarhorn sein. Wenn man den Gerüchten glauben schenken darf, ist eins der beiden goldenen Hörner, die sie im südlichen Jütland gefunden haben, das Gjallarhorn.«

Benedikt setzte zum Protest an.

Elias kam ihm zuvor: »Das Brisingamen oder Tilarids. Bloß etwas, womit ich prahlen kann, wenn Odin mir auf die Schliche kommt.«

Wahrscheinlich, weil Benedikt in nur wenigen Tagen so oft Zauberei eingesetzt hatte, besaßen seine Augen jetzt ein starkes, strahlendes Leuchten. Elias kannte ihn zwar, dennoch war es ihm unangenehm, wenn Benedikt seiner magischen Natur so sehr entsprach. Sein vorgeblicher Diener zog das Hemd aus, kickte seine Schuhe in die Ecke und schnappte Elias das Glas aus der Hand.

»Was soll das?«

»Wenn ich eines oder mehrere dieser Dinge beschaffen

soll, muss ich mich wilder Zauberei bedienen.« Benedikt goss den Aquavit in die Wanne und löste eine Explosion aus, woraufhin eine pilzförmige Wolke über dem Tisch aufstieg.

Elias rutschte auf dem Hocker mit einem Ruck weg.

»Mú ẹja wili«, las Benedikt die Messe, die Hände über dem Feuer erhoben. Die Flammen stiegen unter seinen Handflächen auf. Die Tätowierungen auf seiner Brust leuchteten, und er stand mit nackten Fußsohlen auf dem gestampften Lehmboden. Dann ging er in die Hocke und stimmte einen tiefen Gesang an, als sich blaue Energiebälle in seinen Händen sammelten. Magie erfüllte den ganzen Raum. »Dię iwo goolu. Dię iwo goolu. Dię iwo goolu.« Als er die Formel zu Ende gesprochen hatte, verstummte er.

Elias sah Benedikt an. »Was hast du da gemacht?«

»Ich habe Schellen an ihnen befestigt.«

»Schellen?«

Benedikt winkte mit einer großen, leuchtenden Hand. »Wir hören beide die Schellen, wenn einer oder mehrere der Gegenstände in den Besitz einer anderen Person übergehen.«

»Gut! Dann hat ja alles seine Ordnung«, befand Elias, obwohl sein Herz wegen der vielen Hexerei raste. Magie war nützlich, aber er fühlte sich umgeben von seinen Arzneien und den Leichen wohler.

Benedikt hielt den Kopf gesenkt. »Begrabe Karen Nielsdatter.«

»Was?«

»Lass sie ihren Frieden finden. Ich fühle, dass wir ihr unrecht getan haben.«

Elias schüttelte lächelnd den Kopf. »Karen hat in der Nacht, als sie starb, ihren Frieden gefunden. Dessen bin ich mir gewiss.«

»Woher weißt du das?«

»Das weiß ich einfach.« Elias hatte nicht vor, einer lebenden Seele zu verraten, dass er Karen in den Tod begleitet hatte.

Benedikt sah Elias direkt in die Augen. »Vielleicht solltest du dich mit Od unterhalten. Er ist der Einzige, der dich vor Odins Zorn schützen kann. Ich kann mir kaum vorstellen, dass die Götter mit sich handeln lassen.«

Schon bei der Erwähnung von Ods Namen kribbelte es Elias im Hals. »Ich will mich nicht unterha…«

»Jetzt hör mir zu. Ich habe ihn vor zwei Tagen auf der Straße gesehen. Er stand vor dem Apothekerhaus, als ich mit Amalie vorbeiging. Er hat ihr gesagt, dass sie dir ähnlich sei.«

Elias wurde flau im Magen. »Er hat mit Amalie gesprochen?«

»Od hat dafür gesorgt, dass sie alles wieder vergessen hat.«

»Ich will nicht, dass er mit ihr redet. Er darf sie auch nicht dazu bringen, Dinge zu vergessen. Du hättest ihn davon abhalten müssen.«

»Ich soll einen Demigott von etwas abhalten?«, schnaubte Benedikt. »Ich bin nur ein Zauberer.«

»Od weiß, dass er sich von meiner Familie fernhalten soll.«

»Ich glaube, er vermisst dich.«

Elias sah seufzend zur Decke hoch. »Od hört nur auf Heids Prophezeiungen, und sie ist seit mehr als sechshundert Jahren tot.«

»Du bist sein Sohn und er liebt dich.«

»Er will nur, dass ich lange lebe, weil Heid es vorhergesagt hat. Die Völva starb ein halbes Jahrhundert vor meiner Geburt, dennoch bestimmt sie weiterhin mein Leben. Schlimmer noch. Sie schreibt Od vor, dass er mir mein Leben vorschreiben soll. Das können die beiden gern glauben. Ich treffe meine eigenen Entscheidungen.«

»Ich verstehe nichts von den Kräften einer Völva«, brummelte Benedikt.

»Das tut niemand. Nicht einmal die Völven selbst.«

»Od will nur helfen. Womöglich nimmt er die Gefahr wahr.«

»Es besteht keine Gefahr.«

»Keine Gefahr? Odin hat dich bedroht, Carl war von Hugin besessen und hat die Prophezeiung verkündet, dass du bestraft wirst.«

Elias stand vom Hocker auf. »Ich kann Odin besiegen. Dann bin ich für immer frei. Frei, zu leben, und frei, zu sterben.«

»Odin besiegen?« Jetzt erhob Benedikt seine Stimme: »Du kannst einen Gott nicht besiegen!« Letzteres schrie er, sodass der Totenkopf auf seinem Tisch zitterte. Odion fiel um und Funken stoben um die kleine Figur.

Im Keller war es still. Benedikt atmete schwer, und Elias hatte vor Wut die Fäuste geballt. Auf dem Tisch sprühte Odion immer noch Funken. Benedikt drehte sich mit einem animalischen Knurren um. Er packte die Odionfigur und wollte sie anheben, schrie aber vor Schmerz auf, als etwas, das wie ein Blitz anmutete, seine Hand traf. Er zitterte, und das Weiße war aus seinen Augen gewichen. Plötzlich stand er völlig regungslos da und rollte mit den Augen, die jetzt pechschwarz waren. Er drehte langsam den

Kopf. Seine Hand umklammerte immer noch die Emaillefigur. Als er sie ansah, warf er sie weg, als wäre sie Ungeziefer.

»Mein Bruder hat sich unter der Erde eingerichtet«, sagte er mit viel tieferer Stimme und stärkerem Akzent als zuvor. »Kehinde lebt wie ein Maulwurf.«

»Benedikt?«

Benedikts schwarze Augen fixierten Elias. »Benutzt er jetzt seinen nordischen Namen? Verzichtet er auf sein Erbe? Kehinde ist ein Narr.«

»Odion.« Elias drehte sich vor Angst der Magen um. Er erinnerte sich nur allzu gut an das Chaos, das Odion in Aalborg angerichtet hatte, bevor Mardöll ihn in die Figur gebannt hatte.

»Mein weichherziger Bruder mag dich, obwohl ich nicht weiß, warum.«

Elias sank in sich zusammen, richtete sich jedoch wieder auf. »Lass den Körper deines Bruders los, Odion.«

Odion in Benedikts Körper lachte. »Euer Gott spricht zu mir. Odin der Allmächtige. Er ist so kämpferisch und stark. Ich glaube, ich werde Obatala austauschen.«

»Odin ist nicht allmächtig.«

Odion zitterte, als würde Benedikt irgendwo in ihm versuchen, nach draußen zu schlüpfen, aber Odion erlangte die Kontrolle zurück. »Odin scheint ziemlich allmächtig zu sein, wenn er die Toten wiederbelebt und ihnen titanische Kräfte und den Drang verleiht, sie zu nutzen.«

Elias stutzte. »Odin hat niemanden wiederbelebt.«

»Du wurdest gewarnt, aber du hast nicht gehorcht. Jetzt kommt die Strafe.«

Elias spürte, wie ihm die Luft aus dem Bauch gepresst

wurde. »Bringt er mich jetzt um?« Bei seinem Glück sähe es ihm ähnlich, genau dann zu sterben, wenn er endlich etwas hatte, wofür es sich zu leben lohnte. Aber er war abgeklärt. Wenn er für seine Wissenschaft sterben musste, dann war das nicht zu ändern. Nach über hundert Jahren war er mehr als bereit, obwohl er überhaupt keine Lust hatte, seine Familie zu verlassen.

Benedikt lachte ein unheimliches Lachen, das überhaupt nicht wie sein normales klang.

»Der Tod wird ein Geschenk sein im Vergleich zu dem, was dich erwartet.«

Elias wusste, mit wie viel Einfallsreichtum Odin und die anderen Götter Strafen ersannen. Loki war einmal der Mund zugenäht worden, und jetzt stand er in der Gnipahöhle unter einer Schlange, aus deren Maul Gift auf ihn tropfte. Der arme Mimir war ohne Körper gefangen und Nari war von einem Wolf in Stücke gerissen worden.

Im Stockwerk über ihnen ertönte ein Knall. Elias blickte zur Decke des niedrigen Kellergewölbes, das sich unmittelbar unter der Leichenhalle befand.

Dann erklangen Schreie.

»Cecilie!«, schrie Elias, als er die Stimme erkannte. Durch ihre verzweifelten Hilferufe konnte er die Zwillinge weinen hören. Er rannte zur Tür, aber Odion in Benedikts Körper war schneller. Er schlug sich auf die nackte Brust.

»Ah, es tut gut, wieder einen Körper zu haben.«

»Lass mich hoch zu meiner Familie!«

Von oben war Tumult zu hören. Regale stürzten um und Gläser zersprangen. Jemand brüllte, und Cecilie und die Zwillinge schrien, zuerst vor Angst und dann vor Schmerz.

Es war so laut, dass Elias es durch Mörtel, Holz und Stein hörte.

»Geh weg.« Er versuchte Odion aus dem Weg zu schubsen, doch der rührte sich keinen Zentimeter.

Odion sah auf. »Das ist der Klang des Todes. Den liebe ich.« Dann stellte er sich auf die Zehenspitzen und hämmerte jubelnd gegen den Deckenbalken. »Pégé, Pégé, Pégé, Pégé.«

»Cecilie!«, schrie Elias. »Amalie und Sofia.«

Benedikt wiegte sich hin und her und schnitt wilde Grimassen. »Raus aus meinem Körper, Bruder. Ami afẹfẹ!«

»Vielleicht ist es jetzt an dir, fünfzig Jahre verbannt in eine schäbige Figur herumzustehen«, fauchte Odion. Er sank auf die Knie.

»AMI AFEFE!«, schrie er und schob seine Finger weit genug vor, um die Emaillefigur zu ergreifen, die weggeschleudert dalag. Dann saß er keuchend da, den Blick zu Boden gerichtet. »Beeil dich, Elias«, sagte er halb erstickt. »Ich weiß nicht, wie lange ich ihn halten kann.«

Elias rannte los. Später konnte er sich nicht mehr daran erinnern, wie er von Benedikts Kellergemach in die Leichenhalle gelangt war, denn plötzlich stand er in der Tür. Benedikt, der Odion wieder gebannt haben musste, war direkt hinter ihm.

Dort war es dunkel, aber von drinnen ertönte ein zischender Atem, gefolgt von Grunzlauten. Spiritus floss über den Boden und der Geruch kribbelte in seiner Nase.

Nackte Füße schlappten über den nassen Boden und das Schlurfen näherte sich. Karen tauchte auf und kam direkt auf sie zu.

Die Arme baumelten neben ihrem Körper, der Kopf hing

herab, als könnte ihr Hals sein Gewicht nicht mehr tragen, und ihr Mund stand offen. Sie fixierte Elias mit Blicken, ohne zu blinzeln. Langsam ging sie auf ihn zu.

»Halte sie fest«, sagte Elias. »Ich muss meine Familie finden.«

Benedikt machte einen Schritt nach vorn, die Arme nach Karen ausgestreckt, aber sie stieß ihn weg, sodass er rückwärts hinfiel. Seine sonst so beträchtlichen körperlichen Kräfte reichten nicht aus, also bündelte er die Magie und versuchte es erneut. Währenddessen schlüpfte Elias um die beiden herum in die Leichenhalle.

Dort war es dunkel, und seine Augen mussten sich erst an die Lichtverhältnisse gewöhnen. Er rutschte auf dem Spiritus aus. Verzweifelt untersuchte er Hände, Beine, Köpfe und Arme, die alle kalt und steif waren. Da berührten seine Finger etwas Warmes, und im selben Moment warf Benedikt blaue, magische Funken in die Dunkelheit. Sie tauchten das Grauen in Licht.

Vor ihm, zwischen umgestürzten Regalen, zerbrochenen Behältern und Präparaten, lagen seine Frau und seine Töchter.

Alle drei in unnatürlichen Stellungen. Ihre Arme und Beine waren seltsam verrenkt, obwohl Amalie und Sofia sich wie immer an den Händen hielten.

Die Hälse wölbten sich, und Karens Handabdrücke waren noch auf der Haut zu erkennen, wo sie ihnen die Kehlen zugedrückt hatte.

KAPITEL 12

In Elias' Körper wallte heftig das Blut, und er spornte sein Pferd im Galopp zur größten Eile an, bis die Flanken des Tieres schäumten.

»Od«, rief er. Seine Verzweiflung wuchs. »Ziehvater!«

Es kam keine Antwort; und die Sicht über das flache Nordjütland war in der undurchdringlichen Dunkelheit nicht besonders weit; und nur aus schierer Willenskraft trieb er das Pferd an. In der Ferne erkannte er jedoch winzige Lichtpunkte.

Sie stammten von dem kleinen Dorf Ravnssted, an dem er vorbeiritt. Das Flimmern der Lichter zog schnell vorüber, und er war wieder von kahlen Feldern umgeben. Er spürte das Ackerland um sich herum mehr, als dass er es tatsächlich sah.

»Hilf mir, Od«, flüsterte er. »Hilf meiner Frau und meinen Kindern.«

Immer noch keine Antwort.

Kurz hinter Ravnssted lag Odinshöhe, die es schon Elias' gesamtes Leben lang dort gegeben hatte, und dieser Ort strahlte Sicherheit aus. Dort oben brannte ein Signalfeuer, auf das er instinktiv zuritt. Möglicherweise hatte Od den Opferplatz seines Vaters aufgesucht.

Das Pferd preschte über den schmalen Feldweg, der zur

Anhöhe hinaufführte. An deren Fuß wuchsen Haselbüsche und wilde Obstbäume. Sie warfen lange Schatten, weil das Feuer sie in orangen Schein tauchte. Als Kind hatte Elias hier Nüsse und Mirabellen gepflückt; jetzt jedoch sah der Bewuchs verkümmert und unheimlich aus. Nebelschwaden stiegen von den Feldern auf und wehten und drehten sich mal hierhin, mal dorthin, sodass sie fast wie Gestalten anmuteten. An manchen Stellen erahnte er zarte grüne Sprosse.

Elias' Nacken kribbelte, als er an die Auferstehung der Samen aus ihrem unfruchtbaren Winterschlaf dachte. Das Bild wurde durch den Anblick von Karen mit ihrer mürrischen Miene und ihrem starren Blick abgelöst.

Er erreichte den Gipfel der Anhöhe, sprang vom Pferd und blickte sich um. »Od!«, rief er, doch hier war nur ein Feuer. Keine Menschen oder Demigötter. Der Kraghede Skov lag wie ein schlafender Troll am Ende des Feldes und zeichnete sich nur schemenhaft ab. Über den Baumkronen funkelten ein paar Sterne, wogegen sich der Mond hinter einer Wolke versteckt hielt.

Odinshöhe war wie leer gefegt, abgesehen vom Feuer und einigen Opfersteinen mit uralten Ritzzeichnungen. Getreide und Eierschalen lagen verstreut auf der Steinplatte, die den Eingang zur Kammer in Odinshöhe markierte.

»Willst du mir nicht helfen?« Elias sank auf die Knie und legte eine flache Hand auf den nächsten Runenstein. »Ich bitte dich. Du konntest einem Gebet doch noch nie widerstehen.«

Geraume Zeit verstrich, doch dann ertönte eine Stimme.

»Erinnerst du dich an unsere erste Begegnung?« Die Stimme war kühl und ein wenig heiser. Sehnsucht und

Liebe schwangen im Unterton mit. Je näher sie kam, umso mehr vermischte sich silbernes Licht mit den orangefarbenen Feuerwogen.

Elias blickte zu seinem Ziehvater hoch, der aus der finsteren Nacht auftauchte.

Od stellte sich so groß und gut aussehend wie immer vor ihn. Elias konnte sehen, dass er in diesem Moment mehr Gott als Mensch war. Das Licht, das ihn umgab, stach Elias in die Augen, sodass er sie zukneifen musste. Das Haar des Demigottes war funkelnd dunkel, und seine Augen waren grün wie die aufgewühlte Nordsee. Das Kinn war stark und ebenmäßig, und ein bezauberndes Lächeln ruhte auf seinen markanten Lippen.

»Sie sind tot«, flüsterte Elias. »Cecilie, Amalie und Sofia.« Jeder Name schnürt ihm die Kehle zu.

Od sah ihn traurig an. »Das Leben vergeht schnell für Sterbliche.«

»Ihre Zeit war noch nicht gekommen.«

»Ich kann die Toten nicht zurückholen«, sagte Od. »Das weißt du besser als jeder andere.«

»Ich werde alles tun«, weinte Elias. »Überrede Odin oder Freya, und ich bin bis zum Untergang der Welt dein Diener.«

Od neigte leicht den Kopf. Elias kannte diese Geste aus den gut hundert Jahren, die er an seiner Seite verbracht hatte. So sah Od aus, wenn er über etwas nachdachte.

Elias' Herz setzte einen Schlag aus, und er fuhr schnell fort: »Mein Diener Benedikt hat mit allen drei Stillstandszauber durchgeführt. Sie sind im Augenblick ihres Todes eingefroren. Wenn du …«

»Ich habe dich vermisst, mein Sohn. Begrüße mich ordentlich.« Od breitete die Arme aus.

Elias erhob sich schnell aus seiner knienden Stellung, wäre vor Eile fast hingefallen, holte jedoch tief Luft und umarmte Od.

So zu stehen war ein Segen und zugleich furchtbar. Die Erkenntnis veranlasste ihn, sich an Ods starken Körper zu drücken, während ihn Göttlichkeit erfüllte. Das war während seiner gesamten Kindheit die einzige Bindung gewesen, und er war so eng an Od Dinesen gebunden, dass er damals dachte, er müsste sterben, wenn er nicht in seiner Nähe war. Die Kraft zog in seinen Körper ein, was sich für ihn schön, jedoch auch wie ein schwindelerregender Rausch anfühlte. Die alte Abhängigkeit überrollte ihn wie eine Flutwelle, und zwar so heftig, dass er kaum glauben konnte, dass er ein Jahrzehnt gebraucht hatte, um sich davon freizukämpfen.

Od atmete genießerisch aus. Er hielt Elias in den Armen, während er die Göttlichkeit aus seinem Körper ziehen ließ.

»Was muss ich tun, damit du meine Familie rettest?«, fragte Elias an Ods Schulter.

»Lebe.«

»Ich lebe doch.«

»Du musst mich überleben. Heid hat gesehen, dass du eine Aufgabe hast, wenn ich tot bin.«

Bei der bloßen Erwähnung von Heids Namen loderten wütende Flammen in Elias' Brust. »Aber du bist unsterblich.«

»Ich kann sterben. Heid hat es gesehen.« Ods Stimme klang wie das Plätschern der Wellen und das Rauschen des Windes über dem Meer.

Elias hätte fast gesagt, dass ihm die Prophezeiung von einer vor sehr langer Zeit verstorbenen Völva vollkommen egal war, fragte aber stattdessen: »Was muss ich tun?«

»Wenn du stirbst, bleiben sie tot«, erklärte Od.

Elias befreite sich aus Ods Umarmung und machte sich daran, die Odinshöhe hinabzugehen. »Cecilie und die Mädchen sind im Apothekerhaus. Benedikt wartet auf uns. Ich habe gesagt, ich wäre nur kurz weg.«

Od folgte ihm nicht. Er blieb oben auf dem Hügel stehen und schaute Elias mit einem sanften und in diesem Moment nervtötenden Lächeln nach.

»Komm jetzt«, sagte Elias.

Od bewegte sich nicht vom Fleck.

»Benedikt wartet.«

Aber Od krümmte nur den Zeigefinger als Zeichen, dass Elias zurückkommen solle.

Seufzend machte Elias kehrt. Das letzte, steile Stück war mühsam, sodass er die Strecke nur unter Aufbringung aller Kräfte bewältigte. Od breitete die Arme aus, und Elias wusste, was das bedeutete.

Er kroch in Ods Arme, und der Demigott hob mit einem Satz ab. Blitzschnell sausten sie über Felder und Wälder. Elias' Augen tränten, und seine Sicht verschwamm, aber er ging davon aus, dass sie vor dem Apothekerhaus angekommen waren, als Od anhielt.

Um sie war Quaken und das Schwirren von Insekten zu hören, und hier war es wärmer als auf dem flachen Land. In der Luft lag der feuchte und säuerliche Geruch von Torf und Brackwasser. Elias musste sich anstrengen, um den Ort wiederzuerkennen.

»Seemoor?«

»Du musst hier warten«, sagte Od und entließ ihn aus der Umarmung.

»Ich muss zurück nach Aalborg.«

»Im Moment ist es zu gefährlich. Die Götter sind zornig auf dich.«

»Das ist mir einerlei«, protestierte Elias. »Ich will nur meine Familie retten. Die Götter können hinterher mit mir machen, was sie wollen.«

Ods Gesicht war liebevoll. »Mir ist das nicht einerlei. Du musst leben, Elias. Zum Wohle der ganzen Menschheit.«

»Was ist die ganze Menschheit wert im Vergleich zu meinen Kindern? Sie und Cecilie sind das einzig Wicht…«

Od schaute ihm in die Augen, und am Rand seines Blickfelds leuchteten goldene Flammen.

»Was machst du?« Elias wurde schwindelig. »Nein, nicht.«

Aber Od sah ihm weiter in die Augen. »Deine Familie trifft dich hier wieder. Das verspreche ich.«

Elias wankte. »Hör auf …«

»Schhh.« Od streichelte seine Wange. Eine alles überwältigende Schläfrigkeit befiel Elias, und obwohl er sich mit Leibeskräften wehrte, glitt er in einen angenehmen Schlummer. Bevor er umfiel, hörte er noch, dass Od mit jemandem sprach.

»Schwöre, dass sie ihn nicht bis auf den letzten Tropfen aussaugen.«

Eine Stimme, so tief, als gehöre sie einem alten Seemann, erwiderte: »Verlässt du dich wirklich auf das Ehrenwort einer Elfe?«

»Ich verlasse mich auf deins, Mjödwitnir.«

Eine Schweigepause trat ein, in der Elias in Wohlbehagen trieb, jedoch mit pochender Panik im Leib.

»Ich beschütze ihn vor den Schlimmsten von ihnen. Ich glaube, er wird seinen Spaß haben.«

Elias konnte sich nicht länger wach halten. Er hatte das Gefühl, als würde er auf den tiefsten Meeresgrund gezogen, und machte jetzt ausladende Schwimmbewegungen, um wieder an die Wasseroberfläche zu kommen. Die Bäume um ihn herum schwankten. Tatsächlich bogen sie sich so stark, dass sie aussahen wie Schilf, das im Wind wogte. Dann verwandelten sich die Umrisse in Menschen. Er war von Musik umgeben und hörte eine helle Stimme.

»Komm, Elias. Komm und tanz mit uns.«

Elias schaute sich um. Er war nicht mehr in dem dunklen, feuchten Moorwald. Er stand in einem Korridor, der mit goldenen Sechsecken ausgekleidet war, die warm leuchteten. Die Lichtquelle war nicht ersichtlich. Es war Musik, Gelächter und das Klirren von Gläsern zu hören. Leute drängten sich an ihm vorbei zu irgendetwas, das am Ende des Korridors lag.

»Lasst mich raus!«, rief er und versuchte, in die entgegengesetzte Richtung zu gehen, aber die Leute schoben ihn mit sich. Alle dufteten nach Blumen, reifen Äpfeln und frischer Luft, und er musste diesen Geruch einfach inhalieren. Mit jedem Atemzug entspannte er sich mehr. Vielleicht war es trotz allem gar nicht so übel.

Eine Frau winkte ihm zu. »Wir haben so viel Spaß.« Sie war schön mit ihren fast weißen Haaren, großen Augen und einem goldenen Band um die Stirn. Ihr Kleid war so dünn, dass er ihren Körper durch den Stoff sehen konnte. Sie hatte ein perlendes Lachen, das auch ihn ansteckte. Gleichzeitig wurde er von den gut duftenden Leuten mitgezogen.

Was war eben doch noch gleich so wichtig gewesen?

Er landete in einem großen Raum, dessen Decke so

hoch wie ein dreistöckiges Haus war. Es handelte sich jedoch nicht um eine gewöhnliche Decke, sondern um eine Kuppel aus dunkelbraunen Kristallen, die fast so glitzerten und changierten, als befände sich etwas Lebendiges in ihnen.

Die Leute tanzten in großen Runden. Die Männer hoben die Frauen hoch, und auch die Tanzenden waren fast nackt. In der Mitte des Raumes stand eine große, mit Früchten gefüllte Silberschale. Jemand drückte ihm ein Glas in die Hand. Der Inhalt dampfte, der sanfte Rauch strömte über seine Hand.

Elias versuchte immer noch, sich daran zu erinnern, was vor Kurzem so wichtig gewesen war, aber es entglitt ihm. Angst pochte nach wie vor in seinem Blut, ließ aber nach, als er an dem süßen Getränk nippte, das in Mund und Rachen perlte und anders als alles schmeckte, was er je zuvor getrunken hatte. Honig, Beeren und etwas Fermentiertes – alles andere als unangenehm.

Eine Frau stellte sich vor ihn. »Schmeckt es dir?« Zuerst war ihre Stimme tief, wurde nach und nach jedoch melodiös und hell. Sie lachte, und sie war ein so schöner Anblick, dass Elias sie wie verzaubert anstarrte. Ihre Nase war spitz, und eine rosa Zunge leckte über dünne Lippen. Ihre Augen waren groß und fast schwarz. Dann hauchte sie ihm ins Gesicht. Ihr Atem war warm wie ein Sommerwind, und Elias sah einen Schwarm bunter Schmetterlinge direkt auf sich zufliegen.

Jetzt konnte er sich an kein Geschehnis mehr erinnern, das sich vor dieser Feier ereignet hatte. Sogar seinen eigenen Namen hatte er vergessen, und nur weil die Tanzenden ihn riefen, fiel er ihm wieder ein. Schmetterlinge liebkosten sein Gesicht, bevor sie sich auflösten und sein Herz einen Purzelbaum schlug.

»Das ist der Trunk der Moorfrau. Er wurde heute Nacht aus Strahlen des Mondes, der Kühle der Nacht und der Feuchtigkeit der Erde von allen Feldern in ganz Vendsyssel gebraut.« Die Frau sah auf seine Hand, in der er das Glas hielt. »Trink noch etwas.«

Er leerte es in einem Zug. Das Gebräu verbreitete Wohlbefinden in seinem ganzen Körper. Er war fröhlich, entspannt und wollte lieben und lachen. »Mehr«, bat er. »Gib mir mehr.«

Die Frau füllte sein Glas, und wieder leerte er es in einem Zug.

»Mehr.«

»Später.« Die Frau wirbelte herum, und die Vibrationen pflanzten sich in Elias fort. Er legte seine Hände auf ihre Brust und spürte ihr tiefes Schnurren, als wäre sie eine große Katze.

»Bleib heute Nacht an meiner Seite«, sagte sie.

Elias wollte gar nicht mit anderen zusammen sein, also fiel die Entscheidung nicht schwer. Er nickte mit einem breiten Lächeln. Sie erwiderte es und zog ihn in den Tanz. Lachend sprang er mit.

Die Musik spielte, Elias lief im Kreis und das Getränk wirbelte in seinem Blut. Jedes Mal, wenn eine Person an ihm vorbeikam, strich sie ihm mit der Hand über die Schulter. Die Euphorie wuchs, und schließlich stand er inmitten der vielen Leute.

Das Gebräu der Moorfrau brodelte in seinem Blut, und die Erinnerung, wie lebensgefährlich diese Nacht gewesen war, hatte sich längst verflüchtigt. Kurz darauf wollte er das

Fest verlassen. Da draußen war etwas Wichtiges, aber er konnte sich nicht entsinnen, was es gewesen war.

Bald würde er darüber nachdenken. Bald.

KAPITEL 13

Sie hatten ihre Kapuzen aufgesetzt und fegten Schatten gleich durch die Nacht. Wenn ihnen eine Person begegnete, sahen sie ihr in die Augen. An den Türen fuhren sie mit der Hand über die Klinke, und sogar das stärkste Schloss sprang auf. In dieser Nacht wurden in Aalborg insgesamt fünftausend Menschen hypnotisiert.

Karen Nielsdatter wurde eingefangen und unschädlich gemacht, nachdem sie jede Menge Unheil angerichtet hatte. Sie hatte ihre Familie, Nachbarn und den Burschen abgeschlachtet, der ihr beim letzten Erntedankfest einen Korb gegeben hatte. Doch die schrecklichen Ereignisse wurden durch die Erinnerung an einen heftigen Seuchenausbruch verdrängt, der mit Karens Tod seinen Anfang genommen hatte. Sie war nicht der Schwindsucht erlegen. Nein, die Pest verpasste Nordjütland den allerletzten Peitschenhieb. Nie wieder würden Menschen unter unfassbaren Schmerzen sterben, wenn sie infektiöses Blut aushusteten; aber jahrhundertelang hatte die Pest die Menschen in Angst und Schrecken versetzt, sodass sie bereit waren, bis zum Äußersten zu gehen, um ihr zu entkommen.

Die Kanzlei für magische und übernatürliche Vorkommnisse hatte mehr als reichlich zu tun; aber Mardöll arbeitete mit ruhiger Hand, unterstützt von Benedikt Sekibo, nachdem sie seinen widerspenstigen Bruder in den Griff bekommen hatte. Manchmal stellte sie sich vor, er wäre ihr ergebener Wochenend-Ehemann, mit dem sie opferte und in ganz Dänemark Magie ausübte. Doch alles hatte einmal ein Ende; und Benedikt musste zum Apothekerhaus zurückkehren, wo Elias sich mit ihm treffen wollte.

Im Garten des Heilig-Geist-Klosters hockte Mardöll nun mit gesenktem Kopf im Schneidersitz auf einer Steinbank. Sie verschickte Traumbotschaften, damit die allerletzten Bewohner und Bewohnerinnen von Aalborg glaubten, sie hätten Karens Vernichtungszug nur geträumt.

Od Dinesen näherte sich. Mardöll hob den Kopf und empfand das übliche angenehme Schaudern, als sie ihn sah. Im Mondschein glänzte sein Haar, seine hübschen Gesichtszüge zeichneten sich deutlich ab, und seine Augen funkelten wie Edelsteine. Sie wusste, dass sie nur wegen seiner göttlichen Seite Schmetterlinge im Bauch hatte, also setzte sie ihre neckische Miene auf.

»Es ist lustig, dich unter *ihm* zu sehen.« Sie blickte zur Mauer hoch, an der eine bemalte Holztafel mit einem Bild hing, das einen Mann mit blonden, welligen Haaren und einem Heiligenschein in einem blau- und lachsfarbenen Gewand darstellte.

Od verzog den Mund. »Ich bin ganz bestimmt nicht *unter* ihm.«

Mardöll hob eine Augenbraue. »Weil du zuerst da warst?«

Od breitete die Arme aus, hob einen Fuß und stellte ihn auf den anderen. Dann schloss er die Augen und ließ den Kopf hängen. »Weil er gestorben ist und ich überlebt habe.«

Mardöll musste lachen. »Du kannst so morbide sein.«

Od richtete sich zur vollen Größe auf. Sein Gesicht war wieder beherrscht.

»Jesus ist aber beliebter als du, obwohl er tot ist«, meinte Mardöll. »Vielleicht gerade weil er tot ist.«

»Du begrüßt mich nicht ordentlich«, sagte Od, anstatt sich zu einem Kommentar hinreißen zu lassen. Mardöll stand schnell auf und sank vor ihm auf die Knie.

»Svá skal ek þjarma þér at brjósti, at hjarta þítt.«

Od legte beim Zuhören den Kopf leicht schräg. »Ich drücke dich an meine Brust wie giftige Schlangen, die an meinem Herzen nagen. Das war ein starkes Gebet.«

»Ich bin eine starke Hexe.«

»Ich weiß.« Od legte ihr seine warme Hand in den Nacken und nahm die Anbetung entgegen. Er holte tief Luft. Dann ließ er sie los, und die Luft der Frühlingsnacht fühlte sich noch kälter an als zuvor. Mardöll erhob sich.

»Ist es vollbracht?« Od setzte sich auf die Bank.

»Meine Leute sind mit dem Aufräumen fast fertig. Diese eine Frau hat so viel Schaden angerichtet wie eine ganze Horde Wassergeister.« Sie schüttelte den Kopf. »Odin muss wirklich sauer gewesen sein.«

»Mein Vater war sehr zornig.«

Mardöll blickte vorsichtig zu Od hoch, der aufrecht neben ihr saß. »War er wütend auf Elias?«

Od ließ ihre Frage unbeantwortet. »Es wird eine Weile dauern, bis wir Elias wiedersehen«, sagte er stattdessen.

Sie saßen einen Augenblick schweigend da. Od atmete stoßartig und dampfend aus und drückte Mardölls Hand, die nicht einmal bemerkt hatte, dass er sie in seine genommen hatte. Durch die Berührung hatte sie das Gefühl, über der Bank zu schweben. Dann ließ er sie los und sie plumpste wieder nach unten. Ihre Hand drehte sich und fühlte sich kalt an, weil sie jetzt nicht mehr von der Göttlichkeit berührt wurde. Mardöll sehnte sich danach, Ods Finger noch einmal zu berühren, fragte jedoch mit fester Stimme: »Was ist mit Elias' Familie?«

»Sie liegen in Odinshöhe im Bann des Stillstandszaubers. Um den Sohn kümmert sich Benedikt.«

»Sonst hätte ich Benedikt für die Kanzlei angeworben.«

»Er ist ans Apothekerhaus gebunden. Ihr Vertrag gilt für das Gebäude, nicht für Elias als Person.«

»Dein Pflegesohn ist einer der schlausten Menschen, die ich kenne. Man könnte ihn für übernatürlich halten.« Mardöll meinte das als Kompliment, obwohl sie nicht sicher war, ob Elias es so verstehen würde.

Od schaute hoch. »Komm doch raus, Magnus.«

Magnus Arneson tauchte hinter einer Ecke des Klostergebäudes auf. Er fingerte an seiner Mütze herum, die er abgenommen hatte, als er merkte, dass Od neben Mardöll saß. Magnus war einer von Mardölls neusten Mitarbeitern; der junge Zauberer schien große Fähigkeiten zu besitzen.

»Ich bin fertig«, sagte er.

»Ist alles entfernt?«

»Ich habe die ganze Strecke von Katte Strand bis Kiers Mølle Leichenteile gefunden.«

»Würdest du deinen Vater bitten, sich das nächste Mal anders abzureagieren?«, fragte Mardöll säuerlich.

»Gerne, aber er hört kaum zu«, lächelte Od.

»An manchen Stellen waren nur noch Zehen und Finger übrig.« Magnus machte ein angewidertes Gesicht. »Aber wir haben es jetzt im Griff.«

»Danke.« Mitleid kratzte in Mardölls Kehle, denn sie

konnte sehen, dass Magnus den Tränen nahe war. Vielleicht war er zu jung für die Aufgabe, die sie ihm übertragen hatte.

Od stand auf. »Vielen Dank für die Unterstützung der Kanzlei. Benachrichtigst du den König?«

»Ich werde ihn morgen ohnehin sehen.«

»Das wundert mich nicht.«

Sie zwinkerte. »Es ist immer gut, einen Hangadrot in der Hinterhand zu haben.«

Od lächelte. »Du bist eine gute Schülerin, Mardöll. Mein Vater ist sehr zufrieden mit dir.«

KAPITEL 14

Ein kühler Wind zerzauste Elias' Haar, wehte eine Locke auf die andere Seite des Kopfes und spielte so mit ihr, dass das Haar seinen Wangenknochen kitzelte. Langsam schlug er die Augen auf, obwohl es sich anfühlte, als würde jedes Augenlid hundert Pfund wiegen. Der Tag war viel kälter als der vorige, und er war tropfnass.

Er schaute zum Himmel hoch. Der Regen würde nicht mehr lange auf sich warten lassen, denn die Wolken hatten die Form von dunkelgrauen, bauschigen Schafen. Auch seine Gedanken waren flauschig. Die Ereignisse der Nacht blitzten immer wieder vor ihm auf, und sein Herz hämmerte vor Scham und Freude. Überall hatte es reichlich zu trinken und Frauen gegeben. Die schönsten, die er je gesehen hatte, und sie hatten ihn geküsst und Schlimmeres angestellt. Die schwarzäugige Frau war in seiner Nähe geblieben, und wenn jemand versuchte, sich mit ihm zurückzuziehen, war sie trotz seiner Proteste eingeschritten. Doch dann hatte er stattdessen getanzt und getrunken. Es war das beste Fest, das er je erlebt hatte, und das wollte viel heißen. Am Ende war er von dem lästigen anhaltenden Bimmeln von Glocken gestört worden, das an ihm zerrte. Als er es nicht mehr aushalten konnte, war er dem Geräusch durch den Korridor nach draußen ins Moor gefolgt.

Aber ein *Fest*. Und dann in einem Moor. Warum gab es ein Fest im Seemoor?

Er grinste in sich hinein, das Lächeln erstarrte jedoch auf seinen Lippen. Sein Körper summte, als er wieder nüchtern wurde, und ein seltsames Gefühl überkam ihn. Er versuchte, klar zu denken, aber die Gedanken entglitten ihm wie kleine Fische im Wasser. Sein sonst so scharfer Verstand ließ ihn im Stich. Dann fiel ihm wieder die entsetzliche Nacht vor dem Fest ein.

»Cecilie!«, rief er, immer noch außerstande, aufzustehen. »Sofia und Amalie!« Die Worte hallten zwischen den Bäumen wider, und ein Vogel erhob sich aus dem Gebüsch.

Die Blätter an den Bäumen raschelten und das Seemoor gluckerte aufgeregt. Schwerfällig setzte er sich auf. Der Boden bestand aus schreiend grünem Moos, das teilweise über seine Hosenbeine gewachsen war. Dann befielen ihn Übelkeit und Kopfschmerzen. Sein Magen protestierte, und obwohl er die ganze Nacht getrunken hatte, hatte er nichts zu erbrechen. Taumelnd kam er auf die Füße, die jedoch sofort unter ihm einsanken. Sein Unterkörper wurde in die Tiefe gezogen. Das geschah so unerwartet, dass er vor Schreck aufschrie.

Unter dem giftgrünen Moos quoll das Wasser nach oben. Obwohl es wie fester Boden aussah, bildete es nur eine dünne Schicht. Jetzt erst fiel ihm auf, dass er draußen im Moor war. Der Grund lag mehrere Meter unter ihm und der Schlamm hielt ihn fest. Seine Beine waren versunken, und kalte Finger umklammerten seine Knöchel. Er kämpfte, aber je mehr er sich abstrampelte, desto weiter wurde er in die Tiefe gesogen.

»Ich ertrinke. Hilfe!«

Aber von dem Moor oder den hohen Bäumen um ihn kam keine Reaktion.

Er holte tief Luft, um sich zu beruhigen. »Od?«

Aber auch Od kam nicht.

»Halte dich hier fest.« Die Stimme war ganz hell.

Elias entdeckte, dass ein biegsamer Birkenzweig zur Wasseroberfläche hinabgedrückt worden war. Am Ufer stand ein vor Anstrengung stöhnender Junge, der den Ast nach unten presste. Die dünnen Arme zitterten und er sah konzentriert aus. Elias griff nach dem hellen Holz, und der Junge ließ los. Der Ast schnellte mit dem daran baumelnden Elias hoch. Mit einem lauten Schmatzen gab ihn das Moor frei, Schuhe und Strümpfe jedoch blieben in der Tiefe stecken. Er konnte sich nur mit Mühe und Not festhalten. Er hatte nicht mehr die Kraft, sich vorwärtszuhangeln, also rutschte er am Ast auf den Pfad zu, der um das Moor verlief. In der Dunkelheit der vergangenen Nacht war er nicht zu erkennen gewesen, doch jetzt sah er, dass der schmale Weg sich wie eine dunkle Schlange aus Erde zwischen dem Wasser und dem hohen Gras wand. Er landete auf den Beinen, die ihn jedoch nicht trugen, denn sein Körper war seltsam erschöpft, sodass er wie eine Stoffpuppe zusammensackte. Keuchend lag er auf dem Pfad.

Der Junge kniete sich neben ihn. »Stirbst du, Herr?«

»Nein, nein. Mir geht es hervorragend.«

Der Junge sah ihn zweifelnd an. Elias versuchte aufzustehen, musste aber aufgeben.

»Soll ich jemanden holen, Herr?«

Elias' Wange lag auf der kühlen, staubigen Erde. Bäume hatten ihre Wurzeln über den Weg wachsen lassen und wölbten sich unangenehm unter seinem Körper.

»Ich muss meine Frau finden.« Seine Stimme war nur noch ein kümmerliches Flüstern.

»Was sagen Sie?«

Elias fand endlich die Kraft, sich aufzusetzen. Eine Weile hockte er mit auf die Knie gelegter Stirn da. Dann rappelte er sich auf. Vom Gefühl der Entkräftung geriet er ins Schwanken; Kopfschmerzen und Übelkeit nahmen zu, und er versuchte, einen Schritt zu machen, seine Beine wollten aber nicht gehorchen. Seine Hände zitterten und ein paarmal verkrampfte sich sein Magen schmerzhaft, sodass er ihn sich halten musste.

»Ich will nach Hause. Hast du einen Wagen?«

»Einen Wagen.« Der Junge lachte. »Ich habe nicht einmal ein Kissen zum Schlafen.«

Elias versuchte zu gehen, kam jedoch nicht weit, weil er seitwärts gegen einen Baum taumelte. Er lehnte sich an ihn, um das Gleichgewicht nicht zu verlieren. Unbeholfen kramte er in seiner Hosentasche. Zum Glück schlossen sich die Finger um ein Fläschchen. Leicht hätte es in der wilden Nacht herausgefallen sein können, aber es war immer noch da.

»Meine Mutter kann sich um Sie kümmern, bis es Ihnen besser geht. Sie ist eine erfahrene Heilerin und hat Theriak und auch Wasser aus der St.-Olav-Quelle.«

»Wohnt sie in Dronninglund?« Elias kannte die meisten Quacksalber in der Gegend.

»Wir wohnen hier.« Der Junge breitete die Armen zu dem hellen Heidekraut und den hohen Bäumen aus. Die Fichtenzweige knarrten, und hinter ihm erhoben sich steile Hänge. Elias konnte sich nicht entsinnen, je gehört zu haben, dass im Seemoor Menschen lebten.

In dem Augenblick setzte Nieselregen ein. Elias klapperte mit den Zähnen, und sein Magen drohte erneut, sich umzudrehen. Mit dem Rücken gegen den Baum kämpfte er mit dem Stöpsel des Fläschchens.

»Verbiesterte Flasche!«

»Lassen Sie uns zu meiner Mutter gehen.«

»Ich habe eigene Arznei.« Elias zeigte das Fläschchen mit Edrú vor, das er offensichtlich nicht öffnen konnte. Jetzt fiel ihm auf, dass seine Schuhe und Strümpfe noch im Moor steckten, denn seine nackten Füße schmerzten vor Kälte. Auch die Jacke war auf dem Fest abhandengekommen, Hose und Hemd waren klitschnass.

»Eine Behandlung bei meiner Mutter kostet nicht allzu viel.«

»In der Tat bin ich selbst Arzt.«

Der Mund des Jungen wurde schmaler. »Auch wenn Sie ein guter Arzt sind, brauchen Sie vielleicht doch Hilfe.«

Diese Worte verleiteten Elias dazu, den dreckigen Jungen anzusehen. Früher waren dessen Kleider einmal schön und von guter Qualität gewesen, jetzt jedoch durchlöchert und hässlich. Der Junge hatte große Augen und eingefallene Wangen. Sofia und Amalie hatten ähnliche Augen, doch ihre Wangen waren rund und rot wie kleine Äpfel. Die Sehnsucht nach den Mädchen suchte ihn erneut heim. Er hielt dem Jungen das Fläschchen hin.

»Zieh für mich den Korken raus. Meine Hände schaffen es nicht, und ich habe es sehr eilig.«

»Was kriege ich dafür?«

»Du willst dafür bezahlt werden, dass du einen kleinen Stöpsel rausziehst?«

»Auch weil ich Sie aus dem Moor gezogen habe.« Der Junge verschränkte seine mageren Arme.

»Ich bin in einer Notlage.«

»Und ich bin hungrig!«

Elias musste aufgeben. »Du bekommst zwei Schilling.«

»Ich will einen Reichstaler.«

»Ich gebe dir einen Reichstaler«, knurrte Elias. »Hilf mir aber zuerst.«

Dem Jungen fiel es schwer, seinen Triumph zu verbergen, als er den Stöpsel entfernte. Vorsichtig goss er Edrú in Elias' Mund. Der Geschmack von Zitrus und Minze war stark, und es dauerte nicht lange, bis er wieder einen klaren Kopf hatte. Sobald ihn die Beine trugen, trat er rennend die Flucht aus dem Seemoor an und ließ den Jungen allein am Ufer zurück.

»Mein Geld!«

»Ich komme damit zurück«, rief Elias über die Schulter.

»Haben Sie mich betrogen?« Der Junge klang ebenso überrascht wie verärgert. Wohl hauptsächlich über sich selbst. »Reiche Leute zahlen nie ihre Zeche.«

»Ich bringe dir das Geld. Doch jetzt muss ich meine Familie finden.«

»Lügner! Betrüger!« Der Ruf des Kindes traf ihn wie ein Pfeil in den Rücken.

Der Junge schrie ihm nach: »Sie böser Mann! Sie sind treulos und hinterhältig, und Sie lügen.« Die Stimme des Jungen verebbte allmählich hinter Elias.

Er umrundete den See, erreichte den großen Wald und lief zwischen den hohen Tannenstämmen weiter.

KAPITEL 15

Der Regen prasselte auf den Kutscher, der die Post von Dronninglund nach Aalborg beförderte. Die staubfeinen Tröpfchen in dem Schauer waren in groben Schneeregen übergegangen, der schmerzhaft auf seine Wangen klatschte. Ununterbrochen pfiff Wind übers flache Land. Der Kutscher zog sich den Schal vor den Mund und hielt die Lederzügel fest in der Hand. Die Landstraße, die an Dronninglund Storskov vorbeiführte, hatte sich in eine Schlammlandschaft mit vielen Schlaglöchern verwandelt, und trotz des leichten Gewichts und der Federung kam die Kutsche ständig ins Rutschen. Er schnalzte den Pferden zu, denn der finstere Wald barg wohl die vielen Gefahren, von denen man in letzter Zeit so oft hörte. Es würde ihn nicht wundern, wenn dort das Böse lauerte.

Das Herz in der Brust des Kutschers schlug bereits schnell, und als sich ein Mann der Kutsche in den Weg stellte, blieb es vor Schreck fast stehen. Der Mann fuchtelte mit den Armen, und der Kutscher wäre an ihm vorbeigefahren, wenn der Kerl sich nicht mitten auf der Straße aufgebaut hätte, denn er wollte nicht riskieren, mit dem Wagen in den Graben zu kippen. Widerwillig hielt er an und blickte nach unten. Zum Glück war es weit bis hinunter zur Straße, aber für alle Fälle griff er zum Knüppel, den er unter dem Wollmantel versteckt hatte, der seine Beine bedeckte.

Auf der Straße stand ein junger Mann in einem weißen Hemd. Die regennasse Kleidung klebte ihm am Leib und sah seltsam altmodisch aus. Er trug Beinkleider aus dickem Stoff mit goldenen Knöpfen, und seine nackten Zehen bluteten.

»Sind Sie überfallen worden?«, fragte der Kutscher.

Die Augen des Mannes waren weit aufgerissen und die Haare klebten ihm im Gesicht. Seine Haut war sehr blass, abgesehen von den hektischen roten Flecken an Wangen und Hals.

»Ich wurde ausgeraubt«, antwortete er. »Ich bin meines Geldes verlustig gegangen.«

Der Kutscher hatte ganz und gar keine Lust, mit dem Mann, der seinerseits ein Räuber sein könnte, den Kutschbock zu teilen. Ihm waren Geschichten von Gaunern zu Ohren gekommen, die anderen vorgaukelten, anständige Leute in Not zu sein. Derlei Vorfälle ereigneten sich in letzter Zeit sehr häufig. Bei diesem Gedanken griff er die Zügel fester, um die Fahrt fortzusetzen.

»Ich muss meine Familie finden.« Die Worte des Mannes überschlugen sich. »Sie wurden gestern schwer verletzt, und ich muss zu ihnen nach Aalborg zurück.«

Der Kutscher umfasste den Knüppel noch fester. »Ich nehme keine Fahrgäste mit.«

»Aber ich bin in Not.« Die Stimme brach, und ein starker Wind hob einige Haare des Mannes an, obwohl sie klatschnass waren. Tropfen fielen von den großen Locken. Die Verzweiflung in seinen Augen veranlasste den Kutscher zu der Überlegung, ob der Fremde nicht doch vorhaben könnte, ihn zu überfallen und sich des Wagens zu bemächtigen. Bestimmt schleppte er auch einige der gefährlichen Krankheiten mit sich herum, an denen Gott und die Welt zurzeit krepierten.

»Ich bin Arzt.« Offensichtlich zwang sich der Mann zum langsamen Sprechen und drückte sich dabei auch so altmodisch aus wie der selige Großvater des Kutschers.

»Welcher von den Ärzten?«

»*Der Arzt!* In ganz Vendsyssel gibt es nur mich.« Der Mann hielt sich an der Kutsche fest und stellte einen Fuß auf die unterste Stufe des Trittbretts. Daraufhin knallte der Kutscher mit den Zügeln. Er wollte nicht das gleiche Schicksal erleiden wie all die Bedauernswerten, die von Straßenräubern getötet worden waren. Die Pferde liefen los, und der Mann wurde vom Wagen schleudert.

»Halt! Nimm mich mit.«

»Unter keinen Umständen.«

»Laut Medizinalordnung des Königs haben die Bürger die Pflicht, den Amtsärzten bei der Ausübung ihrer Aufgaben Hilfe zu leisten«, rief ihm der Mann hinterher. Die Stimme drang durch den heulenden Wind zu ihm und hörte sich plötzlich so autoritär wie die eines Richters oder eines Amtmannes an. »Du kommst ins Gefängnis, wenn ich der Polizei erzähle, dass du dich geweigert hast.«

Der Kutscher hob die Zügel an, sodass die Postkutsche zum Stehen kam. Die Pferde stampften verwirrt mit den Hufen, und er drehte sich auf seinem Kutschbock um.

»König? Für ihn arbeite ich. Ich fahre die Post der Krone aus.«

Laufschritte erklangen und der Mann stieg wieder seitlich am Wagen hoch. Der Kutscher nahm ihn genauer in

Augenschein. Seine Hände sahen trotz der schmutzigen und abgebrochenen Nägel ordentlich aus, und sein Gesicht hatte keine roten Flecken von einer Arbeit im Freien.

»Sagen Sie etwas auf Latein, damit ich mir gewiss bin, dass Sie kein Lügner und Betrüger sind.«

Der Mann seufzte, als müsse er all seine Geduld aufbringen. »Et interficiemus te. Stultus tuum giant!«

Der Kutscher war beeindruckt. »Na gut. Steigen Sie auf.«

Der Arzt erklomm den Wagen und nahm auf dem Bock Platz. Der Kutscher reichte ihm eine Decke, in die sich der Mann wickelte.

»Ich wäre fast lieber im Gefängnis als hier draußen in diesem Unwetter«, meinte der Kutscher und knallte die Zügel auf die Hinterteile der Pferde. »Ich sehe überall Geister. Wahrscheinlich liegt es am Wetter und dem ganzen Elend. Die Welt ist aus den Fugen geraten.«

»Ja, wie es niederregnet. Und das so spät im Frühjahr.« Die Stimme des Arztes klang monoton.

»Frühjahr? Dieser kalte Sommer dauert schon ewig an«, antwortete der Kutscher; doch der Arzt schien seine Worte nicht gehört zu haben, sondern starrte nur nervös geradeaus.

»Bring mich zum Apothekerhaus«, sagte er.

»Heute können Sie da nichts kaufen. Da ist wegen der Beerdigung geschlossen.«

Der Arzt drehte langsam den Kopf zum Kutscher. Die hektischen roten Flecken waren von Wangen und Hals verschwunden, so blass war er jetzt.

»Wessen Beerdigung?«

»Von Frau und Kindern des Apothekers.«

KAPITEL 16

Nach wie vor war es stark bewölkt, und der Graupelschauer war in Hagel übergegangen, sodass er und der Kutscher kaum mehr als eine Armlänge weit Sicht hatten. Zudem kam ihm der letzte Abschnitt der Fahrt wie im Nebelschleier eines Albtraums vor, in dem er meinte, alles sähe wie in einer verkehrten Welt aus. Einige Häuser waren verschwunden, andere waren neu hinzugekommen, und die Straße verlief anders als früher. Vielleicht lag es am Zaubertrank der Moorfrau, dass ihm sein Gehirn immer noch Streiche spielte. Je mehr er fluchte, desto mehr kauerte sich der Kutscher neben ihm zusammen.

Endlich erreichten sie das Apothekerhaus, und er sprang von der Postkutsche, dessen Kürbisform ebenfalls rätselhaft aussah. Er verabschiedete sich weder, noch bedankte er sich beim Kutscher.

Im Apothekerhaus rannte Elias den Flur entlang, wo ihn die Apotheker von den Gemälden wütend anstarrten.

»Cecilie!«, schrie er. »Sofia, Amalie … Carl!«

Als er sich Cecilies Schlafzimmer näherte, hörte er dort Menschen. Eine Person sprach und eine andere weinte. Ihm schnürte es die Kehle zu, weil er sich vor dem fürchtete, was ihn hinter der Tür erwartete. Trotzdem drückte er die Klinke nach unten.

Als er eintrat, verstummten alle Geräusche. Der Raum war voller Fremder, die hier nichts zu suchen hatten. Sie trugen sogar seltsame Kleider und hatten ihre Haare bizarr frisiert. Die Männer trugen Kurzhaarfrisuren zu breiten Backenbärten, und die Haare der Frauen waren von flachen Mittelscheiteln nach unten gekämmt. Die Fenster und der große Spiegel waren mit weißen Laken verhängt, und im Zimmer roch es nach Stroh. Der Schrank stand nicht an seinem gewohnten Platz, und der Tisch war ganz verschwunden.

»Raus mit euch!«, befahl er. »Raus aus meinem Haus!«

Die Fremden guckten ihn erstaunt an, als er sich zum Bett schleppte. Jemand hielt ihn am Arm fest, aber er schlug die Hand weg.

»Benedikt!«, rief er. »Benedikt, wo bist du? Wer sind all diese Leute?«

Er erreichte Cecilies Bett. Jemand hatte den roten Web-Vorhang durch einen braunen ersetzt. Er wollte ihn gerade zurückschlagen, als sich Arme um seine Brust schlangen.

»Sie stören die Totenwache.« Der Mann, der Elias festhielt, sprach leise. »Gehen Sie, bevor Sie noch mehr Unheil anrichten.«

»Ich muss meine Frau und meine Kinder sehen.«

»*Ihre* Frau?«

»Ich muss sie sehen.« Er wand sich los und riss den Vorhang ab, der mit einem kreischendes *Ratsch* zerriss.

Im Bett lagen auf einer mit Stroh gefüllten Matratze eine Frau und zwei Kinder, die alle drei leichenblass waren. Man hatte ihnen Silbermünzen auf die Augen und Strohkreuze auf die Brust gelegt sowie die Hände auf dem Bauch gefaltet.

Die Frau dort war mollig und hatte blondes Haar. Obwohl er das Gesicht wegen der Münzen nicht richtig erkennen konnte, gehörten das kräftige Kinn und die schmalen Lippen nicht Cecilie. Das eine Kind war ein etwa siebenjähriger Junge, das andere ein dreizehn- oder vierzehnjähriges Mädchen. Beide hatten, wie die Frau, weizenblonde Haare.

»Wo sind Cecilie und die Mädchen?« Er drehte sich zur fremden Schar um.

Niemand im Zimmer antwortete ihm. Sie wichen lediglich zurück, als wäre er eine Erscheinung, obwohl sie diejenigen waren, die wie Geister aussahen. Elias wirbelte wieder herum, sodass sein nasses Hemd Wassertropfen verspritzte. Seine blutigen, nackten Füße hatten dunkle Abdrücke auf dem Boden hinterlassen.

»Cecilie!«, rief er so laut, dass es von den Wänden widerhallte.

Eine Frau mit besonders glänzendem Haar fuhr zusammen, und ihr Mann legte den Arm um sie. Draußen im Flur war Getrampel von schnellen Schritten zu hören, die lauter wurden. In der Tür tauchte plötzlich ein großer Mann auf, der stehen blieb, als er Elias sah. Er starrte ihn an, als traue er seinen Augen nicht.

Endlich war da jemand, den Elias kannte.

Benedikt trug eine lange rote Jacke zu einem geknöpften weißen Hemd mit einem breiten schwarzen Halstuch. Auch die Hose war dunkel und die Schuhe blank poliert. Er hatte eine weiße Perücke auf dem Kopf, unter der seine farbigen Dreadlocks hervorlugten.

»Elias. Bist du es wahrhaftig?«

»Wo sind Cecilie und die Mädchen?«, krächzte Elias heiser. »Wo ist Carl?«

Benedikt legte den Weg von der Tür zu Elias mit zwei langen Schritten zurück. »Wo bist du gewesen?«

»Im Seemoor.«

Benedikt starrte ihn immer noch an, als würde er erwarten, dass sich Elias jeden Moment in Rauch auflöste. Dann fing er sich. »Lass uns gehen. Wir sprechen woanders darüber.«

»Wer sind diese Leute?« Elias deutete mit zitterndem Finger auf die Schar Menschen.

»Die Frau und die Kinder des Apothekers sind gestern an der Cholera gestorben.«

Elias hörte die Worte, begriff sie aber nicht. »Ich bin doch der Apo…«

Benedikt unterbrach ihn. »Du drängst dich auf.«

»*Ich* dränge mich auf? In Cecilies Bett liegen die Leichen von drei Fremden«, rief er so laut, dass es hallte. Im Zimmer schnappte ein Mann nach Luft. Benedikt versuchte, Elias zur Tür zu schieben, doch er stemmte sich mit seinen blutenden Zehen am Boden dagegen.

»Komm doch mit.«

»Nein!«

»Ich werde es dir schon erklären, aber wir müssen gehen.«

»Lass mich Carl sehen.«

Benedikt schluckte. »Carl ist nicht hier.«

»Er kann nicht allein bleiben. Er ist viel zu klein.«

Benedikt nahm ein paarmal innerlich Anlauf. »Carl ist vor fünfundvierzig Jahren gestorben.«

Elias taumelte rückwärts zur Tür. Die Fremden im Zimmer wirkten wie Schauspieler in absurden Theaterkostümen, und die Toten im Bett waren ein ekelerregender Anblick. Er hatte das Gefühl, die Wände stürzten auf ihn ein.

»Was ist das hier für eine schauerliche Spiegelwelt?«, hörte Elias seine eigene Stimme sagen, obwohl er sich nicht sicher war, ob er es war, der die Worte aussprach

»Das ist die wirkliche Welt«, antwortete Benedikt. »Das ist die Welt, die du vor langer Zeit verlassen hast.«

»Vor wie langer Zeit?«

Benedikts braune Augen glänzten vor Mitgefühl.

»Du bist sechsundachtzig Jahre lang fort gewesen.«

KAPITEL 17

Sie saßen in der Bierstube unter dem Apothekerhaus. Benedikt stellte einen Becher mit warmem Bier vor Elias, das der jedoch nicht anrührte. Seine Hände zitterten, sonst saß er aber ruhig und starrte vor sich hin.

»Du bist in jener Nacht weggeritten und nie wieder zurückgekehrt. Od Dinesen kam auch nicht. Cecilie und die Mädchen sind in Odinshöhe. Sie liegen seit jener Nacht vor fast einem Jahrhundert im Stillstandszauber. Auf dem Hügel steht jetzt ein Haus …« Benedikts Stimme verstummte. Er musterte Elias, der sich nicht rührte. Er war nicht einmal sicher, ob Elias ihn überhaupt hörte. Seine Lippen bewegten sich, obwohl keine Worte aus seinem Mund kamen. Jedenfalls keine, die Benedikt hätte hören können. Elias schaute sich weiter um, als würde er etwas suchen.

»Das hier war dein Zimmer.« Elias' Stimme trug kaum.

Benedikt musste es sich im Kopf zusammenreimen, bevor er sich auf dem Holzstuhl zurücklehnte. »Na ja, das war es einmal.« Schon vor so langer Zeit war Benedikt ans andere Ende des Apothekerhauses gezogen, dass er fast vergessen hatte, dass er einmal hier unten gewohnt hatte. Jetzt waren die Räume ausgebaut und als Schankwirtschaft gepachtet worden. Hinter ihm befand sich die rote Backsteinmauer, auf der noch Einritzungen von Elefanten, Impalas und Kobras aus seiner Heimat zu sehen waren. Er rückte seine Perücke zurecht. Nur wenige Gäste nahmen Notiz von seiner dunklen Haut. Die meisten kannten ihn als Diener des Apothekers, der oft in die Bierstube kam. Elias sagte etwas, das noch schwerer zu verstehen war als zuvor.

»Was sagst du?«

»Was ist mit Carl geschehen?«

Benedikt überlegte, ob er Elias eine Hand auf die Schulter legen sollte, aber in Wahrheit brauchte er selbst Trost. Er vermisste Carl jeden Tag, weil er ihm länger gedient hatte als Elias. Außerdem liebte er Carl viel mehr.

»Nachdem du verschwunden warst, hat Mardöll dafür gesorgt, dass ein Pächter kommt. Ich habe Carl großgezogen und sein Leben mit ihm geteilt. Auch als er alt genug war, um das Apothekerhaus zu übernehmen.«

»Aber du hast gesagt, dass …«

»Carl starb mit zweiundvierzig Jahren. An Schwindsucht. An der Krankheit, an der auch Karen Nielsdatter damals gestorben ist.«

Diese Worte durchdrangen Elias' versteinerte Fassade, und er hob den Bierkrug und leerte ihn mit einem langen Schluck. Benedikt schenkte ihm noch einmal nach, und wieder trank Elias das Bier in einem Zug aus. Nach dem dritten Krug zitterten seine Hände nicht mehr, obwohl seine Augen jetzt glasig waren.

Elias atmete aus. »Od?«

Benedikt zuckte mit den Schultern. »Lange nicht gesehen. Vielleicht steht es aus dem Grunde so schlimm.«

»Was meinst du damit?«

»Ist es dir nicht aufgefallen? Das Wetter, das dünne Bier, die triste Kleidung der Leute.«

Elias starrte zuerst in den leeren Bierkrug und blickte sich dann um. Seine Augen flatterten und seine Bewegungen waren steif und ruckartig.

»Das Land ist pleite«, erklärte Benedikt. »Drei Jahre hintereinander fiel die Ernte aus und es ist eiskalt. Auch um diese Jahreszeit.«

»Ist es nicht Frühling?«

»Wir haben Ende Juni.«

»Juni? In welchem Jahr?« Elias' Augen leuchteten manisch. Er sah in den schmutzigen Kleidern und mit den zerzausten Haaren wie ein Landstreicher aus.

»Wir schreiben das Jahr 1816.«

Tränen stiegen Elias in die Augen, sein Gesichtsausdruck jedoch blieb unverändert. Vielleicht merkte er es nicht einmal. Benedikt hatte ihn noch nie in so einem erbärmlichen Zustand gesehen. Obwohl Benedikt immer ein bisschen wütend auf Elias gewesen war, weil der ihn an das Apothekerhaus gebunden hatte, wusste er auch, dass er ohne Elias nicht mehr leben würde.

»Wie lange kann ein Stillstandszauber anhalten?«, fragte Elias.

»Im Grunde für immer und ewig. Aber wenn ich sterbe, kann er nicht wieder aufgehoben werden. Oder Odion kann es, denn unsere Magie ist dieselbe, aber er würde es kaum tun.«

Elias schenkte sich noch einmal Bier ein, nahm einen Schluck, spuckte es aber wieder in den Krug. »Haben sie etwas Stärkeres?«

Benedikt griff in seine Innentasche, nahm eine Flasche heraus und hielt sie ihm hin. Elias trank gierig, bis sie leer war, und warf sie auf den Tisch.

»Das ist doch Met aus Hrafnheim. Woher hast du den?«

»Ich kenne eine junge Hexe in Sverresborg. Védis. Sie ist mein Lehrling.«

»Triffst du dich nicht mehr mit Mardöll?«

»Bei Védis ist es was anderes, und man muss sich in Acht nehmen, wenn man Mardöll einen Korb gibt.«

Elias schien Benedikts Liebesleben nicht zu interessieren. Vermutlich war ihm im Augenblick alles gleichgültig.

»Ich habe das Gjallarhorn«, sagte Benedikt.

Elias straffte sich. »Was?«

»Hast du die magischen Glocken nicht gehört?«

Elias dämmerte, was ihn aus dem Elfenhügel befreit hatte. »Du warst das?«

Benedikt musste lachen, hörte aber auf, als Elias ihn feindselig ansah. »Ich laufe doch nicht mit einem großen goldenen Horn herum.«

»Hol es!«

»Jetzt?«

»Ja, jetzt!« Trotz Elias' erbärmlichem Äußeren hatte seine Stimme den gewohnt autoritären Ton nicht verloren.

Befehl war Befehl, also stand Benedikt auf und eilte auf sein Zimmer. Eigentlich war es ihm recht, dass er von Elias wegkam, dessen Unglück ihm körperlich zugesetzt hatte. Er hatte gelernt, damit zu leben, dass Cecilie und die Kinder tot waren; aber für Elias war der Schmerz noch frisch und riss Benedikts Trauer wieder auf. Als er das Bündel unter dem Bett hervorgeholt hatte, begab er sich zurück in die Bierstube, wo Elias immer noch mit leerem Blick hockte.

Zum Glück hatte Benedikt genug Geistesgegenwart besessen, um eine weitere Flasche Met mitzunehmen, die er jetzt auf den Tisch stellte. Das große Blechblasinstrument verbarg er auf magische Weise vor den anderen Gästen und dem Wirt. Elias trank den Met direkt aus der Flasche.

Benedikt legte das Bündel auf den Tisch und schlug den Stoff zurück, sodass das goldene Horn zum Vorschein kam. Es war wie eine Waffeltüte geformt, hatte aber die Länge eines Unterarms. Elias stellte die Metflasche beiseite und zog das Instrument am Stoff zu sich. Benedikt wartete auf Lob, das aber nicht kam. Elias musterte das Horn, in dessen goldenem Glanz sich sein versteinertes Gesicht spiegelte.

Er nahm eine Gabel und hackte brutal das schmalste Ende ab. Das Endstück, das die Größe eines Fingerhuts hatte, steckte er in die Tasche. Ein winzig kleiner Goldspan, nur halb so groß wie ein Fliegenflügel, fiel auf den Tisch. Elias tupfte ihn mit der Fingerspitze auf und hielt ihn Benedikt hin.

»Nimm es. Leg es auf Odion.«

Benedikt starrte ihn an. »Das ist das Gold der Götter.«

»Sie können das Horn nicht benutzen, wenn es nicht vollständig ist.«

»Ich will so etwas Gefährliches nicht haben. Wir haben schon einmal den Zorn Odins zu spüren bekommen.«

»Das ist ein Befehl.« Elias streckte den Finger weiter vor. Widerstrebend nahm Benedikt den Goldspan und wickelte ihn in ein Taschentuch.

»Wenn mir etwas zustößt, musst du das Gold sofort den Riesen übergeben«, erklärte Elias.

»Du bist von den Jahren im Elfenhügel noch wahnsinniger geworden«, murmelte Benedikt. »Bildest dir ein, Odin herausfordern zu können. Er hat deine Familie getötet.«

»Und das werde ich ihm niemals verzeihen«, sagte Elias

mit finsterer Miene. »Ich will sie zurückhaben oder bei dem Versuch sterben. Ich habe nichts zu verlieren.« Sein Gesicht war so verhärtet, dass Benedikt mit seinem Stuhl ein Stück abrückte.

Elias' blaugraue Augen waren ein Abgrund an Kompromisslosigkeit, wie ihn Benedikt noch nie zuvor in ihnen gesehen hatte. Oder vielleicht trog ihn auch nach über achtzig Jahren Trennung nur die Erinnerung. Benedikt sträubten sich die Nackenhaare, als ihm der Zynismus klar wurde. Nichts und niemand konnte Elias von seinem Vorhaben abbringen. Weder Götter noch Menschen, Hexen oder Riesen. Aber vielleicht …

»Carl hat eine Tochter«, sagte Benedikt schnell. »Aber Justine musste umziehen, als die Apotheke verkauft wurde. Als alles abgewickelt war, blieb nicht mehr viel übrig. Carl hatte kein gutes Händchen, Geld zusammenzuhalten.«

Der abgestumpfte Gesichtsausdruck bekam leichte Risse. »Ich habe ein lebendes Enkelkind?«

Benedikt nickte.

»Du hast sie einfach weggeschickt? Warum bist du nicht mit ihr gegangen?«

»Unser Vertrag sah vor, dass ich an das Apothekerhaus gefesselt bin, bis du stirbst oder bis du mich von meinem Eid entbindest.« Er schwenkte seine Hände zu Elias in einer demonstrativen Geste, die andeutete, dass Elias springlebendig war.

»Die meisten hätten während meiner Abwesenheit den Vertrag gebrochen.«

»Ich bin Zauberer. Mein Ehrenwort kann nicht gebrochen werden.« Benedikt sah Elias erwartungsvoll an, aber entweder kam es ihm nicht in den Sinn, dass jetzt ein guter

Zeitpunkt wäre, den Pakt aufzuheben, oder aber er wollte ihre Vereinbarung aufrechterhalten.

»Wo ist Justine?«

Benedikt betrachtete Elias. Er wirkte so jung. Seine Locken waren getrocknet und rahmten wie bei einem Engel auf einem Gemälde sein Gesicht ein. Er selbst sah wohl auch nicht viel älter aus, aber sie waren beide weit über hundert Jahre. Elias näherte sich den zweihundert, aber sein Gesicht war glatt. Nicht eine einzige Falte hatte sich eingeschlichen.

»Carl behielt die hellseherischen Fähigkeiten und vererbte sie Justine. Ihre Worte vor dem Auszug waren, dass ich ihrem Großvater eine Nachricht überbringen solle. Ich soll dir sagen, dass sie im Seemoor auf dich wartet.«

Elias knirschte mit den Zähnen. Ein Verstehen, das Benedikt fehlte, flackerte in seinen Augen.

»Geh. Ich will dich nicht mehr sehen.« Elias' Gesicht verschloss sich. Seine Hände zitterten wieder, und er trank hastig einen großen Schluck Met.

Benedikt vermutete, dass er sich im Elfenhügel diese Angewohnheit zugelegt hatte. Wenn die Geschichten über die Elfenfeste der Wahrheit entsprachen, hatte er über achtzig Jahre stark getrunken. Benedikt stand auf, diesmal begierig, Elias' Befehl zu gehorchen.

Nachdem Benedikt ihn in der Bierstube allein zurückgelassen hatte, führte Elias, über die Metflasche gebeugt, Selbstgespräche.

KAPITEL 18

Elias hatte noch nie ein Haus so gehasst wie den kleinen Hof, der jetzt oben auf Odinshöhe stand. Es handelte sich um ein einfaches Bauernhaus mit weiß getünchten Wänden und Strohdach. Das Gebäude befand sich dort, wo früher immer die Signalsteine gestanden hatten. Die heiligen Steine waren wohl abgetragen und weggeworfen worden. Das Schlimmste war, dass der Eingang zur Krypta im Inneren des Hügels jetzt durch die neuen Mauersteine versperrt war.

Wieder einmal besprühte der Himmel die nordjütländische Landschaft mit Nieselregen, und das Licht passte absolut nicht zur Jahreszeit. Jetzt war Juli, aber Elias hatte die Sonne noch nicht zu sehen bekommen, und die Blätter an den Bäumen waren nicht richtig sommerlich grün, sondern blassgelb und viel kleiner als zu dieser Jahreszeit üblich. Immer wenn Hagel und Graupel fielen, färbte der Erdboden sich nicht weiß, sondern orangerot wie Rost oder verdünntes Blut. Die Felder versanken in großen Pfützen, und die Hufe der Rinder verfaulten, weil sie im Schlamm standen.

Eine Frau zog eine Kuh vom Feld am Fuß des Hügels hinauf in den Stall. Es dauerte eine Weile, bis sie daraus wieder auftauchte und zurück zum Haus ging. Die Haupttür war blau, und die junge Frau schüttelte sich, bevor sie hindurchtrat.

Elias betrachtete ihren Rücken, fest entschlossen, sich irgendwie Zutritt zu verschaffen. Er machte einen Schritt vorwärts, prallte aber von einer unsichtbaren Wand ab. Er versuchte es noch einmal, doch wieder konnte er die Membran nicht durchdringen.

Er hatte Kleidung und Schuhe aus einem Haus in Ravnsted gestohlen. Die Jacke war zu groß, und die Schuhe scheuerten, schützten ihn aber ein wenig vor dem kalten Regen.

Unterhalb von Odinshöhe lag düster und dräuend der Kraghede Skov. Dunkle Vögel kreisten krächzend über den Baumkronen. Das verzweifelte Gefühl, das Elias zuvor innerlich verbrüht hatte, wurde nun von Eiseskälte abgelöst, sodass er äußerlich wie innerlich fror. Er nahm Anlauf und stürmte den Hügel hoch, nur um abermals zurückgestoßen zu werden.

»Du kommst da nicht rein.«

Elias drehte sich um. Mardöll stand hinter ihm. Sie trug ein solches Kleid, wie sie anscheinend jetzt in Mode waren. Der orangefarbene Stoff leuchtete wie Bernstein vor dem Hintergrund des dunklen, gepflügten Feldes. Es reichte bis zum braunen, fetten Mutterboden, und das Mieder saß unter den Brüsten. Die Ärmel waren lang, und der Ausschnitt war so tief, dass ihre Schlüsselbeine deutlich zu sehen waren. Trotz der Kälte schien sie nicht zu frieren. Das Haar trug sie zu einer aufwendigen Frisur hochgesteckt, die etwas lockerer fiel als bei den Frauen mit den akkurat gezogenen Mittelscheiteln, die Elias in Aalborg gesehen hatte. Zuerst hatte sie die übliche neckende Miene, doch als sie Elias' Gesicht sah, wurde sie ernst.

»Die Ländereien um Odinshöhe wurden verkauft, und die neue Besitzerin hat den Hügel verzaubert.«

»Ist sie eine Hexe?« Elias machte sich nicht die Mühe, Mardöll zu begrüßen, da auch sie auf die Formalitäten verzichtet hatte. Schon geraume Zeit beobachtete er die Frau, die auf Odinshöhe lebte, und sie machte auf ihn nicht den Eindruck, als wäre sie fähig, ein magisches Bollwerk zu errichten.

»Katrine Frederiksen ist die Pächterin. Ihr gehört auch das Wirtshaus in Ravnssted.«

Elias kehrte dem Hügel den Rücken zu. »Wer ist der wahre Eigentümer?«

Mardöll zuckte mit den Schultern. »Das weiß nur der Eigentümer selbst.«

»Was geht hier vor? Die Kälte im Sommer, die Missernte und die Hungersnot?«

»Einige glauben, Fimbul hätte begonnen. Wir sind etliche, die Opfer bringen, um die Götter zu stärken.« Sie wartete eindeutig auf eine Reaktion und machte dann große Augen. »Normalerweise schimpfst du mit mir, wenn ich Hangatyr erwähne. Sind dir Menschenopfer jetzt gleichgültig?«

Um Mardölls Treiben scherte sich Elias nicht im Geringsten. »Hat dich die Kanzlei geschickt?«

»Wir heißen jetzt Zauberverwaltung, aber ich bin nicht von Amts wegen hier.« Sie trat einen Schritt vor. »Ich weiß, dass du unglücklich bist; aber letzten Endes war es gut so. Du gehörst unter die Zauberer und Götter. Für alle Seiten ist es das Beste, dass deine Familie tot ist.«

Elias dachte zuerst, dass er die Hexe schlagen würde, aber die Kälte in seiner Seele wirkte beruhigend auf ihn. »Ich hole sie zurück.«

Mardöll legte ihm eine Hand auf den Arm. »Sie sind fort.«

Elias fegte die Hand weg, als wollte er sich den Schneeregen vom Oberarm wischen, mit einer trägen und sehr bewussten Bewegung.

»Ich verstehe. Du bist traurig, weil du deine Frau verloren hast. Wie war ihr Name? Susanne?«

»Cecilie.«

»Und deine Töchter?«

»Sofia und Amalie.«

Mardöll lächelte, obwohl ihre Augen das nicht widerspiegelten. »Wie deine Mutter. Sofia Amalie. Wie süß.«

Elias holte langsam Luft. »Wie komme ich hinein zu meiner Familie?«

Mardöll sah verärgert hinauf zu Odinshöhe. »Wer den Ort verzaubert hat, hat auch Katrine Frederiksen in seinen Bann gezogen.«

»Hilf mir, Zutritt zu bekommen.«

Mardöll stemmte eine Hand in die Hüfte. »Warum sollte ich das tun?«

»Was willst du haben?«

Sie legte den Kopf schräg. »Es hat mit dem Pakt zu tun, den du mit Benedikt geschlossen hast.«

Elias sah Mardöll kalt an. »Wir sehen uns morgen Abend am Grishøjgårds Krat am Rand vom Großen Wildmoor.«

KAPITEL 19

»Pass auf den Graben auf. Der ist abgrundtief.« Elias näherte sich Mardöll.

Wie verabredet stand sie vor dem Großen Wildmoor und genoss den Geruch der sauer-feuchten Erde.

Elias zog eine Augenbraue hoch, weil sie sich nicht von der Stelle rührte. »Eine mächtige Hexe wie du hat doch keine Angst vor einem Moortümpel.«

Mardöll konnte nicht aufhören zu lachen, weil der Gedanke vollkommen abwegig war, dass sie Angst haben könnte. Die Moore waren seit dem 8. Jahrhundert ihr bevorzugter Aufenthalt. Auch nach so vielen Jahren kam sie nach wie vor zwischen quakenden Fröschen, dem Geruch von saurer Erde und stehendem Sumpfwasser zur Ruhe. Hier betrat sie ein Reich ohne die immer enger werdenden Fesseln der Gegenwart, und sie erinnerte sich an die Urzeiten und all das, was nun unwiederbringlich verloren war.

»Ich habe keine Angst.«

Elias sah sie erwartungsvoll an.

»Ich gehe keinen Schritt, bis wir uns auf die Bedingungen geeinigt haben.«

»Was willst du?«

»Benedikt.«

Elias kniff die Augen zusammen. »Benedikt hat sich immer als nützlich für mich erwiesen, und soweit ich das mitbekommen habe, hast du ihn bereits auf deine Weise.«

»Ich will ihn ganz für mich allein.«

Elias' Mundwinkel fuhren nach unten. Mardöll erwartete etwas Sentimentales; denn sie dachte, Elias und Benedikt seien Freunde, aber Elias' Gesicht war ausdruckslos. »Wenn ich dir die Rechte an Benedikt abtrete, sagst du mir, wie ich zu meiner Familie zurückkomme?«

»Ich werde dir alles sagen, was ich weiß. Auch hier helfe ich dir wieder auf die Beine.«

»Abgemacht.« Elias streckte seine Hand aus. »Benedikt gehört dir.«

Mardöll ergriff seine Hand. Sie war etwas überrascht, denn sie hatte nicht damit gerechnet, dass es so leicht gehen würde. Elias' Finger waren kühl, klamm und zitterten leicht.

»Deine Hände …«

»Ich brauche nur etwas Hochprozentiges. Komm!« Das klang wie ein Befehl, was Mardöll ganz und gar nicht mochte. Aber Abmachung war Abmachung, und sie konnte über Elias' unhöfliche Manieren hinwegsehen, wenn das die Voraussetzung dafür war, dass sie Benedikt bekam.

Weiße Äste ragten aus dem schwarzen Moorwasser und sahen aus wie ausgestreckte knochige Finger. Mardöll und Elias gingen zu einer Baumgruppe, wo es so dunkel war, dass es ihnen schwerfiel, sich zurechtzufinden. Mardöll musste alle Sinne öffnen, um nicht hinzufallen. Mit ihren Hexenfähigkeiten nahm sie überall Leben wahr. Die Bäume atmeten, kleine Tiere pulsierten, und entweder suchten sie nach Nahrung, oder sie jagten, um nicht selbst als Fraß zu enden. Sie wollte am liebsten das enge Kleid ausziehen, wild tanzen und Sirenengesänge anstimmen, denn die Luft war von

Leben erfüllt. Als ihr Blick auf Elias fiel, versetzte ihr das einen Stich in die Brust; und der Drang, all ihren Sinnen freien Lauf zu lassen, verflüchtigte sich.

Er hatte sich verändert, obwohl er auf unheimliche Weise noch immer so aussah wie vor sechsundachtzig Jahren. Zugegeben, sein Haar war lang und verfilzt, und ein Bart bedeckte die untere Gesichtshälfte, doch darunter war sein Antlitz wie in den letzten Jahrhunderten. Sie, die anderen Hexen und sogar Od Dinesen veränderten sich im Laufe der Jahre ein wenig, obwohl sie ihrer beider Status als Zauberkundige und Demigottheiten jung erhielt. Aber die Zeit hatte ihre Spuren in Form von Narben, Flecken und kleinen Falten hinterlassen. Elias Eriksen hingegen hatte sich äußerlich kein Stück verändert, außer dass sein ansonsten neugieriges Gesicht jetzt einer gefühlskalten Maske glich. Obwohl sie über mächtige Magie verfügte, erschreckte es sie, ihn so zu sehen, denn ein langes Leben hatte sie gelehrt, dass zielstrebige Menschen gefährlich werden konnten. Es war diese Fähigkeit der Menschen, die sie in Wirklichkeit viel stärker machte als jedes Wesen aus der übernatürlichen Welt.

Sie erreichten das Haus in der Mitte der Baumgruppe. Es war umgeben von Laubhaufen, die an die abgeblätterten Wände geweht worden waren. Moos und Erde hatten schmutzige Streifen hinterlassen, wo es hätte weiß getüncht sein sollen. Das Dach war auf der einen Seite eingestürzt und die Tür mit ein paar Brettern vernagelt. Daneben stand ein Holzturm mit einem Metall-Stern auf der Spitze.

»Wo ist der Eigentümer?«, fragte Mardöll.

»Steht vor dir. Ich habe hier gelebt, bevor ich das Apothekerhaus gekauft habe, und ich habe den Hof immer als Zufluchtsort genutzt. Nun ist er wieder mein Zuhause.«

Elias riss die Bretter von der Tür, und sie betraten eine verfallene Diele. Er zündete eine Öllampe an, deren gelblicher Schein eine Wohnstube mit niedriger Decke erhellte.

Mardöll folgte ihm und schaute sich um. Überall waren morsche Möbel, zusammengeschobene Flickenteppiche und leere Flaschen. Der Küchentisch war übersät mit Gefäßen, Pulvern und Kräutern. Elias breitete die Arme aus.

»Willkommen in meinem Schloss.«

Mardöll betrachtete sein langes zerzaustes Haar, seinen Bart und seine zu großen Kleider. So, wie er in dem Durcheinander stand, hatte er eher Ähnlichkeit mit einem Wegelagerer als mit einem Wissenschaftler.

»Ach, ihr lieben Götter.« Sie hob die Hände. An ihren Fingern hingen goldene Fäden. Stühle wurden hochgehoben und gereinigt, Flaschen klirrend eingesammelt, der Teppich flappte und schickte Staubwolken durch die noch offene Haustür, und die Wände knisterten, als sich die Tapeten zusammenfügten. Sie schürzte die Lippen und pustete, sodass sich in Lampen und Kamin Feuer entzündete. Als die Wohnstube in orangefarbenes Licht getaucht war und sich eine behagliche Wärme ausbreitete, drehte sie sich um.

»Jetzt ist es hier gemütlich.«

Elias schien ihre Aufräumaktion nicht zu beeindrucken. Er nahm Wein aus dem Eckschrank, entkorkte ihn und trank direkt aus der Flasche, ohne Mardöll etwas anzubieten. Auf das saure Gesöff legte sie ohnehin keinen Wert.

Seine Hände hörten auf zu zittern, und er schaute hoch, als sei ihm gerade wieder eingefallen, dass sie da war. Mardöll ließ sich in einem Ledersessel mit hoher Lehne nieder und strich ihr Kleid glatt. Elias setzte sich auf das Sofa. Eine

Weile maßen sie einander nur mit Blicken. Mardöll wollte gerade etwas sagen, als Elias das Wort ergriff.

»Ich will dir etwas zeigen; aber du musst einen Hexeneid schwören, es mir nicht zu stehlen.«

Sie fluchte leise.

»Was hast du gesagt?« Elias legte eine Hand hinters Ohr.

»Ich schwöre«, erwiderte sie freundlich schnurrend wie eine Katze. »Bei Odin und Freya und bei meiner Magie schwöre ich, dass ich nicht stehlen werde, was auch immer du für ein Dingelchen gefunden hast.«

Elias stand auf, verschwand in einem anderen Zimmer und kehrte mit einem Bündel zurück. In Tücher eingewickelt lag das goldene Horn da. Mardöll richtete sich im Lehnstuhl mit dem selten empfundenen Gefühl der Ehrfurcht auf.

»Das Gjallarhorn. Wo in Helheim hast du das her?« Sie glitt mit den Fingern über die eingeprägten Figuren. Das magische Gold schlug wie ein Herz. »Da fehlt etwas.«

»Ich habe die Spitze entfernt. Aber Odin soll wissen, dass ich sie wieder anfüge und zu Ragnarök blasen kann, wenn er mir nicht hilft.« In seinen Worten schwang ein Sag-es-endlich-weiter mit.

»Heimdall muss es blasen, um die Götter zum letzten Kampf zu rufen.«

»Ich finde eine Lösung.«

Mardöll zweifelte keine Sekunde, dass Elias schlau genug war, um einen Weg zu finden, und das flößte ihr Todesangst ein. »Du forderst den Allvater heraus?«

»Er hat mich zuerst herausgefordert, als er meine Familie getötet hat.«

»Elias!« Mardöll beugte sich vor. »Odin hätte auch dich

getötet, wenn Od dich nicht in diesem Elfenhügel versteckt hätte.«

Plötzlich verfärbte sich Elias' Gesicht dunkel. »Ich dachte immer, ich könnte meinem Pflegevater vertrauen, aber Od hat mich verraten.«

»Od hat dich vor Odins Zorn bewahrt. Eltern tun alles, um ihre Kinder zu retten.«

Elias' Mundwinkel zogen sich nach unten und zitterten kurz ein wenig. Dann wurde sein Gesicht wieder ausdruckslos. »Genau. Ein Vater tut alles für seine Familie. Du musst mir helfen, Cecilie, Sofia und Amalie zurückzuholen.« Elias hielt inne. »Nein, *ich* will zurück zu Cecilie, Sofia, Amalie und Carl.«

»Dann musst du entweder die Toten erwecken oder die Zeit zurückdrehen.«

»Ich arbeite an beidem«, sagte Elias.

»Das ist unmöglich.«

»Beides wurde schon gemacht.«

»Von den Göttern«, widersprach Mardöll. »Nie von einem gewöhnlichen Menschen.«

»Bin ich gewöhnlich?«

»Du bist der außergewöhnlichste gewöhnliche Mann, den ich kenne«, antwortete Mardöll sanft.

»Und du bist eine alte Hexe.«

»Danke.« Freude breitete sich in ihrer Brust aus, als sie sah, dass in diesen sonst so kalten Augen immer noch ein wenig Wärme steckte.

»Wie macht ein gewöhnlicher Mensch Ereignisse ungeschehen?«

Mardöll dachte nach. »Du könntest eine Völva ausfindig machen, die Macht über die Zeit hat. Die vereinten Kräfte von Hugin und Munin sollten dafür reichen; aber es ist viel zu gefährlich.«

Elias machte ein Gesicht, als wären Gefahren seine geringste Sorge. »Wo finde ich so eine Völva oder so einen Raben?«

»Soweit ich weiß, sind die Raben seit Carls Tod nicht mehr aufgetaucht.«

Elias stöhnte, als sie Carl erwähnte.

»Dein Enkelkind müsste sehen können, wie lange du warten und wo du suchen musst.«

»Justine«, flüsterte Elias. »Das ist alles, was du mir sagen kannst?«

Mardöll nickte. »Alles andere erfordert Göttlichkeit oder magische Kräfte.«

Elias' Haut war blass, seine Hände zitterten und Schweißtropfen perlten auf seiner Stirn. Er fand eine Kiste mit kleinen Fläschchen und nahm eins mit orangerotem Inhalt heraus.

»Was ist das?«, fragte Mardöll.

»Cecilies Trank.« Der Korken löste sich knarrend. Er ließ einen Tropfen auf seine Lippen fallen und leckte ihn ab. Als sichtbare Wirkung der Substanz entspannten sich seine Gesichtszüge, die Augen fielen ihm zu, und er atmete so tief, dass Mardöll kurz glaubte, er sei eingeschlafen.

»Du musst aufhören, deine Sucht zur Schau zu stellen«, sagte sie leise.

Elias hielt die Augen geschlossen. »Ich bin nicht süchtig.«

»Das sagen alle Süchtigen«, schnaubte sie. »Versteck es einfach, wenn du klarkommen willst.«

»Das geht dich nichts an.«

»Ein Teil unserer Abmachung war, dass ich dir helfe,

wieder auf die Beine zu kommen«, sagte Mardöll. »Deshalb geht es mich in höchstem Maße etwas an.«

»Das war deine Idee. Ich brauche deine Hilfe nicht.«

»Vielleicht ist es meine Forderung«, scherzte Mardöll, wurde aber wieder ernst. Es schmerzte sie, Elias so zu sehen. Den neugierigen und freundlichen Menschen, den sie seit Jahrhunderten kannte, gab es nicht mehr. Im Lauf der Zeit war er gerissener geworden, hatte aber immer seinen guten Kern bewahrt. Jetzt war er nur noch ein unheimlicher Schatten seines früheren Ichs. »Ich kannte deine Mutter«, sagte sie leise. »Sie war so nahe an einer Freundin, wie es mir je möglich war. Sofia Amalie würde es nicht gefallen, dich so zu sehen. Vielleicht sieht ihr Geist dich gerade und weint bei dem Anblick.«

Diese Worte drangen offenbar zu dem betäubten Elias durch. »Mach, was du willst«, murmelte er.

Mardöll klatschte in die schlanken Hände. »Gibt es hier eine Waschküche?«

»Willst du mich in den Kessel stecken und kochen, damit du mich essen kannst?«

»Quatsch! Nur Riesenwölfe fressen Menschen.« Sie zog ihn vom Sofa hoch und scheuchte ihn aus der Wohnstube.

In einem verfallenen Raum, dessen Dach so eingestürzt war, dass man die Sterne sehen konnte, stand ein zerschlagener Holzbottich. Mardöll fuchtelte mit den Händen, und die Bretter des Bottichs zogen sich zusammen. Die Trümmer- und Staubhaufen verschwanden. Sie entzündete durch ein Schnipsen einen Kerzenstummel, der auf der nun sauberen Tischplatte stand.

»Zieh dich aus, Elias.«

Er gehorchte, und bald lag die unappetitliche Kleidung zu

seinen Füßen wie eine abgestreifte Schlangenhaut. Nackt stand er vor ihr. Die Wirkung von Cecilies Trank schien etwas nachgelassen zu haben, denn in den graublauen Augen schimmerte etwas mehr Bewusstsein. Sie müsste lügen, wenn sie nicht zugeben würde, dass sein Anblick wunderschön war. Elias war schon immer ein gut aussehender Mann gewesen, sowohl an- als auch ausgezogen. Sie beeilte sich, ihn mit einer Kaskade Wasser zu übergießen, obwohl sie es war, die eine kalte Dusche brauchte.

Elias schnappte nach Luft. Seine langen Haare waren klitschnass, und das Wasser lief ihm über Schultern und Rücken. Er schüttelte den Kopf, um die Tropfen aus seinem Gesicht zu entfernen, sein warmer Körper dampfte in der kalten Nacht. Mardöll stellte sich hinter ihn und drückte ihn sanft auf einen Hocker. Dann fuhr sie mit den Fingern durch sein nasses Haar und beschwor eine kleine Schere herauf, mit der sie die langen Locken stutzte. Anschließend rasierte sie ihn.

Als er den Kopf zurückbog und sie ihm das Rasiermesser an die Kehle hielt, sah er zu ihr hoch. Sie waren sich beide bewusst, wie leicht sie ihn schneiden und erlösen könnte. Etwas in seinem Blick verriet ihr, dass er es sich fast wünschte. Sie behielt die scharfe Klinge im Auge und bewegte vorsichtig ihre Hand. Sie entfernte die Stoppeln mit einem lauten Schaben und ließ Koteletten gemäß der Mode der Zeit stehen. Dann reichte sie ihm einen Stapel sauberer Kleider, die sie herbeigezaubert hatte. Dunkle Hose, lange Jacke in gleicher Farbe, weißes Hemd, schwarzes Halstuch. Er zog alles an und drehte sich langsam um.

Mardöll musterte ihn. »Jetzt siehst du wieder aus wie ein Apotheker.«

»Ein Apotheker ohne Apotheke? Nein, jetzt bin ich der Braumeister.«

Mardöll faltete die Hände vor ihrem Körper. »Braumeister. Das ist ein guter Name.«

»Ist es so zu verstehen, dass ich derselbe Mann bin, der mit dir Signalfeuer entfacht hat? Haben wir gemeinsam den Göttern geopfert?« Elias streckte die Hand nach ihrer schönen Frisur aus. »Deine Haare trugst du damals offen, und du hattest einen Blumenkranz auf. Wir tanzten im Sonnenuntergang und sorgten dafür, dass der Boden fruchtbar war.«

»Das ist fast zweihundert Jahre her.« Mardöll löste sich von seiner Berührung.

»Zeit«, sagte er nachdenklich. »Die ist alles und sie ist nichts. Wir sind an sie gekettet, aber es gibt sie gar nicht.« Seine Hand zitterte erneut. Elias musterte seine zitternden Finger und ballte sie zur Faust.

»Ich brauche etwas.« Er drehte sich um und verschwand in die Wohnstube.

KAPITEL 20

Ruhe durchströmte ihn von der Kehle bis in die Zehen. Auf dem Sofa liegend starrte Elias in das flackernde Feuer, das Mardöll im Kamin entzündet hatte. Er hatte für einige Zeit einen schmerzlich klaren Kopf gehabt, bevor er die Kiste geöffnet und in ihr eine weitere Flasche von Cecilies Trank gefunden hatte. Die Droge vertrieb die Gedanken und machte den Körper federleicht.

Nur so konnte er seinen Geist ertragen. Er konnte es fast aushalten, darüber nachzudenken, was er getan hatte.

Er hatte das Wiederbeleben Odins Warnungen zum Trotz nicht unterlassen. Aber obwohl der Tod so übermächtig und grausam war, dass er sich besser von ihm fernhalten sollte, brannte ein Feuer in ihm. Er empfand Neugier, Sturheit und Wut über die vielen sinnlosen Verluste, die er und andere Menschen jeden Tag erleiden mussten. Der Tod war ein Feind, den es zu besiegen galt. Jetzt mehr denn je, da er für seine Familie, die in der Krypta in Odinshöhe lag, die einzig mögliche Rettung war. Andernfalls wusste er, was er tun musste. Od hatte ihm das Versprechen abgerungen, zu leben, aber er war bereit, sich im Meer zu ertränken, in der Hoffnung, dass er nach dem Tod irgendwo wieder mit Cecilie und den Kindern vereint sein könnte.

Elias atmete langsam, während Cecilies Trank in seinem

Blut rauschte. Mardöll musste gegangen sein, oder vielleicht saß sie immer noch auf dem Stuhl und beobachtete ihn. Jedenfalls war jemand da in der Ecke. Die Frau stand auf, und Elias blinzelte angestrengt.

Rotes Haar umloderte wie ein feuriger Heiligenschein den Kopf der Frau. Sie war größer und auch kurviger als Mardöll, und er kannte sie nicht, war aber zu verblüfft, um sich darüber Gedanken zu machen. Die Gestalt näherte sich, und er bemerkte jetzt, dass sie sich auf einen Stab stützte, an dessen Spitze zwei geschnitzte Raben saßen. Die Holzvögel hielten einen Kristall zwischen sich, der unregelmäßig blinkte. Als sie noch näher kam, sah er, dass sie den Stab nervös betrachtete. Dann blickte sie sich in der Wohnstube um.

»Hier ist noch alles beim Alten.« Die Stimme der Frau war grell, und sie sprach mit einem seltsamen Akzent. »Die Möbel stehen etwas anders, aber insgesamt hast du in den letzten paar Hundert Jahren nicht viel verändert.«

Elias drehte sich auf den Rücken, als sie sich über ihn beugte. Ihr Haar war karottenrot, die Nase lang, und die Augen waren groß und rund. Eine weiße Narbe durchzog eine ihrer schwarzen Brauen. Eine Zornesfalte teilte die Brauen und verlieh ihr einen gereizten Gesichtsausdruck.

»Und du liegst immer noch da.«

»Ich habe mich eben erst hingelegt.«

Sie breitete die Hand aus. »Du wirst die nächsten Jahrhunderte hier so verbringen, wenn du dich nicht zusammenreißt.« Sie sprach, als würden sie beide sich gut kennen. Vielleicht war Cecilies Trank schuld daran, dass sein Gehirn sie sich ausdachte. Vielleicht war sie bloß Einbildung. Allerdings hätte er sich eine etwas weniger unfreundliche Fantasie wünschen können, wenn es denn schon sein musste.

Die Frau setzte sich auf die Sofakante und ergriff seine Hand. Er schaute auf ihre ineinander verflochtenen Finger.

»Du wirst leben müssen, Elias. Du musst so manches Geheimnis aufdecken, damit du später mein Leben retten kannst. Wenn ich nicht überlebe, werde ich Ast nicht zur Welt bringen.« Ihre Stimme wurde bei den letzten Worten leiser.

Elias hatte Mühe, die Augen offen zu halten. »Bist du eine Vision?«

Sie strich ihm Haare aus der Stirn, und er genoss die zärtliche Berührung. »Jetzt bin ich noch nicht Wirklichkeit, werde es aber in vielen Jahren sein. Wir beide kennen uns. Wir kennen uns gut.«

»Nenne mir einen Beweis, damit ich dir glauben kann.«

Sie lächelte. »Obwohl du hundertpro zugedröhnt bist, steht dein Gehirn nicht still.«

Elias wollte gerade einnicken, als die junge Frau ihn heftig schüttelte. Sie war stark, und er sah sie keuchend an.

»Hier ist dein Beweis«, sagte sie. »Ich weiß, dass du Karen Nielsdatter in den Tod gefolgt bist. In ihren ersten Tod. Da drinnen hast du schwarze Schwingen gesehen.«

Elias stützte sich auf den Ellbogen, obwohl sich alles drehte. »Das habe ich noch nicht einmal Cecilie verraten. Das habe ich niemandem erzählt.«

»Du hast es mir direkt nach dem Weltuntergang gesagt.«

»Wann ist die Welt untergegangen?«

Sie wollte etwas sagen, hielt sich aber zurück. »Also, es ist ziemlich kompliziert.«

Jetzt fiel ihm auf, dass sie eine seltsame blaue Hose aus

grobem Stoff trug und dass ihre Stiefel aus schwarzem Leder waren und glänzende Nieten hatten. Der Pullover war weit und dünn und hatte auf dem Bauch einen abgeblätterten Aufdruck, der wie ein Totenkopf aussah. Elias war weder einer Frau noch einem Mann in derartigen Kleidern begegnet.

»Wer bist du?«

»Ich bin Ragnarök.«

Er versuchte aufzustehen, aber Cecilies Trank rauschte in seinem Blut, also brach er wieder auf dem Sofa zusammen. »Ragnarök bedeutet unser aller Tod? Bist du hier, um mich umzubringen?«

»Aber nein.« Sie schüttelte den Kopf, sodass ihr die roten Haare um die Schultern flogen. »Ragnarök ist notwendig. Du wirst es eines Tages verstehen. Deshalb hast du all diese Dinge getan.«

»Welche Dinge?«

»Die, die du noch nicht gemacht hast.«

Der Kristall in ihrem Völvastab blinkte. Die Frau ließ Elias' Hand los, um gegen den glühenden Stein zu schnipsen, der sich danach etwas beruhigte.

»Ich bin doch noch nicht fertig, Luna!«, schrie sie an die Decke. »Verfluchter Zeitreisezauber.«

»Zeitreisezauber? Bist du aus der Zukunft?«

»Luna hat es noch nicht ganz drauf, aber das hier musst du jetzt wissen! Sonst wird Odin dich fertigmachen.« Sie legte eine Hand auf ihren Bauch.

»Habe ich eine Chance, Odin zu besiegen?«

»Gemeinsam haben wir eine große Chance. Deshalb ist der Allvater so scharf darauf, dir jetzt das Genick zu brechen. Er weiß, dass du eine große Bedrohung bist.« Sie sah auf ihre Finger. Ein Eisenring mit grünen Steinen schmückte ihre Hand. Dann hob sie entschlossen den Kopf.

»Du hast das Gjallarhorn?«

»Ja.«

»Du musst es an einen Ort legen, wo die Götter nicht hinkommen können. Halte das Versteck geheim. Keiner lebenden Seele darfst du es verraten. Nicht einmal mir, wenn wir uns treffen. Ich werde es schon rausfinden, wenn die Zeit dafür reif ist.«

Elias hatte große Mühe, ihren Worten zu folgen. »Meine Familie?«, schniefte er.

Sie lächelte ein wenig verlegen. »Ich wollte jetzt eigentlich nichts dazu sagen, aber du musst …«

Bei den Worten setzte sich Elias auf, obwohl er dabei fast vom Sofa fiel. »Was weißt du über meine Familie?«

Der Kristall blitzte wieder, und die Frau schwankte. Sie fing an, an den Rändern ein wenig durchsichtig zu werden. Angestrengt atmend umfasste sie den geschnitzten Stab.

»Gehst es dir nicht gut?«, fragte er. Obwohl er sich seit über einem Monat um niemanden Sorgen gemacht hatte, versetzte ihn etwas an der Frau vor ihm in Unruhe. Sie wirkte verletzlich und zugleich stark, genau wie Cecilie.

»Nur ein bisschen übel. Ich habe das gesagt, weshalb ich hergekommen bin, und ich hoffe, du hast diesmal gut zugehört.«

»Diesmal?«

Sie beugte sich ganz zu ihm. Sehr sanft gab sie ihm einen Kuss auf die Wange. Es war zwar schmerzhaft, aber danach brannte seine Wange angenehm. Er legte den Arm um sie und fühlte ihren Rücken durch das dünne Hemd. Sie war muskulös und warm.

»Die Zeit vergeht in Kreisen«, flüsterte sie ihm ins Ohr.

Der Kristall flackerte erneut, als er ein leises *Wüuu* von sich gab.

»Ja, ja, ja! Ich bin unterwegs«, rief sie nach oben. »Ich hoffe wirklich, dass die Magie ihr nicht schadet«, murmelte sie vor sich hin. Dann wurde sie transparenter. Sie sah ihm in die Augen, jetzt fast durchsichtig. Sie schien zu überlegen, ob sie noch etwas sagen sollte oder nicht. Dann verzog sie nervös das Gesicht. »Das nächste Mal, wenn du mich siehst … Es ist ziemlich peinlich. Ich war an dem Abend in einer seltsamen Stimmung.«

»Du kommst zurück?«, fragte er.

»In gewisser Weise.« Sie hörte sich bedrückt an. »Oder … Ja! Ich komme zurück.«

»Wer in allen Welten bist du?«, fragte er noch einmal.

»Ich bin Anne.« Ihre Augen suchten in seinem Gesicht nach einem Wiedererkennen, und sie sah ein wenig verletzt aus, als sie nicht fündig wurde. Ein Summen ertönte und damit verschwand sie.

Jetzt war er wieder allein in der Wohnstube. Er stand auf und drehte sich um die eigene Achse.

Doch sie war weg.

KAPITEL 21

Odin lief in der Gnipahöhle auf und ab. Sein langer Bart wehte ihm über die Schulter. Das Gewand war weit und unförmig, und es war schwer zu sagen, ob es Rauch oder Stoff war, der ihn einhüllte.

»Hast du Angst?« Loki zog das Kinn an den Hals, um ein Grinsen zu verbergen.

»Ich habe keine Angst. Ich bin wütend.«

»Das bist du doch immer.«

Odin starrte ihn missmutig an. »Elias ist wieder da, und er hört nicht auf. Nach allem, was ich getan habe, um ihm zu drohen und zu schaden, macht er einfach weiter.«

Lokis breite Schultern tauchten über dem Rand des Mühlsteins auf; eine große blaue, spiralförmige Tätowierung wand sich um seinen Oberarm. Er krümmte sich vor Lachen, soweit das in dem engen Mühlstein möglich war. »Ein kleiner Mensch! Unglaublich, dass du dich überhaupt mit ihm abgibst. Du bist einfach so pingelig.«

»Wo soll das hinführen, wenn die Menschen sich in mein Spezialgebiet einschleichen? Es werden Hunderte von Elias' Sorte kommen, falls ich jetzt nicht hart durchgreife.«

»Ich glaube, dafür ist es schon zu spät«, sagte Loki. »Die Wissenschaftler eilen voraus. Sie werden wohl bald entdecken …«

»Halt die Klappe, sonst nähe ich deine Lippen wieder zusammen«, rief Odin.

Sigyn hielt das Gefäß unter den Kopf der Schlange, die vor Schreck über Odins Ausruf spuckte und zischte. Sie versuchte, ihren Kopf mit ihrem knochigen Arm zu schützen, bekam aber dennoch einen Tropfen ab und jammerte vor Schmerz. Weder Loki noch Odin reagierten darauf.

»Würdest du dich etwas mäßigen, Odin? Einige von uns können sich ja nicht die Finger in die Ohren stecken.« Loki blickte von seinen im Mühlstein gefangenen Armen zu den knochigen Armen von Sigyn, die das Gefäß über ihrer beider Köpfe hielt. Die Wände schlugen Risse von Odins göttlichem Zorn, und im Boden, über den er lief, bildeten sich tiefe Löcher. Loki schaute nervös zur Decke, als Odin den Kopf in den Nacken legte und schrie.

»Elias muss gestoppt werden!«

»Viel Glück damit. Elias hat einen nahezu unbeugsamen Willen. Er erinnert mich ein bisschen an Giersch.«

Odin sah ihn scharf an, und Loki beeilte sich, die Lippen aufeinanderzupressen, als Zeichen, dass er schweigen werde.

»Ein jämmerlicher Mensch. Pfui!«, spuckte Odin. »Er will seine Frau und seine Kinder wieder zum Leben erwecken. Das hat er Mardöll erzählt.«

»Er imponiert mir mit seiner Hartnäckigkeit. Unkraut kommt auch immer wieder, selbst wenn man sich noch so sehr müht, es auszurotten.«

»Elias schleicht um Odinshöhe herum. Er schnüffelt und stochert, um einen Weg hinein zu seiner toten Familie zu finden.«

Loki schleuderte sich eisengraue Haare aus den Augen. »Das war mir tatsächlich schon bekannt.«

»Woher wusstest du das?«

»Sagen wir einfach, dass ich die Bewohner des Hügels gut kenne«, erwiderte Loki mit frechem Lächeln.

»Wieso rennt ihr alle in *meinem Hügel* ein und aus?« Odin schlug sich auf die Brust, dass die ganze Gnipahöhle erzitterte.

Selbst die Schlange sah ihn wütend an.

»Dein Hügel. Dein Spezialgebiet.« Loki verdrehte die Augen. »Was bist du bloß göttlich heute.«

»Elias darf nicht hineinkommen. Das ist *mein* Territorium.«

»Dein Tod hat alles andere genauso getötet wie seine Töchter und seine Frau. Ich habe gehört, dass Leute sich über so was aufregen können.«

Odin marschierte weiter, sodass der Staub wie eine Wolke um seine Füße stand. »Pff … Tote Kinder und Frauen. Menschen sind so nachtragend.«

»Ich begreife es auch nicht«, sagte Loki.

Sigyn schaute von den getrockneten Därmen, mit denen Loki gefesselt war, zu Odin. Dann holte sie zittrig Luft. »Manche trauern ewig über so etwas.« Dass sie in Odins Gegenwart etwas sagte, kam so selten vor, dass er sie ebenso verblüfft anstarrte, als wäre sie eine Ameise, die plötzlich sprach. Sie hob den Kopf. »Es war eine Untat, seine Familie zu töten.«

Odin hob die Hand, um sie zu schlagen, aber da rief Loki: »Du rührst sie nicht an!« Seine Augen waren weit aufgerissen. Dann änderte er seinen Tonfall und fügte munter hinzu: »Wer sollte sonst die Schale mit dem Gift über meinem Kopf halten?«

Odin stoppte mit erhobener Hand. Dann ballte er sie

zur Faust und senkte sie mit einer Miene, die ausdrückte, welch große Lust er hatte, sie allen beiden vor den Kopf zu schlagen.

»Wo ist Mimir eigentlich?«, fragte Loki.

»Irgendwo in meinem Büro. Sein wurmstichiger Rumpf ist weg. Alles verschwindet vor mir. Ich fühle mich in letzter Zeit so schwach. Die Menschen beten mich im Moment nicht sehr oft an.«

»Was ist mit Hugin und Munin?«

Odin blickte zum Ausgang der Höhle.

»Hast du die Raben auch verloren? Ich hätte nicht gedacht, dass die Aasfresser sich einfach verlieren lassen.«

»Ich muss eine Völva erschaffen, wenn ich überleben soll. Die Kraft der Gedanken und des Geistes muss gestärkt werden. Im Moment sind sie in Odinshöhe, wo sie über Elias Eriksens Familie wachen. Aber wenn die beste Frau sich zeigt, werden sie ihr in den Schoß gelegt.«

Loki sah wirklich ängstlich aus. »Heid war im Begriff, endlich dein zu werden«, flüsterte er. »Und dann erschaffst du noch eine von ihrer Sorte. Sowohl die Völven als auch die Raben sind trotzig, und du hast immer Probleme mit ihnen. Wenn es schiefgeht und sie sich mit Elias zusammentut, verlierst du. Ich will nicht, dass du verlierst, Odin. Du darfst nicht verschwinden.« Er klang plötzlich halb erstickt, und Odin trat nah an ihn heran.

»Schh, schhh, Blutsbruder. Ich gehe nirgendwohin. Du hilfst mir, wenn ich Elias Eriksen besiege. Ein schneller kleiner Fimbulwinter wird mir schon die Anbetung zurückbringen, und dann leben wir beide ewig. Zusammen.«

»Und was, wenn Elias die Wiederbelebung gelingt?« Lokis Stimme bebte.

»Wie kannst du so etwas nur sagen?« Odin sprach sanft. Verschwunden war sein Zorn. Seine Brust war breit und seine Arme stark, als er sie ausbreitete und Loki mitsamt dem Mühlstein, Sigyn und allem umarmte. Das Gift plätscherte herab und traf Odin, aber er schirmte sie mit seinem Körper ab.

»Elias gewinnt nicht, Loki. Sperr ihn in den Hügel ein. Ich habe eine Idee.«

KAPITEL 22

Jetzt zitterten seine Hände mächtig. Elias konnte die Zügel beinahe nicht halten. Er saß auf dem Sitz seines neuen Wagens, während das Pferd munter trabte.

Es regnete wieder. Wie es aussah, schien die Sonne in dieser schrecklichen Zukunft überhaupt nie. Die Ernte hing auf den Feldern, niedergedrückt von den vielen Wolkenbrüchen, und der Himmel war trüb und braungrau. Wasser rann Elias übers Gesicht, und der Wind biss in seine Haut.

Routiniert griff er zu einer frischen Portion von Cecilies Trank. Um seinen Hals hing ein Lederbeutel voller Medikamente. Er war dazu übergegangen, die Medizin dort zu tragen, damit er sie nicht verlor. Er setzte das Fläschchen an den Mund und nahm einen Schluck. Ein Tropfen auf den Lippen genügte nicht mehr. Sobald Cecilie und die Mädchen wieder zum Leben erweckt waren, würde er damit aufhören, den Trank zu nehmen, aber jetzt ging es darum, alle Kräfte zu sammeln.

Es hatte die gewünschte Wirkung, und seine Hände fanden zur Ruhe. Das Elend wurde in die Flucht geschlagen, und der kalte Regen und die Einsamkeit auf dem Kutschbock störten ihn nicht mehr. Er merkte das Rütteln des Wagens nicht, und der Regen, der bis dahin unangenehm gepeitscht hatte, fühlte sich jetzt an wie liebkosende Finger.

Obwohl Dämmerlicht herrschte, spürte er einen warmen Sonnenstrahl auf sich, und Cecilie flüsterte ihm liebevoll ins Ohr.

Er blickte hinunter auf die Fußstütze. Seine Stiefel waren blank geputzt, der Wagen neu gebaut und schön, und das Pferd vor ihm war von bestem Geblüt. Es war unglaublich, wie schnell sich Geld verdienen ließ, wenn man wusste, wie beruhigende und aufputschende Medikamente hergestellt wurden. Er hatte zwei Monate gebraucht, um mithilfe seines Laboratoriums im Keller finanziell auf die Füße zu kommen.

Er zog den Umhang fester um sich und sah auf den Spazierstock, der zu seinen Füßen lag. Der Handgriff war aus Elfenbein geschnitzt und stellte einen Schädel dar. Er hatte den Stock gewählt, weil er ihn an den Pullover erinnerte, den die rothaarige Anne getragen hatte, als sie ihn aus der Zukunft besuchte. Er hatte viel an sie gedacht, obwohl ihm manchmal Zweifel kamen, ob sie überhaupt da gewesen war. Vielleicht war sie eine Erfindung seines berauschten Gehirns? Jedenfalls hatte sie ihn gewarnt, und er hatte gelernt, Warnungen ernst zu nehmen, so seltsam sie auch sein mochten.

Er erreichte eine Kreuzung, wo die Landstraße über eine Querstraße führte. Die Holzschilder zeigten in die verschiedenen Richtungen. Sie waren abgenutzt und fast unleserlich, deshalb lehnte er sich vor und wischte den Regen ab.

Ravnssted stand auf einem.

Elias schattete seine Augen mit der Hand ab. In der Ferne konnte er vage Häuser und Licht in der Dämmerung erkennen. Die anderen Wegweiser zeigten nach Jagd, Grishøjgårds Krat und Dronninglund. Dann hob er den einen

Zügel, und der Wagen neigte sich zur Seite. Das Pferd trabte los. Offenbar kannte das Tier die Stadt und wusste, dass dort ein warmer Stall und Futter warteten.

Ravnssted bestand aus einer schlammigen Hauptstraße mit wenigen Häusern drum herum. Er hielt am vordersten Gebäude, einem Gasthaus. Pferd und Wagen übergab er einem Knecht im Stall, bevor er zur Eingangstür ging.

Zur Flamme stand auf einem schön gemalten Schild davor. Merkwürdiger Name, aber alles war merkwürdig in dieser verdrehten Wirklichkeit, an die er sich weder gewöhnen konnte noch wollte. Die Kleidung der Leute sah fremd aus mit ihren düsteren Farben und dem hochgeschlossenen Schnitt. Die Haare lagen eng und fettig am Kopf, und niemand trug mehr bunte Sachen, abgesehen von Mardöll und Benedikt. Das Essen war geschmacklos und fade, denn Gewürze kamen nicht ins Land, jetzt, da die wirtschaftliche Lage so schlecht war, und wegen der mageren Ernten waren Salzheringe und ranziger Speck mit Zwiebeln die üblichsten Gerichte. Das Bier war dünn, was gut für Elias' Geschäfte war.

Er öffnete die Tür zum Gasthaus und war sofort umgeben von schwerer Wärme und einer Kakofonie von Stimmen. Nach all der Zeit allein im Labor war es ungewohnt, aber nicht unangenehm. Er zog die Jacke aus und bemerkte die Blicke, als seine teure Kleidung zum Vorschein kam. Er achtete darauf, sich gut zu kleiden, denn er hatte begriffen, wie wichtig das für seine Geschäfte war. Den Stock mit dem Totenschädel hielt er in der Hand, sodass alle ihn sehen konnten. Ein vorbeigehendes Mädchen mit Schürze über dem Kleid lächelte, nachdem sie ihn prüfend angesehen hatte.

»Ich komme gleich zu dir.« Es lag ein Versprechen in ihrer Stimme, bei dem es um mehr ging als nur um die simple Bedienung eines Gastes.

Elias nahm am Ende eines Tisches Platz. Dort saßen bereits ein paar Bauern, aber es war der einzige verfügbare Platz, und er bot freie Sicht auf den Tresen. Von hier aus konnte er die Frau betrachten, die der Grund seines Besuches war. Es war nicht das junge Serviermädchen, sondern Katrine Fredriksen, die auf Odinshöhe wohnte.

Sie stand hinter dem Tresen und ließ den Blick durch die Gaststube schweifen, hielt sicher ein Auge auf Gäste, die vielleicht Ärger machten oder nicht zahlten. Sie hatte dichte, dunkle Wimpern und welliges blondes Haar. Sie mochte ein wenig älter sein, als Elias nach außen hin wirkte. Ein geheimnisvolles Lächeln auf ihren Lippen weckte seine Neugier, er hätte gerne gewusst, was in ihrem Kopf vorging. Dann bemerkte er, dass sie das Mädchen mit der Servierschürze beobachtete, wie sie sich mit wiegendem Gang durch den Raum bewegte, ohne Gäste oder Mobiliar zu streifen. Unterwegs warf sie kokette Blicke, lächelte und rief Grußworte in alle Richtungen. Sie erreichte den anvisierten Tisch und versorgte eine Gruppe Männer mit einem ganzen Tablett voller Getränke. Dann blieb sie noch eine Weile stehen und unterhielt sich, wobei sie das Tablett an den Busen presste, als hielte sie einen Mann in den Armen. Das hatte seine Wirkung, die Männer redeten lauter und tiefer und warfen sich in die Brust.

Katrine Fredriksen ließ das Mädchen nicht aus den Augen und spitzte die Lippen zunehmend ärgerlicher. Dann verließ sie ihren Platz hinter dem Tresen. Elias' Magen machte einen kleinen Hüpfer, als ihm aufging, dass sie auf ihn zusteuerte. Katrine stellte sich vor ihn hin, und er straffte die Schultern und glättete sein Haar.

»Was kann ich dir bringen?«

»Ein Glas Wein.«

»Etwas zu essen?« Sie betrachtete ihn immer noch ein wenig verwundert, als wäre da etwas, worauf sie sich keinen rechten Reim machen konnte.

Die Hälfte ihres strohblonden Haars war zu einer schönen Lockenfrisur aufgesteckt, und sie trug eine gemusterte Bluse, die etwas farbenfroher war als die triste Kleidung der anderen. Schon aus diesem Grund mochte Elias sie bereits. Die Bluse steckte in einem langen blauen Rock, und der Duft von frischen Blumen schlug ihm entgegen. Er wusste nicht, ob Katrine Fredriksen eine der wenigen war, die sich Parfüm leisten konnten, oder ob sie von Natur aus so roch.

»Nur Wein.«

Katrine blickte auf den Totenschädel des Stocks und entblößte die Zähne zu einem Lächeln, als hätte er etwas Lustiges gesagt oder getan. Sie hatte weiße und ein wenig schiefe Zähne, was ihr ein charmantes Aussehen verlieh. Sie drehte sich um, ging zum Tresen und kam mit einer Flasche und einem Becher zurück. Beides stellte sie auf den Tisch.

»Nur ein einzelnes Glas«, sagte Elias.

Sie beugte sich vor. Der Blumenduft mit einem Unterton von Holzfeuer wurde stärker. »Der Rest geht aufs Haus«, sagte sie.

»Warum …«

Aber sie war bereits mit raschen Schritten Richtung Tresen verschwunden.

Elias goss sich ein und trank. Es war ein guter Wein. Nicht das übel schmeckende Spülwasser, das man ansonsten derzeit serviert bekam. Also trank er noch ein Glas und noch eins, bis die Stimmen und das Gelächter sich vermengten.

»Wer bist du?«

Elias hatte nicht bemerkt, dass Katrine zurückgekommen war.

»Ich bin Elias Eriksen.«

»Der Braumeister?« Wieder schaute sie hinunter auf seinen Stock und wirkte nicht besonders überrascht.

»Du hast von mir gehört?«

»Alle haben von dir gehört.« Katrine lächelte wieder, ohne dass Elias hätte sagen können, ob sie ihn auslachte oder von ihm beeindruckt war.

Sie zog einen Stuhl hervor und setzte sich. Das überrumpelte ihn, denn in der Zeit, aus der er kam, unterhielten Frauen sich nicht so ohne Weiteres mit fremden Männern. Aber Katrine goss Wein in Elias' leeres Glas und trank alles in einem Zug aus. Dann lächelte sie, und wieder bemerkte er ihre schiefen Zähne. Ihre Augen waren dunkelblau, und am Lid hatte sie eine kleine Narbe, die den Eindruck erweckte, als wollte sie ihrem Gegenüber neckisch zuzwinkern.

»Wo wohnst du, Elias Braumeister?«

»Bis vor Kurzem habe ich in Aalborg gewohnt.« Elias stockte, weil das mit der kurzen Zeitspanne nicht ganz stimmte. »Jetzt wohne ich im Wildmoor.«

»Da draußen gibt es nicht viele, die es aushalten, dort zu leben. Aber du bist etwas Besonderes, möchte ich meinen.«

»Das bin ich sicher.« Elias fand es schwierig, in Katrins Gegenwart nicht zu lächeln. »Du wohnst auf Odinshöhe?«, fragte er.

Katrines Augen leuchteten wie blaue Flammen, oder vielleicht war es Elias' berauschtes Hirn, das ihn narrte.

»Das ist mein Zuhause.«

»Gehört dir der Hügel?«, fragte er vorsichtig. Mardöll hatte gesagt, dass Katrine den Ort gepachtet habe.

»Im Prinzip gehört Odinshöhe Odin.« Sie lachte wieder, als ob irgendwas an der Situation sie erheiterte. »Ich habe nur die Erlaubnis, im Haus zu wohnen.«

»Gehst du manchmal in die Kammer unter dem Haus?« Er hielt den Atem an.

Katrine machte ein puppenartiges Gesicht. »Gibt es da unten etwas Spannendes? Oder etwas Unheimliches?«

Für einen winzigen Moment sah Elias Cecilie und die Mädchen vor seinem inneren Auge, so, wie er sich vorstellte, dass Benedikt sie dort platziert hatte. Er hoffte, dass sie weich lagen und einander in den Armen hielten. Dann schob er den Gedanken beiseite.

»Derartige Hügel sind Vorzeitdenkmäler.«

Katrine stützte das Kinn auf die Hand. »Wie klug du bist. Sollte ich das untersuchen lassen? Vielleicht liegen dort unten Goldschätze.«

»Nein«, erwiderte Elias schnell. »Da sind keine Kostbarkeiten. Höchstens ein Haufen Knochen.«

Katrine schüttelte den Kopf, dass die blonden Locken wippten. »Ich habe keine Ahnung von solchen Sachen.«

»Wohnst du allein?« Elias blickte ihr direkt in die Augen.

Ein kleidsames Erröten färbte ihre Wangen. »Ja.«

»Kann eine Frau so weit draußen auf dem Land allein zurechtkommen?«

Das war offenbar das Lustigste, was Katrine je gehört hatte, denn sie lachte Tränen.

Elias sah sie verblüfft an, ohne zu wissen, wie er reagieren sollte. Vielleicht war Katrine geistig zurückgeblieben. Auf jeden Fall war sie anders als alle Damen, die er jemals in der Vergangenheit oder in der Gegenwart getroffen hatte. Er biss sich auf die Lippe in dem Bewusstsein, dass er etwas tun musste, um die Situation unter seine Kontrolle zu bringen.

Unter dem Tisch streckte er den Fuß aus und berührte vorsichtig Katrines Stiefel. Mit einer langsamen Bewegung führte er die Schuhspitze über den Lederrand an ihren nackten Knöchel. Ihr Lächeln erstarrte, und er fürchtete schon, zu stürmisch zu sein, aber ihre dichten Wimpern zitterten, und fast unmerklich drückte sie ihm ihr Bein entgegen. Sie beugte sich vor und flüsterte: »Triff mich in einer Stunde auf Odinshöhe.«

KAPITEL 23

Katrine schlief. Elias hob die Öllampe und betrachtete sie.

Nachdem sie ihn erst einmal eingeladen hatte, war er ohne Probleme ins Haus gelangt.

Ihre Lippen waren zu einem kleinen Lächeln geöffnet, und sie atmete ruhig. Vorsichtig entfernte er eine Haarlocke, die über ihrem Auge lag. In den Jahren vor Cecilie hatte er viele Frauen gehabt, aber jene Zeit schien während seiner Jahre als Ehemann und Vater weit weg. Jetzt kam sie mit Übermacht zurück. Er kleidete sich an und verließ die schlafende Frau.

Die Stufen knarrten, als er die schmale Treppe hinunterging. Vom niedrigen Korridor ging er in den angrenzenden Raum, der sich als Wohnküche herausstellte.

Es war ein gewöhnliches Bauernhaus mit kleinen Sprossenfenstern und Fliesenfußboden. Die Wände waren grün getüncht und mit Gemälden geschmückt. Die Bilder zeigten Grabhügel, das Meer und eine einzelne Szene mit dem vom Pfeil getroffenen Balder. Elias war aufgefallen, dass Motive aus dem altnordischen Glauben in dieser Zeit beliebt waren. Schwere Möbel standen im Raum verteilt. Da waren eine Klappbank, ein Regal und ein großer Esstisch mit sechs soliden Stühlen drum herum.

Er blieb dort stehen, wo er den Eingang zur Grabkammer

vermutete. Ganz hinten unter der Klappbank. Unter dem Fußboden, dem Fundament und dem Mörtel lag seine Familie zusammen mit all den anderen Toten. Er hasste dieses Haus, das ihn von seinen Liebsten abschnitt.

Elias kniete sich hin und griff unter die Klappbank. Mit der flachen Hand auf dem Fußboden strich er über die kalten Fliesen. Er schob die Bank weg und suchte nach einer Falltür zur Krypta, aber da war keine.

Er war so damit beschäftigt, den Fußboden zu untersuchen, dass er nicht bemerkte, was vor ihm war, bis seine Finger gegen etwas Weiches stießen. Es war ein Fuß. Ein sehr großer, leuchtender Fuß.

»Was machst du auf meinem Hügel?« Die Stimme war tief, und Elias schloss die Augen, als er sie erkannte. Selbst wenn er älter als vierhundert Jahre würde, diese Stimme würde ihn immer verfolgen. Er ließ den Kopf für einen Moment hängen, dann nahm er allen Mut zusammen und blickte hoch.

Odin betrachtete ihn mit seinem einzigen Auge. Das lange Haar war schwarz mit kleinen weißen Fäden darin und der Bart kurz. Der Gott konnte ganz verschieden aussehen, je nachdem, wie viele ihn anbeteten und in welcher Stimmung er war. Aber sein Auge war nicht zu verwechseln, weder das funkelnde noch das fehlende.

»Ich wurde eingeladen«, antwortete Elias in seiner knienden Haltung vor dem Gott.

Odin verschränkte die Arme. Er trug eine ärmellose Tunika, und die Bewegung ließ die Muskeln schwellen. »Was hast du hier zu suchen?«

»Meine Familie«, stotterte Elias. »Du hast sie getötet.«

Odin ging in die Hocke und sah ihn an. Sein Gesichtsausdruck war der von jemandem, der ein leidendes Tier betrachtet.

Als würde er fünfhundert Pfund wiegen, kämpfte Elias sich hoch, bis er stand. Er machte den Nacken gerade und blickte Odin direkt ins Gesicht. »Ich will sie zurückhaben.«

Odin hob eine Augenbraue.

»Du musst sie wecken.«

Jetzt waren beide Augenbrauen weit nach oben gewandert. »Du gibst mir Befehle, Mensch?«

»Ich habe das Gjallarhorn.« Elias zitterte, aber er hielt vor dem Gott stand.

Odin wuchs. Schließlich war er so groß, dass er den Kopf einziehen musste, um nicht an die Decke zu stoßen. Das gab ihm das Aussehen eines Raubtiers kurz vor dem Angriff. »Das Gjallarhorn? Hast du es den Göttern gestohlen?«

»Ja!« Elias musste das Wort unter Odins brennendem Blick hervorpressen. Dann nahm er all seinen Mut zusammen. »Wenn du Cecilie und die Mädchen nicht aufweckst, gebe ich das Gjallarhorn den Riesen.«

Odins Gesicht wurde ausdruckslos. »Erst erteilst du mir Befehle und dann drohst du mir. Gib mir das Horn! Sonst nehme ich es mir selbst.« Odin drehte sich um und schlug auf den Tisch, dass er in der Mitte aufriss.

Jetzt sprach Elias ganz frei. »Ich habe ein Stück davon an einem Ort versteckt, den du niemals findest. Falls mir etwas zustößt, wird es an die Riesen übergeben.«

»Dann wollen wir uns deine Süßen mal ansehen.« Odin streckte die Hand aus und packte Elias am Kragen. Um sie herum flimmerte es, und bevor Elias wusste, wie ihm geschah, standen sie plötzlich in der Vorkammer von Odinshöhe. Hier war er nicht mehr gewesen, seit er und Od vor vielen Hundert Jahren seine Mutter zur Ruhe gebettet hatten.

Elias warf sich zu Boden und kroch in die Krypta. Er wurde von allen Seiten gedrückt und gequetscht, und Steine kratzten an ihm. Würmer und Krabbeltiere bedeckten die Wände, die sich beim Hindurchzwängen kühl und klebrig anfühlten. Endlich war er ganz drinnen und konnte sich erheben. Hier herrschte gedämpftes Licht, aber woher es kam, wusste er nicht.

Genau wie in seiner Erinnerung war die Kammer rund, mit einem steinernen Altar in der Mitte. Der Altar war mit einem Stück Leinen bedeckt, aber mehr war im Halbdunkel kaum zu erkennen. Auf Regalborden rundherum lagen Skelette und Überreste von Menschen in verschiedenen Stadien der Verwesung. Totenschädel starrten ihn an, und er roch die stillstehende Luft, die er als erster Mensch seit über achtzig Jahren einatmete. Er stellte sich auf die Zehenspitzen und schaute in die Regalfächer. Da lag eine schön eingepackte kleine Gestalt.

»Mutter«, flüsterte er. Dann suchte er weiter, konnte Cecilie, Sofia und Amalie jedoch nicht finden.

Schließlich lehnte er sich gegen den Steinaltar. Seine Hand berührte etwas. Rasch drehte er sich herum.

Erst jetzt sah er, dass unter dem Tuch Gestalten lagen. Eine lange und zwei kurze; die kleineren zu beiden Seiten der großen.

Elias griff nach dem Stoff, der sie bedeckte. Vorsichtig zog er ihn zur Seite und konnte ein Schluchzen nicht unterdrücken, denn vor ihm auf dem Altar lag seine Familie.

KAPITEL 24

Cecilie lag mit ausgebreiteten Armen auf dem Rücken. Sofia und Amalie lagen zu ihren Seiten, sodass sie die Köpfe an Cecilies Brust lehnen konnten. Alle drei sahen aus, als würden sie schlafen, denn Benedikts Stillstandszauber hatte sie unmittelbar nach dem Eintritt des Todes eingefroren. Ihre Haut war immer noch rosig, abgesehen von den schwarzen Stellen am Hals.

Elias nahm Cecilies Hand; sie war eiskalt. Er drückte sie, aber sie lag nur schlaff in seiner Faust. Dann breitete er seine Arme über alle drei aus. Er wollte etwas sagen, denn vielleicht konnten sie ihn hören. Vielleicht waren ihre Seelen noch hier. Aber er bekam kein einziges Wort heraus. Er lag nur weinend auf ihnen. Cecilie roch nach Lavendel und Sandelholz, und er atmete ihren Duft in tiefen Zügen ein.

»Roork.«

Elias hob den Kopf. Vor ihm auf dem Steinaltar saß ein großer Rabe.

»Weg mit dir«, sagte er, aber im selben Moment landete ein identischer Vogel auf der anderen Seite von Cecilies Kopf.

»Haltet euch fern von meiner Familie.«

Die Vögel antworteten nicht, sondern richteten stattdessen ihre schwarzen Perlenaugen auf Elias. Strahlen flackerten im Hintergrund auf, und er begriff, was die Höhle erhellte. Schritte waren zu hören, und Odin trat vor ihn hin. Er hatte die Hände auf dem Rücken verschränkt; es sah aus, als grübelte er über etwas nach. Er war jünger geworden, oder vielleicht lag es daran, dass das Licht in der Höhle so gedämpft war. Nein, sein Haar glänzte dunkler als zuvor, und zwischen zwei Lidschlägen von Elias verschwand der Bart. Odins Gesicht war nun jugendlich und stark.

Elias hatte seine Arme immer noch beschützend über Cecilie und die Zwillinge gebreitet. »Du bekommst das Gjallarhorn, wenn du sie alle drei aufweckst, und ich werde nie mehr versuchen, die Toten wiederzubeleben. Das schwöre ich beim Leben meiner Familie.«

»Tja …« Odin lächelte gutmütig, und Elias kribbelte es innerlich vor Hoffnung. Alles, was er getan hatte, trug nun Früchte. Die Übertragung von Benedikt, der Verkauf der vielen Medikamente und seine Nacht mit Katrine hatten ihm verschafft, wonach er strebte. Er konnte selbst Od vergeben, denn der hatte ihn nur beschützen wollen.

Odin streckte die Arme vor. Etwas strömte von seinen Fingern aus, aber es waren durchsichtige Hitzewellen, ganz anders als die elektrische Magie von Benedikt oder Mardöll. Das hier war göttliches Eingreifen.

»Lifandi. Rísa af dauða«, sagte er beschwörend.

Ein Laut kam vom Altar, und Elias entfuhr ein lautes *Oh*, als Sofia zögernd die Augen aufschlug.

»Vater«, murmelte sie.

Elias nahm sie in seine Arme. »Schätzchen.«

»Mir ist schlecht.« Sofia drückte sich an ihn, und er wiegte sie hin und her.

»Wie lieb ich dich hab! Ich habe dich so sehr vermisst.«

Er flüsterte die Worte immer wieder, und seine Brust wollte schier zerspringen vor Glück.

Odin ballte die Fäuste. »Schluss.«

Das Bewusstsein verschwand aus Sofias Augen, und sie starrten ins Nichts weit hinter Elias. Ihre Hand fiel kraftlos zur Seite. Elias sah verständnislos zu Odin, dessen Blick hart war. Sofia wurde rasch kalt in Elias' Armen.

»Das war lustig, was du gerade getan hast«, sagte Odin. »Du hast einem Obergott gedroht. Dem Allvater.«

Elias schüttelte Sofias kalten Körper. »Weck sie wieder auf. Sonst gebe ich das Gjallarhorn den Riesen.«

Odin öffnete mit überraschter Miene den Mund. »Du hast es tatsächlich schon wieder getan.« Er schnippte mit den Fingern, und Sofias Haut begann zu welken. Erst wurde sie dunkel unter den Augen, dann fielen die Wangen ein.

»Halt, halt!«, schrie Elias.

»Du selbst hast gesagt, um das Leben zu verstehen, muss man das Verderben sehen. Ich sorge nur dafür, dass du das Leben verstehst.«

»Hör auf. Bitte hör damit auf!«

Aber Sofia schrumpfte in Elias' Armen. Ihr Körper wurde zu Knochen, die Elias durch die Hände fielen. Sie schlugen mit einem hohlen *Klonk* auf der Erde auf. Elias sank zu Boden und sammelte die Skelettteile ein.

Odin betrachtete seine Finger, offensichtlich stolz auf die Kraft, die aus ihnen kam. Dann richtete er das Auge auf Elias. »Jetzt hör auf zu jammern. Du hast doch *zwei* Töchter, und die sind sowieso völlig gleich.«

Elias kniete über Sofias Skelett. »Dreh die Zeit zurück. Bitte!«

Odin lachte. »Was bist du für ein Narr. Ich kann die Zeit nicht ändern.«

Elias musste seine ganze Willenskraft aufbieten, um sich nicht auf ihn zu stürzen.

»Einigen wir uns darauf, dass du versprichst, dir nicht länger meine Kräfte aneignen zu wollen und mir das Gjallarhorn zu geben, dann will ich in Erwägung ziehen, irgendwann in ferner Zeit die beiden anderen zum Leben zu erwecken, wie hießen sie noch gleich?«

Elias sah den Gott an, dessen Gesicht nichts anderes verriet als Verwunderung darüber, was Elias wohl da unten auf dem Boden trieb. Dann blickte er auf die beiden Raben, die sich unruhig auf dem Altar bewegten. Mardöll hatte gesagt, dass ihre vereinten Kräfte die Zeit ändern konnten. Anne hatte ihn aus der Zukunft besucht. Es ließ sich machen.

»Entschuldigung«, flüsterte Elias. Das war an Sofia, Amalie und Cecilie gerichtet, aber Odin verstand es sicher so, als ob Elias sich bei ihm entschuldigte und seinen Vorschlag annahm.

Der Gott kreuzte die Unterarme und ballte die Fäuste. Dann zog er sie mit einem Ruck voneinander weg.

Elias wurde in der kreisrunden Kammer herumgeschleudert, und bevor er wusste, wie ihm geschah, landete er draußen auf dem matschigen Feld in einer Pfütze aus Schlamm und halb verrottetem Weizen. Der eisige Regen strömte wieder herab, und er weinte so herzzerreißend wie damals vor zweihundert Jahren, als seine Mutter starb.

KAPITEL 25

Draußen auf dem Hof von Odinshöhe begegnete Odin einer Gestalt. Es war eine Frau mit blondem Haar, gemusterter Bluse und langem Rock. Trotz der scheußlichen Kälte und dem nordjütländischen Wind stand sie nur in Hemdsärmeln da.

»Wie ist es gelaufen?«, fragte sie.

»Ich habe Elias gebrochen.« Odin trat ganz nah an Katrine heran, die mit neckischer Miene zu ihm aufblickte.

Sie blinzelte ein paarmal mit den dunkelblauen Augen, bevor sie grau wurden. »Wirklich? Dabei habe ich versucht, ihm Mut und Männlichkeit einzuflößen.«

»Das hättest du nicht tun sollen. Bist du nicht auf meiner Seite?«

Katrine machte eine feminine Geste, indem sie sich mit dem Handrücken über die Wange strich. »Das habe ich für einen Moment vergessen. Elias ist so süß.«

Odin war immer noch ohne Bart, sein schwarzes Haar glänzte und sein Gesicht war faltenlos. Das markante Kinn und die scharfe Nase verliehen ihm das Aussehen einer Statue, doch das fehlende Auge zerstörte sein ansonsten perfektes Erscheinungsbild.

Katrine sah zu ihm auf. »Deine Augenhöhle wirkt heute Abend unendlich. Ich kann Sternennebel darin sehen.«

»Ist das ein Kompliment?«

»Ich mache keine Komplimente. Für mich gibt es keinen Unterschied zwischen schön und hässlich.«

»Du brauchst Katrine Frederiksens Gestalt nicht beizubehalten«, sagte Odin.

Katrine drehte sich im Kreis, dass der Rock flatterte. »Mir gefällt es, von weiblichem Geschlecht zu sein.« Sie legte ihre Hände auf den Unterleib. »Die Schöpfungskräfte sind hier unten.«

»Weißt du noch, damals, als du mit Sleipnir schwanger warst?«

»Ohhh! Svadilfari war ein prächtiger Hengst. Ich habe meine Zeit als Stute zusammen mit ihm genossen.« Jetzt war Katrine genauso groß wie Odin und fast ebenso breitschultrig.

Odin verzog skeptisch das Gesicht. »Du hast es genossen?«

Katrine ähnelte einer Mischung aus Mann und Frau. Ihr blondes Haar wellte sich noch immer, ihre Wimpern waren lang und geschwungen, aber die Bluse hing flach am Oberkörper. Ihr Gesichtsausdruck wurde traurig, und sie blickte auf ihre schlanken Hände, die weiterhin den untersten Teil ihres Rumpfes streichelten. »Nichts bleibt für immer«, seufzte sie.

»Wie ist das eigentlich, eine Frau zu sein? Darüber habe ich schon immer nachgedacht.« Odin strich über Katrines Haar, und der goldene Glanz verschwand. Es wurde zu dicken, eisengrauen Locken, die bis auf die kräftigen Schultern reichten. Die Bluse machte *ritsch*, als sie zerriss und große blaue Spiralen auf Armen und Brust enthüllte.

»Die Natur ist alles. Frau und Mann. Tier und Mensch.

Leben und Tod. Schöpfung und Zerstörung. Wenn du weg bist und wenn die Menschen weg sind, dann bin ich immer noch da, und ich werde jede Sturmflut und jedes neue Frühlingserwachen bis in alle Ewigkeit genießen. Sogar nach Ragnarök bin ich immer noch hier.«

»Loki«, sagte Odin milde. »Ich kann wiedererwecken und ich kann auch töten.«

»Du tötest ja nicht richtig«, sagte Loki, denn er war es, der jetzt vor Odin stand, mit entblößtem Oberkörper und blauem Rock, der ihm nur bis zu den Knien reichte. »Nicht so richtig *richtig*.«

»Ich habe doch eben bewiesen, dass ich es tue.« Odin zeigte auf Odinshöhe. »Ich habe gerade ein kleines Mädchen umgebracht.«

Loki zog die Blusenfetzen und den kurzen Rock aus. Sein Körper war vollständig von Tattoos bedeckt und ähnelte einem Baum mit Rinde und kleinem Getier, das darauf herumkrabbelte. Er wiegte sich mit ausgebreiteten Armen im Wind. »Sogar die Knochen von Elias' Kind leben weiter«, sagte er. »Sie lösen sich auf und werden Teil von etwas Neuem. Wenn die Götter in Vergessenheit geraten, seid ihr weg. So gesehen seid ihr die Jämmerlichsten von uns allen.«

Odin ließ seine schwellenden Muskeln spielen und warf sein schwarz glänzendes Haar über die Schulter zurück. »Ich fühle mich nicht jämmerlich. Tatsächlich fühle ich mich ziemlich allmächtig, so, wie ich Elias Eriksen geknechtet habe. Der Mann hat einen unglaublichen Willen.«

Loki tanzte weiterhin. »Ich habe nicht gehört, dass Elias aufgegeben hätte.«

»Sag mal, hast du überhaupt mitbekommen, was in der Grabkammer passiert ist? Ich habe seine Tochter getötet.

Erneut! Und er hat versprochen, mit dem Wiedererwecken aufzuhören.«

»La, la, laiii«, trällerte Loki. »Im Wirtshaus habe ich das schönste Lied gehört. Ich glaube, es war einer dieser neumodischen Walzer.«

»Loki!«, rief Odin. »Elias hört jetzt auf.«

Loki hatte sich im Kreis gedreht und wandte Odin den Rücken zu. Dann machte er ein paar seltsame Bewegungen und sprach rückwärts in doppelter Geschwindigkeit.

»Was machst du?«

Loki drehte sich um, doch jetzt hatte er blaugraue Augen. Er trug ein weißes, offen stehendes Hemd, und um seinen Hals hing ein Lederbeutel, in dem es klirrte, als er einen Schritt vorwärts machte. Loki hielt einen Finger in die Luft.

»Ich will nur die richtige Stelle finden«, sagte er mit der Stimme von Elias. Dann spulte er vor und zurück. Die Worte erreichten eine gellende Tonhöhe und waren nicht mehr zu verstehen. Er breitete die Arme schützend über einer unsichtbaren Fläche aus. »Hier ist es. Bist du bereit? Hrm, hrm …« Er setzte einen verzweifelten Gesichtsausdruck auf. »Du bekommst das Gjallarhorn, wenn du sie alle drei aufweckst, und ich werde nie mehr versuchen, die Toten zum Leben zu erwecken. Das schwöre ich beim Leben meiner Familie.« Die Szene war eine vollkommene Wiedergabe des Aussehens und der Worte von Elias in der Krypta.

Odin knirschte mit den Zähnen. Rund um seinen Mund begann ein weißer Bart zu sprießen, und die Haut seines Gesichts wurde faltig.

»*Wenn du sie alle drei aufweckst*«, wiederholte Loki und blickte aus seiner Haltung mit den ausgebreiteten Armen hoch. »Du hast ja nicht alle drei aufgeweckt. Tatsächlich hast du eine von ihnen getötet. Also, ich erkenne nicht, inwiefern du Elias besiegt hast.«

Odin, der jetzt aussah wie ein alter Mann, blickte grimmig. »Er wird schon aufgeben. Ich bringe ihn dazu, sich zu fügen. Er wagt es nicht, weiterzumachen, und er gibt mir das Gjallarhorn.«

Loki in der Gestalt von Elias richtete sich auf, ließ seine Arme aber ausgebreitet. »Da bin ich mir nicht so sicher. Ich glaube, du hast ihn noch zielstrebiger gemacht.« Dann löste er sich auf und verschwand.

Odin blieb allein auf dem Hofplatz zurück. Die Dunkelheit war kalt und feucht, und wie eine bösartige Geste öffnete sich der Himmel und überschüttete ihn mit einem Schneeregenschauer. Seine langen grauen Haare schlotterten im Regen.

Loki lachte aus den Wolken.

»Der Braumeister gibt nicht auf. Er lässt nicht von seinem Vorhaben ab.«

KAPITEL 26

Dunst lag über dem Seemoor. Dampf stieg von der Erde auf und waberte zwischen den Baumstämmen umher, während Sonnenstrahlen vom Nebel gebrochen wurden. Es war Vorfrühling geworden, und wunderbarerweise schien die Sonne von einem blauen Himmel, nur unterbrochen von einigen dünnen ziehenden Wolken. Es war kalt und windig, dennoch regnete es ausnahmsweise nicht. Vielleicht waren die ewigen Wolken endlich im Begriff, sich zu verziehen.

Elias betrachtete den Jungen, dessen dunkle Locken im Wind wehten. Im Moment war er dabei, etwas im Gebüsch zu fangen. Elias ging näher heran, aber der Junge war zu beschäftigt, um ihn zu bemerken. Er kroch tief hinein ins Gestrüpp und verschwand zwischen Binsen und hohem Gras, bevor er mit einer flatternden Krähe in der Hand herauskam. Sie hatte eine Schlinge um den Hals und protestierte krächzend und flügelschlagend. Der Junge kniete sich vor einen Feldstein, griff zu einem kleineren Stein und platzierte den schwarzen Vogelkopf wie auf einem Hauklotz. Mit einer geübten Bewegung schlug er den Stein gegen den Vogelkopf und zerschmetterte eine Seite des Schädels. Die Flügel bewegten sich weiterhin, obwohl der Vogel nicht mehr lebte. Das waren die Nerven, die nach dem Tod zuckten.

Elias hatte genug Tiere und Menschen seziert, um zu wissen, dass, selbst wenn etwas lebendig aussah, es das nicht immer war. Vielleicht flog die Krähe auf ihren schwarzen Flügeln weiter hinein in den Tod, ohne überhaupt zu merken, dass sie nicht mehr lebte.

Es dauerte ein wenig, bis sie schlaff in der Hand des Jungen hing. Der stand auf und packte den Vogel an den Füßen. Ohne den Blick von der Krähe zu wenden, ging er den staubigen Weg entlang direkt auf Elias zu. Der Junge konnte nicht älter als acht Jahre sein, oder vielleicht täuschten die dünnen Arme und der magere Körper. Er blickte erst auf, als er kurz davor war, mit Elias zusammenzustoßen.

»Wir beide haben noch eine Rechnung offen.«

Der Junge schrie erschrocken auf. Das kindliche Gesicht zeigte kein Anzeichen von Wiedererkennen, und er hob die tote Krähe wie eine armselige Waffe. Als er sah, dass Elias keine Anstalten machte, ihn anzugreifen, ließ er den Vogel sinken. »Wer bist du?«

Als der Junge ihn zuletzt gesehen hatte, waren Elias' Haare lang gewesen, seine Kleidung schmutzig, und er hatte einen so gewaltigen Kater gehabt, dass er halb tot war. Jetzt trug er eine schöne dicke Hose, eine elegante Jacke und einen Zylinder, den er allerdings wegen des stürmischen Windes festhalten musste.

Er hatte sich von Seemoor ferngehalten, bis er sich Justine als wohlhabender Mann präsentieren konnte. Außerdem waren die Monate nach Sofias Tod in einem albtraumhaften Dämmerzustand verstrichen, und erst jetzt war er imstande, Justine in die Augen zu sehen.

Der Junge hob eine schmutzige Hand über die Augen, um sie vor der grellen Sonne abzuschirmen.

»Ach, du bist es.«

»Erkennst du mich?«

Der Junge legte den Kopf schräg. »Du siehst jetzt womöglich noch schlimmer aus als damals, als ich dich aus dem Moor gezogen habe.«

Vor Enttäuschung ließ Elias die Schultern sinken. War sein Elend wirklich so offensichtlich? Er hatte einen gewissen Respekt von dem armen Jungen erwartet, jetzt, da er so fein gekleidet hier auftauchte, aber der Junge sah ihn nur mitleidig an.

Seit der furchtbaren Nacht vor einem halben Jahr, in der Sofia abermals gestorben war, hatte er die Dosis von Cecilies Trank erhöht, und er hatte Trost in den Armen unzähliger Frauen gesucht. Er hatte Pillen und andere Medikamente an alle verkauft, die bereit waren zu zahlen; Geld war also genug da. Aber wenn er in den Spiegel blickte, war seine Haut grau und der Blick hart.

Er setzte ein betont freundliches Lächeln auf und gab sich Mühe, es echt wirken zu lassen, war sich aber nicht sicher, dass es ihm gelang. »Ich schulde dir einen Reichstaler.«

Der Junge trat nach einem Stein. »Soweit ich weiß, laufen Zinsen auf, wenn man seine Schulden nicht rechtzeitig bezahlt.«

Vergnügen köchelte an einer kleinen Stelle in Elias' Bauch. So eine Wärme verspürte er sonst nur zusammen mit einer seiner vielen Geliebten, und sie hielt nur wenige Minuten. Wenn der Akt vorbei war und die Frau verschwunden, waren die Kälte und die Einsamkeit noch größer als zuvor. Aber dann half der Trank.

Elias gab vor, eine komplizierte Berechnung anzustellen.

»Ein halbes Jahr mit einem nicht genehmigten Rückstand zu einem Zinssatz von fünfundzwanzig Prozent pro Quartal ergibt zwölf Schilling. Wenn du mir bei einer weiteren Sache hilfst, gebe ich dir drei Taler.«

Der Junge versuchte ein Gesicht zu machen, als sei das kein Vermögen, aber er atmete schneller und knetete die Krähe in seiner schmutzigen Hand.

»Ich bin auf der Suche nach Justine Carlsen. Sie soll hier draußen im Moor wohnen«, sagte Elias.

Der Junge wirkte skeptisch. »Ich zeige dir, wo sie wohnt, aber gib mir erst das Geld.«

»Traust du mir nicht?«

Der Junge grinste, und dieses Grinsen hatte etwas Vertrautes an sich. Oder Elias war in nüchternem Zustand den Umgang mit Menschen so wenig gewohnt, dass er Gesichtsausdrücke nicht mehr richtig lesen konnte.

»An dem Tag, als ich dich aus dem Moorloch zog, bist du auf nackten Füßen abgehauen, ohne mir einen Schilling zu geben.« Er streckte die Hand aus, und Elias ließ die Münzen auf die schmutzige Handfläche fallen.

Ohne ein weiteres Wort marschierte der Junge auf das Ende des Weges zu, und Elias beeilte sich, ihm zu folgen. Bald darauf kamen sie an eine Böschung.

»Justine wohnt hier«, sagte der Junge.

Elias blickte verwirrt den Erdwall hinauf. Nichts deutete darauf hin, dass hier außer Füchsen und Dachsen jemand wohnte. Aber der Junge entfernte ein paar Zweige und legte einen Eingang frei, den Elias niemals allein gefunden hätte. Er setzte sich in Bewegung, aber im selben Moment schien der Junge zu bereuen, dass er Elias hierhergebracht hatte.

»Was willst du eigentlich von ihr?«

»Das geht nur mich und Justine etwas an.«

Der Junge senkte seine dunklen Augenbrauen. »Du hast etwas Mystisches an dir. Es ist, als würde ich dich kennen und gleichzeitig doch nicht.«

Elias wollte gerade antworten, dass es ihm ebenso ging, aber dazu kam er nicht, denn in dem Moment erklang eine Frauenstimme.

»Kalle? Bist du es?« Eine Dame steckte den Kopf aus der Höhle. Sie mochte wohl Mitte vierzig sein, hatte aber offenbar ein hartes Leben hinter sich. Kleine Fältchen lagen um ihren Mund, und graue Sprenkel durchzogen ihr Haar. Ihr Gesichtsausdruck war streng, doch als sie Elias sah, erschienen Lachfältchen um ihre Augen. Trotz des älteren Gesichts verschlug es Elias fast den Atem, denn sie hatte große Ähnlichkeit mit Cecilie.

»Na, da bist du ja«, sagte sie. »Ich habe auf dich gewartet.«

Elias stockte der Atem, er bekam kein Wort heraus, obwohl es so vieles gab, was er gerne sagen wollte. Die Gefühle, die er weggesperrt und sich nicht erlaubt hatte, drohten ihm jetzt die Brust zu sprengen.

Wieder formten sich Lachfältchen um Justines Augen. »Ich habe dich kommen sehen, seit ich ein Kind war. Komm mit.« Sie winkte Elias in den Gang, der direkt in den Hang hineingegraben war.

Der Junge, der offenbar Kalle hieß, folgte ihm. Sie kamen in einen großen Raum, wo Kalle die Krähe auf den Tisch legte und sich auf einem wackligen Stuhl niederließ. Der Raum war nur ein Erdloch mit einigen Schlafmatten nahe der offenen Feuerstelle. Hier drinnen war es verräuchert und stickig, und die Wände trieften vor Nässe. Am einen Ende war ein Brettertisch mit ein paar einfachen Hockern drum herum. Dort setzten sie sich.

»Du hast meinen Sohn getroffen«, sagte Justine.

»Deinen Sohn?«

Justine betrachtete Elias, während er sich Kalle genauer ansah. Die Augen, der Mund und die Haltung waren so vertraut, obwohl seine Haut etwas dunkler war als beim Rest der Familie. Seine Wangen wären die gleichen wie die der Zwillinge, wenn er nicht so ausgehungert wäre.

»Er hat Ähnlichkeit mit meinen Töchtern.« Elias' Stimme brach, und er legte die geballte Faust an den Mund.

»Meine Tanten waren hübsche Mädchen«, sagte Justine. »Ich habe sie nie kennengelernt, aber der alte Benedikt hat mir viel von ihnen erzählt. Das mit Sofia tut mir leid«, fügte sie leise hinzu. »Ich habe es kommen sehen, aber nicht geschafft, dich zu warnen.«

Elias blickte von Kalle zu Justine. »Ihr seid die einzige Familie, die ich noch habe.«

»Dein Ziehvater lebt.«

Elias holte tief Luft. »Od Dinesen hat mich im Stich gelassen. Ich bin nicht mehr sein Sohn.«

Kalle sah verwirrt aus. »Sind wir verwandt?«

Justine erhob sich und legte ihrem Sohn beide Hände auf die Schultern. »Das hier ist dein Urgroßvater.«

Kalle machte die Augen schmal. »Er ist höchstens fünfundzwanzig Jahre alt.«

Justine strich ihm zärtlich über die Wange. »Es ist eine große und merkwürdige Welt, in der wir leben. Ich versichere dir, dass Elias Eriksen unser Vorfahre ist. Und jetzt ab mit dir nach draußen, ich will allein mit ihm reden.«

Kalle trottete widerwillig hinaus, und Justine setzte sich neben Elias.

»Ich wünschte, ich hätte mich um dich kümmern können. Dein Leben war hart«, sagte Elias leise.

»Woher weißt du, dass ich ein hartes Leben hatte? Du bist kein Hellseher.«

»Um das sehen zu können, muss ich kein Hellseher sein.« Elias richtete den Blick auf Justines runzligen Mund. Schon jetzt spürte er die Wärme des Beisammenseins mit einem Menschen, zu dem er eine Verbindung hatte.

»Ich wünschte, auch dein Leben wäre sanfter gewesen«, sagte Justine. »Harte Zeiten erwarten dich, aber du findest dein Glück.« Ihr Blick war verträumt. »Die Mutter aller Völven hat mich heute Nacht im Traum besucht und mir gesagt, ich solle bereit sein. Jetzt ist es so weit.«

»Du hast mit Heid gesprochen?«

Justine nickte.

»Kannst du sehen, was passiert?«

Ein frustrierter Ausdruck glitt über Justines Gesicht. »Ich kann nicht alles sehen. Ich bin nicht so stark wie andere Hellsichtige, weil ich sowohl Vergangenheit als auch Zukunft sehe. Aber lass uns Vater fragen.«

Elias richtete sich auf. »Du kannst mit Carl sprechen?«

»Ich sehe manche Geister. Nicht so viele, wie es ein Geistmedium könnte. Aber die, die mir etwas bedeuten, kann ich herbeirufen. Vater«, sagte Justine. »Großvater ist zurückgekommen.«

Elias blickte sich um. »Ist er jetzt hier? Carl, kannst du mich hören?« Letzteres rief er.

»Er sitzt direkt neben dir.«

Elias blickte neben sich, doch für ihn war dort Leere.

»Ich wollte euch nicht verlassen.« Seine Hände begannen wieder zu zittern, und er verschränkte sie unter dem Tisch.

Es trat eine Pause ein, in der Carls Geist offenbar etwas zu Justine sagte.

»Vater«, sagte sie. »Das war ein Unfall.« Auf ihrem Gesicht erschien ein leicht erschrockener Ausdruck, als die für Elias unhörbare Antwort kam. Sie zog die Mundwinkel zurück. »Aha, aha, aha …«

Wieder wurde sie unterbrochen.

»Was sagt er?« Elias war so gespannt, dass er seine zitternden Hände auf den Tisch legte.

Justine richtete sofort ihren Blick darauf. Tatsächlich hatte Elias das Gefühl, dass es nicht viel gab, was sie nicht sah. Vergangenheit, Zukunft und Details in der Gegenwart. Er bemerkte, dass die Haut unter ihren Augen dunkel war, und ihn überkam das dringende Bedürfnis, sich um sie zu kümmern. Elias wollte gerade sagen, dass sie und Kalle zu ihm ziehen sollten, als Justine vor ihm zusammensank. Er konnte sie gerade noch auffangen.

»Kalle«, stöhnte sie. »Lauf.«

»Was ist passiert?«

Justines Augen waren aufgerissen und verzweifelt. »Sie kommen, und Kalle ist da draußen. Finde ihn. Finde ihn, sofort!«

KAPITEL 27

»Gjǫf. Myrkr dauði«, sagten eine Männer- und eine Frauenstimme in einer Sprache, die Kalle nicht verstand. Er konnte in dem dichten Bewuchs auch niemanden sehen. Aber hierher kamen oft seltsame Leute, und eigentlich war es ihm egal.

Er war halb um den Moorsee herumgegangen und schaute auf das stille Gewässer, das von hohen Nadelbäumen umgeben war. An mehreren Stellen ragten Birken und Weiden aus dem Wasser, und Grasbüschel vermittelten die Illusion, dass es sicher sei, in das Moor hinauszugehen, aber unter der stillen Oberfläche war der See tief, dunkel und lebensgefährlich. Kalle wusste genau, dass andere die Nase über den Ort rümpften, an dem Torfstecher, Landstreicher und hin und wieder ein entflohener Sträfling anzutreffen waren, aber er liebte die Gerüche des Moors, die Geräusche von schwirrenden Insekten und raschelnden Tieren im Wald, und die riesigen Bäume, die in den Himmel ragten, beschützten ihn. Hier draußen kümmerte sich jeder um sich selbst, und es gab Platz für Ausgestoßene und Sonderlinge.

»Gjǫf. Myrkr dauði.« Die Stimmen waren näher gekommen. Was immer diese Dummköpfe vorhatten, das sollten sie allein tun.

Kalle wollte sich in den Büschen am Rand des kleinen

Sandwegs verstecken, um sie nicht zu stören, und ging mit schnellen Schritten darauf zu. Im Gebüsch hockte er sich hin. So saß er eine Weile da und träumte ein wenig, als eine große Hand zwischen Zweigen und frühlingsgrünen Blättern hervorschoss und mit hartem, schmerzhaftem Griff seine Schulter packte.

Instinktiv warf er sich nach hinten, aber der Mann hielt gut fest und zerrte ihn aus seinem Versteck. Wie sehr Kalle auch zappelte und protestierte, er konnte sich nicht befreien. Als er kurz einen Blick auf das Gesicht des Mannes erhaschte, konnte er blondes Haar und blaue Augen erkennen. Außerdem stank der Kerl nach Schweiß.

Auf dem Sandweg standen zwei merkwürdige Leute. Einmal der Mann, der Kalle festhielt, und hinter ihm eine sehr kleine Person, die entweder eine Frau oder ein Kind war. Beide waren in lange Umhänge mit aufgesetzten Kapuzen gehüllt, die ihre Gesichter verbargen.

Die kleine Gestalt schlug die Kapuze zurück, und Kalle sah, dass es tatsächlich eine Frau war. Sie hatte dunkles, hochgestecktes Haar, mandelförmige Augen und einen schönen, hellroten Mund. Mit ihrer kleinen Hand umfasste sie Kalles Kinn und sah ihm in die Augen.

»Puer tranquillitas.« Ihre Stimme war wie zarter Glockenklang, und alle Muskeln in Kalles Körper entspannten sich. Jegliche Angst und Wut, die er gerade noch gefühlt hatte, verschwanden augenblicklich, und er wurde schläfrig.

Sanft schob die Frau ihn auf den See zu. Kalle hätte gerne gefragt, was sie dort wollten, aber seine Zunge war wie gelähmt, und nun entdeckte er, dass seine Hände auf dem Rücken gefesselt waren. In seiner Benommenheit sah er, dass noch ein Mann hinzugekommen war. Er war viel größer als die beiden anderen Gestalten, und Kalle war sich nicht ganz sicher, inwieweit er wirklich da war. Er hatte etwas Flimmerndes an sich. Als würden sich seine Konturen ständig auflösen und neu bilden. Das eine Auge funkelte schwarz. Das andere fehlte; dort war nur eine dunkle Augenhöhle.

Sie waren eine kleine Prozession, die auf das Wasser zuging, und Kalle war halb stolz, halb panisch darüber, dabei zu sein. Die beiden sangen melodiös und schön in der seltsamen Sprache. Es klang alt, und es *fühlte* sich auch alt an, bis in Kalles Knochenmark. Er versuchte, die Verzauberung abzuschütteln, denn er musste doch verzaubert sein, wenn er so ruhig und rücklings gefesselt mitging mit Leuten, die nur gefährlich sein konnten.

Sie kamen zu einem kleinen Kahn, der am Ufer schaukelte. Kalle kannte das Moor in- und auswendig, und so einen hatte er hier noch nie gesehen. Als sie ihn hineinschubsten, konnte er sich so weit vom Zauber befreien, dass ihm ein Hilfeschrei gelang.

»Mutter!«

Aber niemand kam, ihn zu retten, und die Frau sprach eine weitere Formel, die ihm alle Kräfte nahm. Als er zusammen mit den drei Erwachsenen auf den See hinausgestakt wurde, stand er völlig passiv da.

Der blonde Mann hob eine Keule. Kalle rührte sich nicht. Der Holzknüppel schwebte neben seiner Schläfe, bevor der Mann weit ausholte und zuschlug. Kalle hörte ein Knirschen und spürte einen scharfen Schmerz. Dann wurde alles schwarz.

Für eine Zeitspanne, die sich wie eine Ewigkeit und gleichzeitig wie eine kurze Sekunde anfühlte, trieb Kalle in einer warmen Flüssigkeit, die ölig glatt wirkte. Über ihm war es schwarz und unter ihm war es schwarz, und dennoch leuchtend hell. Seine Arme und Beine waren gespreizt, und das Haar wogte um seinen Kopf. Als er seine Hand hob, sah er, dass sie trocken war. Jemand zog an ihm.

»Komm«, erklang es wie eine Saite im Wasser. »Komm nach Walhall. Die Walküren erwarten dich. Ein Opfer für die Götter verdient das beste Leben nach dem Tod.«

Kalle schwamm in Richtung des Geräuschs, aber jemand atmete dicht hinter ihm.

»Hey! Halt, Myling. Ich meine, Kalle. Warte!«

Kalle blickte zurück.

»Das ist verdammt noch mal nicht in Ordnung!«, rief eine Frau.

Eigentlich war es Kalle egal, wer da hinter ihm war, denn ihm ging es ja gut, aber die empörte Stimme kam näher. Schwimmzüge waren zu hören und einige leise Flüche. Etwas Rotes flammte in all dem Schwarzen auf, und eine Frau schwamm auf ihn zu. Sie war nun ganz dicht bei ihm und hielt ihn fest, um zu verhindern, dass er ins lockende Jenseits gezogen wurde. Einander zugewandt traten sie Wasser.

»Ich bin so dermaßen sauer auf Odin! Es ist einfach nicht okay, ein Kind zu opfern.«

Kalle hatte keine Ahnung, wovon sie sprach, aber er konnte es nicht lassen, sie anzustarren. Ihr rotes Haar war lang und stand in scharfem Kontrast zur schwarzen Flüssigkeit, in der sie beide schwebten. Ihr Haar wogte auch um ihren Kopf, ebenso unter Wasser, nur dass ihre Locken völlig trocken waren. Wie sie mit dem geschnitzten Stab schwimmen konnte, war ihm ein Rätsel, aber vorwärts kam sie. Am oberen Ende des Stabes saßen zwei Raben, die einen Kristall zwischen sich hielten.

»Du sollst nicht ins Totenreich«, sagte sie. »Du musst mit mir zurückkommen.«

»Bin ich tot?« Kalles schockierte Worte gellten hinaus ins Leere und wurden als ein Echo zurückgeworfen, wie er es noch nie gehört hatte.

Die Frau schlug sich an die Stirn. »Entschuldige. Ich bin einfach so verdammt ungeschickt darin, schlechte Nachrichten zu überbringen, aber ich fand, du solltest es wissen. Es dauert zweihundert Jahre, bis wir uns wiedersehen, aber es wird jemand da sein, der auf dich aufpasst, und ich werde dich schon wiederfinden. Du musst einfach nur im Seemoor bleiben.«

Kalle musste lächeln. »Du bist eine nette Erwachsene.«

Ihr Gesichtsausdruck wurde weicher. »Das hast du schön gesagt.« Sie lachte ebenfalls, was ein bisschen unpassend war, immerhin hatte sie ihm gerade gesagt, dass er tot war. »Ich kann auch ziemlich nervig sein. Frag mal deinen Urgroßvater.«

»Warum haben sie mich getötet?«

Die Frau mit dem roten Haar und dem Rabenstab wurde ernst. »Odin hat sich mächtig über Elias geärgert, aber wie ich das sehe, ist er einfach in die politischen Auseinandersetzungen zwischen den Göttern und den anderen Mächten hineingeraten. Wirklich ungerecht, wenn du mich fragst. Allvater lebt von Anbetung und Opferungen, aber dass er gerade dich ausgesucht hat, war etwas Persönliches.«

»Was soll ich jetzt machen?«

Sie strampelte, um sich oben zu halten. »Justine kümmert sich um dich. Elias muss sie nur zuerst noch retten.«

Kalle zuckte zusammen. »Was passiert mit meiner Mutter?«

»Odin war so kleinlich und rachsüchtig. Er hat den asengläubigen Mann zu Justine geschickt, während Elias weg war. Er …«

Mehr hörte Kalle nicht, denn er machte große Schwimmzüge in der trägen schwarzen Substanz. Es war beinahe unmöglich, irgendwohin zu kommen, doch endlich durchstieß er eine Membran und wurde ans Ufer des Sees geworfen. Er fühlte sich merkwürdig leicht, und als er die Hand auf einen Baumstumpf legte, um sich aufzurichten, ging sie einfach hindurch. Er sah, dass der Kahn immer noch auf dem Wasser schwamm, aber es waren keine Leute darin. Ein Bündel Kleider lag auf dem Kahn. Es waren die von Elias.

Auf der sonst so glatten Oberfläche des Moorsees bildeten sich Ringe, und Blasen stiegen aus der Tiefe auf, als wäre gerade jemand ins Wasser gesprungen. Der Wasserspiegel wurde durchbrochen, und Elias kam zum Vorschein. An die nackte Brust gepresst hielt er einen Körper, den Kalle nur mit Mühe als seinen eigenen erkannte. Das Wasser triefte von ihnen beiden, als Elias Kalles Körper auf den schaukelnden Kahn hievte. Aus einem kleinen Lederbeutel, den er um den Hals trug, zog er ein Fläschchen.

»Nein!« Elias' Schrei gellte hinüber zu Kalle am Ufer. Er packte den Kopf des toten Kalle, der an einer Seite ein blutiger Brei war, und tropfte Flüssigkeit direkt auf die Schläfe. Dann rieb er sie ein und legte die flache Hand auf die Wunde.

Nichts geschah.

»Wirk doch. Wirke!«

Aber Toten-Kalle lag nur still und blutig da. Aus Elias' Haaren tropfte Moorwasser über den glatten Brustkorb, auf dem der Lederbeutel offen hing und eine Unmenge bunter Fläschchen enthüllte. Er ballte die Fäuste und schlug sie auf den Boden des Kahns. Dann begrub er sein Gesicht in den Händen. Eine Weile saß er so da, bevor er die Schultern straffte.

Elias schluchzte noch, aber sein Gesicht war hart geworden. Er packte den toten Kalle in ein Stück Stoff und legte ihm etwas in die Arme, bevor er ihn zurück ins Moor rollte. Kalle konnte gerade noch sehen, dass es eine Art goldenes Horn war, ehe sein Körper im braunen Moorwasser versank. Elias stakte den Kahn ans Ufer.

»Justine!«, rief er. »Justine.«

Das setzte Kalle in Bewegung.

»Mutter!«, rief er mit seiner neuen, hohlen Stimme. Er wollte rennen, konnte es aber mit seinen durchsichtigen Beinen nicht. Stattdessen dachte er *nach Hause*, und schon war er an der Höhle. Von dort drang Lärm und Geschrei heraus. Wütend sauste er hinein und sah, dass der blonde Mann mit dem Umhang im Begriff war, seine Mutter zu schlagen.

»Hexe!«, rief der Mann. »Es ist deine Schuld, dass meine Ernte missraten ist. Du hast einen bösen Zauber geworfen.«

»Nein!«, brüllte Kalle und wollte einen Stuhl packen und ihn nach dem Mann werfen, aber seine Hände gingen durch das Holz hindurch. Also sammelte er all seine Energie zusammen und nahm ein Messer vom Schneidebrett.

Es war, als würde es hundert Pfund wiegen, aber es gelang ihm, das Messer hochzuheben und es dem Mann in den Rücken zu rammen.

KAPITEL 28

Elias zitterte am ganzen Körper, als er triefnass an der Höhle ankam. Er wusste nicht mehr genau, wie er zurückgefunden hatte, aber jetzt lief er durch den Erdgang hinein in den Raum, von dessen Wänden ihm die Feuchtigkeit entgegenschlug.

»Justine!«, rief er. »Kalle ist …«

Er verstummte, denn die Höhle sah überhaupt nicht mehr so aus, wie er sie vor wenigen Minuten verlassen hatte. Die wenigen Gegenstände dort drinnen waren zertrümmert und lagen überall verstreut herum. Auch hing ein übler Gestank nach Männerschweiß in der Luft. Er konnte Justine nirgends entdecken, also schob er umgestürzte Stühle und Matten beiseite.

Unterm Tisch fand er den Mann, von dem der Schweißgeruch kam. Ein grober, ungewaschener Kerl mit hellblondem Haar. Der hatte offenbar seit Jahren kein Bad mehr genommen. Er lag mausetot da, mit einem Messer im Rücken. Anscheinend hatte er versucht, sich unter dem Brettertisch in Sicherheit zu bringen, doch eine große rote Pfütze um ihn herum verriet, dass er verblutet war. Wer immer ihn auch niedergestochen hatte, es war ihm gelungen, Knochen, Lunge und Herz zu durchbohren.

Aus einem Haufen Decken kam ein gedämpftes Stöhnen.

Elias wühlte sich durch gesplittertes Holz, umgestürzte Stühle und Töpfe. Er fand Justine in beklagenswertem Zustand vor. Aus Nase und Hinterkopf lief Blut, und an ihrem Hals verrieten große Flecken, dass jemand versucht hatte, sie zu erwürgen. Fieberhaft durchsuchte Elias seinen Lederbeutel, aber darin waren nur betäubende und aufputschende Mittel. Keine lebensrettenden Medikamente, und er verfluchte sich dafür, dass er seine Zeit damit vergeudet hatte, lediglich berauschende Mittel herzustellen. Er streichelte Justines Wange.

»Ich habe es zu spät gesehen«, röchelte sie. »Warum sind meine Fähigkeiten so schwach?« Sie weinte, aber ihre Atemzüge wurden immer unregelmäßiger. Elias brach das Herz, während das Leben langsam aus seiner Enkelin sickerte.

Silbernes Licht flammte am Höhleneingang auf, und Elias blickte hoch. Od stand dort, und ausnahmsweise wirkte sein schönes Gesicht alarmiert.

»Der Geist deines Urenkels hat mich geholt. Er hat so laut gerufen, dass ich ihn sogar in Folkwang gehört habe. Er sagte, du seist in Not.«

Jetzt sah Elias, dass Od besonders silberglänzend war. Er musste sich seit Jahrzehnten in Asgard aufgehalten haben, um so göttlich zu werden. Elias war kurz davor, Od anzuschreien, dass er ihm seine Familie geraubt und ihn im Stich gelassen habe. Er hasste den Demigott und wünschte ihn nach Helheim, aber stattdessen winkte er ihn zu sich.

»Hilf!«

Od beugte sich über Justines nun völlig schlaffe Gestalt. Ihr Puls war fast zum Stillstand gekommen, und ihre Haut nahm langsam den grauen Farbton an, der anzeigte, dass der Tod nahe war. Od machte ein ratloses Gesicht. Elias hatte diesen Ausdruck erst ein Mal bei ihm gesehen – in jener Nacht, als seine Mutter starb.

»Ich kann nicht wieder zum Leben erwecken, so wie Odin es kann«, sagte Od.

»Justine ist nicht tot.« Elias verzichtete darauf, ein *Noch* einzufügen, obwohl es das war, was er meinte.

»Es gibt etwas, das vielleicht wirkt«, sagte Od.

»Tu es.«

»Es ist sehr gefährlich.«

Elias blickte hinunter auf Justine, die jetzt gelb und wachsartig aussah. Ihr blieben höchstens noch ein paar Herzschläge. »Der Tod ist gefährlicher.«

Od streckte den Arm vor. Elias konnte eine blaue Ader an seinem Handgelenk pochen sehen. »Mein Blut.«

Ohne langes Nachdenken zog Elias das Messer aus dem Rücken des toten Mannes, schnitt quer über Ods Arm und hielt eine Schüssel darunter, um das Blut aufzufangen. Dann griff er nach einem Schilfgrasschuh, zog einen Halm heraus und schnitt ihn durch, sodass er angeschrägt und scharf war. Vorsichtig bohrte er mit der Messerspitze ein kleines Loch in Justines Halsschlagader und steckte den harten, scharfen Schilfhalm hinein. Er setzte die Schüssel an die Lippen und nahm etwas Blut in den Mund. Es perlte auf seiner Zunge, und er spürte, wie die Göttlichkeit ihn hundertfach stärker erfüllte, als wenn Od ihn umarmte. Rasch schloss er die Lippen um den Halm und presste den Mundinhalt in Justines Blutbahn.

Für einen Augenblick lag sie ganz still. Dann schnappte sie mit wildem Keuchen nach Luft. Sie riss die Augen auf, und Elias sah, dass ihre Pupillen riesig waren. Ihr Rücken bog sich durch, sodass ihr Körper sich wie eine Brücke über dem Boden wölbte. Elias und Od drückten sie nieder, während sie sich wand und schrie. Ihr ergrauendes Haar peitschte um ihren Kopf, und sie sah sich um, als sei die Höhle erfüllt von allem Möglichen, das weder Elias noch Od sehen konnten.

»Ich sehe alles!«, rief sie.

»Was geschieht mit ihr?« Elias versuchte, Justine unten zu halten, damit sie sich nicht selbst verletzte.

»Mein Blut ist stark«, sagte Od. Er legte sich neben Justine und nahm sie in die Arme. Elias konnte sehen, dass seine Göttlichkeit in ihren Körper Einzug hielt wie silbern leuchtende Finger, die unter ihre Haut krochen. Sie wandte ihren Kopf dem Demigott zu.

»Heid liebt dich. Die Mutter aller Völven.«

Od stiegen Tränen in die Augen. Sie fielen herunter wie weiße Kristalle. »Heid ist vor achthundert Jahren gestorben, und sie hat mich zugunsten von Jesus verlassen.«

»Sie liebt dich immer noch.«

»Aber wir sind getrennt.«

»*Meine* Hellsicht schert sich nicht um Religionen.« Die früher so sanfte Justine klang barsch. »Ich kann immer noch mit ihr reden.«

»Was sagt Heid?«, fragte Od.

»Dass es begonnen hat.«

»Was hat begonnen?«

»All das, was uns zu Ragnarök und der Auferstehung führt.«

Od strich über Justines verschwitzte Stirn. »Bist du jetzt Heid oder bist du Justine?«

Wieder sah Justine Od an. Sie wandte ihre rot geränderten Augen nicht von ihm ab.

»Heid.«

Od zog Justine an sich. »Ich vermisse dich so sehr.«

»Und ich vermisse dich, aber ich muss wieder fort. Ich bin nur hier, um Elias eine Nachricht zu überbringen.« Sie streckte einen Finger aus. »Der Rabe kommt.«

»Der Rabe!« Elias ballte unwillkürlich die Fäuste, denn Odins Rabe hatte versucht, seine Frau zu fressen, er war in seinen Sohn gefahren und auch sonst immer zur Stelle, wenn etwas Schreckliches passierte.

»Der Rabe hat keine Schuld«, hauchte Justine. »Odin hat Macht über ihn, und er wird immer und immer wiedergeboren. Der nächste Rabe ist etwas Besonderes. Eine Rabin, sie ist Ruin und Aufruhr, Chaos und Kosmos und alles, was dazwischenliegt. Alle Klarsichtigen haben sie kommen sehen, aber ich habe sie *zu dir* kommen sehen.«

»Sie kommt zu mir?«

Justine nickte langsam, immer noch mit aufgerissenen Augen. »Nur die Rabin kann dir helfen, aber du wirst ihr Tod sein.«

»Wie erkenne ich sie?«

Justine stieß ein tiefes Lachen aus, und obwohl Elias sie nicht sehr gut kannte, hatte er den Verdacht, dass dieses Lachen eher von Heid als von Justine kam. »Die neue Rabin ist etwas ganz Besonderes. Sie hat Willen und Mut. Und sie lässt nicht viele an sich heran.«

Ein seltsamer Verdacht lag Elias im Magen. Konnte die rothaarige Anne Odins Rabe und Völva sein? Sie hatte einen Stab mit geschnitzten Raben gehabt, und sie wirkte willensstark und mutig. Vielleicht konnte sie ihm Cecilie und die Kinder zurückbringen. Er erinnerte sich an ihr langes rotes Haar und das etwas scharf geschnittene Gesicht.

Er erinnerte sich auch mit einem merkwürdigen Ziehen im Bauch daran, dass sie ihn gekannt hatte. Wirklich gekannt, und dass sie ihn auf irgendeine Art mochte.

Justine wälzte sich eine Woche lang hin und her. Sie leierte Prophezeiungen herunter. Manche ergaben Sinn, andere nicht. Vor allem redete sie über den Raben. Und sie sprach zu Kalle und Carl, als wären sie immer noch da.

»Du bekommst deine Familie wieder, wenn du nur lange genug wartest«, sagte sie einmal zu Elias.

»Alle drei? Auch Sofia?«, fragte Elias, aber Justine war bereits in ihre Albtraumwelt zurückgeglitten.

Od wich nicht von ihrer Seite. Erst als Elias auf die Idee kam, Justine Edrú zu geben, kam sie ein wenig zur Ruhe, und Od konnte von der Schlafmatte auf einen Stuhl wechseln.

Elias schleppte den toten Mann hinunter zum Moorsee, beschwerte ihn mit dicken Seilen und Steinen und versenkte ihn im dunklen Wasser. Er wusste, dass man in grauer Vorzeit Leute auf diese Art bestattet hatte, und sie waren erst Jahrtausende später wieder aufgetaucht. Deshalb war er sich sicher, dass die Moorleiche dort unten bleiben würde. Allerdings fragte er sich immer noch, wie die halb tote Justine es geschafft hatte, auf die Rückseite ihres Angreifers zu kommen und ihn mit dem Messer zu erstechen.

Od wachte über Justine, als Elias zurückkam. Elias setzte sich auf einen Schemel, und sie schauten beide auf die Feuerstelle, in der es rot glühend knisterte.

»Justine wird sehr lange leben«, sagte Od. »Sie hat sieben Tage und sieben Nächte in meinen Armen verbracht. Das ist länger, als du oder Heid es getan haben. Sie hat sogar mein Blut getrunken.«

Elias nahm innerlich Anlauf und begann über das zu sprechen, wovon er wusste, dass es besprochen werden musste. »Ich habe so viel für dich empfunden. Liebe, Angst und Abscheu. Als ich aufwachte, nachdem du mich in den Elfenhügel gebracht hattest, fühlte ich nichts als Hass.«

Ein weißer Kristall fiel aus Ods Auge. »Ich habe dich immer nur geliebt.«

»Weil ich dir Menschlichkeit gegeben habe, als du in Folkwang warst?« Vor Bitterkeit schnürte sich Elias' Kehle zusammen.

»Ich liebe dich, weil du mein Sohn bist.«

Elias blickte von Justine auf der Schlafmatte zum nun kaum mehr silbern schimmernden, aber immer noch göttlichen Od. Er hatte eine Familie, auch wenn es eine höchst merkwürdige Art von Familie war.

»Lass uns wieder vereint sein«, bat Od.

»Ich bin nur ein gewöhnlicher Mensch. Wir sind nicht mal blutsverwandt.«

»Familienbande sind mehr als Blut.«

Elias warf einen Seitenblick zu dem Gefäß, das große Mengen von überschüssigem Demigötterblut enthielt. Es war immer noch flüssig, rot und warm, obwohl jedes andere Blut nach sieben Tagen dunkel und geronnen wäre. Dann richtete er den Blick wieder auf seinen Ziehvater. Od lächelte sein mildes Lächeln.

»Selbst wenn du vierhundert Jahre alt wirst, werde ich dein Vater sein. Falls du dich wieder von mir abwendest, bleibst du doch weiterhin mein Kind.« Od erhob sich.

Elias sah zu ihm auf. »Ich komme zu dir.«

Od legte die Hand unter Elias' Kinn. »Ich freue mich darauf, dich wiederzusehen, mein Sohn.«

Dann ließ er Elias mit Justine allein. Kaum hatte Od die Höhle verlassen, beugte Elias sich über das Gefäß mit der roten Flüssigkeit.

Was war drin in dem Demigötterblut? Eine Art belebender Funke? Vorsichtig tauchte er den Finger hinein und holte einen Tropfen heraus, der sich an seine Haut klebte und sich bewegte, als besäße er ein Eigenleben. Er ließ den Tropfen wieder in die Schüssel fallen.

»Kalle.« Justine wälzte sich auf ihrem Lager.

Elias wischte sich die Hand am Hosenbein ab und kniete sich neben sie.

»Kalle ist …«, begann er, aber Justine nickte matt.

»Ich weiß. Er hat es mir selbst erzählt. Er sagte auch, dass du versucht hast, ihn zu retten.«

»Wäre ich nicht gewesen, wäre er gar nicht gestorben.« Elias' Hals wurde eng, weil er weinen musste. Das war die Wahrheit, die er am liebsten nicht gesagt hätte.

»Hast du ihn getötet, Großvater?«

»Nein.«

»Dann ist es nicht deine Schuld. Die Götter sind schuld. Der Rabe kommt, und zusammen werdet ihr die ganze Welt retten.«

KAPITEL 29

»Haben Odin und Mardöll wirklich Elias' Urenkel getötet?« Sigyn spürte einen Stich in der Brust. Sie stand auf Zehenspitzen und hielt die Schale über Lokis Kopf. Über ihnen wand sich die große Schlange und sonderte unablässig Gift ab, das mit lautem *Plopp* hineintropfte. Die Gnipahöhle war an diesem Tag besonders kühl, weil Loki ein gewaltiges Unwetter über die Welten hinausgeschickt hatte. Er selbst stand hoch aufgerichtet mit den Mühlsteinen und den getrockneten Gedärmen behängt da.

Loki murrte. »Sie haben Kalle nicht *getötet*. Der Junge wurde geopfert. Er ist jetzt ein Myling im Seemoor.«

»Tot ist tot, ganz egal wie oder warum.« Wieder zog sich Sigyns Bauch vor Schmerz zusammen.

»Kratz mich mal eben an der Nase.«

Sigyn balancierte die Schale in einer Hand. Jetzt, da das Gewicht so konzentriert war, zitterte ihr Arm noch mehr. Mit der freien Hand kratzte sie den Nasenrücken ihres Mannes.

»Bisschen tiefer. TIEFER, hab ich gesagt.« Loki versuchte, seinen Kopf zu drehen, damit sie die richtige Stelle erreichen konnte. Er seufzte vor Wohlbehagen, als sie sie fand. »Ich dachte eigentlich, Kalles Tod würde Elias umhauen. Das dachte ich wirklich.«

»Elias hat alles verloren«, flüsterte Sigyn. »Immer wenn er glaubt, er hat etwas, wird es ihm genommen.«

»Jedes Unglück verstärkt seine Unbeugsamkeit nur noch. Je mehr Odin niederreißt, desto mehr baut Elias auf. Das ist die Natur in ihrer ganzen Kraft.« Loki grinste breit, und Sigyn sah ihn scharf an. »Wie ärgerlich, dass Od Justine gerettet hat. Ihr Tod hätte ihm die letzte Motivation gegeben, gegen die Götter vorzugehen. Ich bin so gespannt darauf, wie Ragnarök wird.«

»Ärgerlich«, wiederholte Sigyn langsam. »Du findest es ärgerlich, dass Elias' einzige Verwandte überlebt hat?«

»Ups! Das macht dich ja anscheinend richtig böse, Sigyn.« Loki sprach zu ihr wie zu einem kleinen Kind. »Ich vergesse immer, dass du Mitgefühl haben kannst. Puh! *Menschliche Gefühle*. Zum Glück stecke ich mich damit nur alle fünfhundertzwanzig Jahre an.« Dann musterte er Sigyn von Kopf bis Fuß. »Tatsächlich siehst du noch elender aus als sonst. Deine Wangen sind eingefallen, du bist bleich und deine Knochen stechen hervor. Ich mag lieber Frauen mit ein bisschen Fleisch auf den Rippen.«

Sigyn presste die Lippen aufeinander. »Etwas zu essen ist nicht so einfach, wenn ich keine Hand frei habe.«

»Und warum ziehst du kein anderes Kleid an?«, fuhr Loki fort. »Der Fetzen da ist von deiner eigenen Scheiße verdreckt und völlig mürbe.«

Sie blickte hoch, und für einen Moment sah es so aus, als würde die Schlange die Augen verdrehen.

Loki zuckte die Schultern, so gut es mit den Mühlsteinen möglich war. »Das musst du selbst wissen. Ich verstehe nur nicht, wie du es fertigbringst, dich so vor deinem Herrn und Ehemann zu zeigen.«

Sigyn trippelte auf ihren nackten Fußspitzen. Der Untergrund war eiskalt, aber das merkte sie schon seit Jahrhunderten nicht mehr. Doch gerade jetzt biss der Frost in ihre Zehen, und ihre Arme verkrampften. Plötzlich brach Loki in wieherndes Gelächter aus, und Sigyn zuckte so heftig zusammen, dass sie beinahe das Gift verschüttet hätte.

»Das hättest du sehen sollen. Ich verwandelte mich in eine Libelle und flog über den See. Der Mann, den Mardöll angeheuert hatte, knüppelte dem Jungen gegen den Schädel.« Loki verdrehte die Augen und ließ den Kopf kreisen.

Sigyn holte tief Luft, bevor sie sprach. »Wie kannst du dich über den Tod eines Kindes lustig machen? Über den Mord an einem kleinen Jungen!«

Tränen liefen über Lokis amüsiertes Gesicht. »Das sah einfach so witzig aus. BAMM!« Er warf den Kopf anschaulich zur Seite.

»Kalle ist viel zu früh gegangen, und Elias und Justine müssen mit dem Verlust leben.«

»Sein Körper wird als etwas anderes wiederauferstehen. Ein Fisch, ein Frosch oder eine Seerose. Der Junge ist nicht richtig weg.«

»Für seine Liebsten ist er weg«, flüsterte Sigyn.

»Trockne mir die Wangen ab.«

»Nein.«

Loki hörte auf zu feixen. »Sind wir jetzt schon wieder bei diesem Quatsch? Es ist, als ob du alle hundert Jahre widerspenstig wirst. Bist du läufig? Muckst du deshalb so auf?«

Sigyn betrachtete die Därme, die wie Bänder um Loki lagen. »Vermisst du Nari nicht?«

»Wir machen einfach ein neues Kind.«

»Ich will kein neues Kind. Ich will Nari zurück.«

»Sigyn! Den kriegst du nicht wieder. Das weißt du auch, du Dummerchen. Wenn meine Strafe ausgestanden ist, machen wir ein paar neue Kinder. Ich habe noch viele in mir. So viel Leben zu geben.«

»Das will ich nicht«, sagte Sigyn leise.

»Natürlich willst du das. Du liebst mich doch. Aus dem Grund stehst du hier seit Hunderten von Jahren und schützt mich vor dem Gift der Schlange.«

Sigyn richtete den Blick auf Loki. »Weißt du, warum ich wirklich hier stehe?«

»Ich denke, dass es wegen des seltsamen Mitgefühls ist, an dem ihr Menschen leidet.«

»Dein Geliebter sorgt sich um dich.«

Loki sah aus wie ein Fragezeichen. »Welcher?«

Plötzlich brodelte es in Sigyns Bauch vor Ärger. »Odin. Als die Götter unseren Jungen töteten und du zur Strafe gefesselt unter der Schlange stehen solltest, hat er mir versprochen, dass er Nari zu Ragnarök aufweckt, wenn ich dich beschütze.«

Loki zog verblüfft die Mundwinkel nach unten. »Das ist ja ein Ding.«

»Odin liebt dich genug, um dich zu schützen. Er will dich nicht leiden sehen.«

»Odin, der alte Knacker«, sagte Loki vor sich hin. »Da ist noch Menschlichkeit drin, sogar nach all den Jahren als Gott.« Er sah Sigyn an. »Du bist also hier, damit du dein Kind zurückbekommst?«

»Natürlich. Ich würde alles dafür tun. Sogar *dich* bis zum Ende der Welt ertragen.« Sie spuckte das Wort *dich* aus.

»Du bist wie Elias. Ihr jagt hinter dem Unmöglichen her. Ihr vergesst zu leben, weil ihr wiederhaben wollt, was längst zu etwas anderem geworden ist. Ihr seid wirklich komisch.«

»Das nennt sich Liebe«, sagte Sigyn. »Bedingungslose Liebe. Und die solltest du nicht unterschätzen.«

KAPITEL 30

Elias hatte die Hand vor dem Mund und murmelte konzentriert vor sich hin. Vor ihm auf dem Metalltisch lag ein älterer Mann. Elias ging um den Tisch herum und betrachtete ihn aufmerksam. Die Haut des Mannes war gelb-bleich, die Lippen weiß und die Haut unter den Augen eingesunken und blau. Elias schrieb etwas in sein Notizbuch, strich es durch und korrigierte es zu etwas anderem. Auf dem Tisch hinter ihm blubberte ein kleines Metallgefäß über einer Öllampe, und im Raum stank es nach Moorwasser und Salpetersäure. Dampf quoll über den Rand des Gefäßes und hinunter auf den Tisch. Zeichnungen hingen an den Wänden, auf einem Tisch lagen Operationsinstrumente und ein Nadelkissen in Form einer lila Blume. Benedikt sah Elias an, der jetzt auf seine Papiere starrte.

»Ein Prozent Anbetung, multipliziert mit einer Million zweihunderteinunddreißgtausend, geteilt durch zwei mit einer Unsicherheit von fünf … nein, vier …« Elias schrieb, während er mit sich selbst sprach. »Demigötterblut mit destillierter Dedikation, gemischt mit zwei Teilen Moorfrau-Trank und einem Teil Kornrade.«

Benedikt hatte den Weg unter das Taufbecken in dem weißen Kloster gefunden, das oben auf einem der wenigen Hügel Nordjütlands stand. In der Klosterkirche benutzte er seine Magie, um den kleinen Taufraum mit den vielen Knabenstatuen aufzuspüren, und als er erst die richtige Stelle am Taufbecken gedrückt hatte, glitt es zur Seite und legte eine Treppe frei, die unter den Fußboden der Kirche führte. Jetzt stand er da und betrachtete seinen alten Freund und Besitzer, oder was Elias Eriksen nun war. Elias war in Berechnungen vertieft.

»Ich bin sehr wütend auf dich!«

Elias blickte auf. Die Haare klebte ihm an der Stirn, und seine Pupillen waren riesig. Elias' Hände waren ganz ruhig, er wirkte nicht überrascht, Benedikt mitten in seinem geheimen Labor zu sehen.

»Benedikt, alter Junge«, sagte Elias mit breitem Lächeln. »Ist das lange her, dass ich dich gesehen habe.«

»Ich bin niemandes Junge.«

»Aber alt bist du.«

Dagegen konnte Benedikt nichts einwenden.

»Wie hast du hierhergefunden?«

»Ich bin Hexenmeister. Verstecke finden ist ein Leichtes für mich, und ich bin gekommen, um dir zu sagen, dass du einfach …«

»Halt das mal eben.« Elias drückte Benedikt eine Schweineblase in die Hand.

Er nahm sie an. Die Gewohnheit, Elias trotz seiner Unvernunft zu gehorchen, ließ sich nicht so einfach ablegen.

»Halt sie an der Spitze fest.« Elias zeigte ihm, wie er das elastische Gewebe ziehen sollte, ehe er die Blase am anderen Ende mit den Fingern öffnete. Dorthinein goss er eine rote, dicke Substanz, die lauwarm war, wie Benedikt an der Außenseite der weichen Haut spürte. Ans Ende steckte Elias eine hohle Nadel.

»Du hast mich an Mardöll verkauft«, sagte Benedikt, während Elias arbeitete. »Zuerst war ich so sauer, dass ich dich nicht mal ansehen konnte.«

Elias blickte auf. Für eine Sekunde sah Benedikt das schlechte Gewissen in seinen manischen Augen, aber das verschwand schnell. »Trotzdem bist du hier.«

Benedikt schwieg, er war noch nicht bereit, sein eigentliches Anliegen zu verraten. Sie standen dicht zusammen, während Elias sich mit der Blase und der Nadel abmühte. Elias roch nach Wein, Damenparfüm, Kräutern und etwas undefinierbar Chemischem. Aber es war schön, ihm wieder zu assistieren, genau wie in alten Zeiten.

»Behandelt Mardöll dich gut?«, fragte Elias, den Kopf über die Blase gebeugt.

»Sie behandelt mich sehr gut.«

Elias drehte sich zum Tisch um, auf dem ein Becher stand. Benedikt konnte den Inhalt nicht sehen, aber er roch stark alkoholisch. Elias nahm einen großen Schluck. »Dann sehe ich das Problem nicht.«

»Du wirst doch sicher verstehen, dass gerade ich es schrecklich finde, gekauft und verkauft zu werden.«

Elias stützte die Hände auf die Tischplatte. Er schien gar nicht zu bemerken, dass seine Fingerspitzen gegen die Beine des toten Mannes stießen. »Wir sind alle Sklaven, und das gefällt keinem von uns. Ich bin selbst ein Gefangener der Zeit. Deine Herrin ist schließlich nur eine Hexe.«

Benedikt stand mit der lauwarmen Blase in der Hand da und starrte auf Elias' Rücken. »Mardölls Menschenopfer gehen mir gegen den Strich.«

Elias drehte sich um. Schmerz zuckte über sein Gesicht. »Mardöll wird ihre Strafe schon bekommen.«

»Mach den Handel rückgängig und lass mich frei«, bat Benedikt.

Ein klitzekleiner Funken Wärme glomm in Elias' ansonsten eiskalten Augen auf. »Frei? Dann verschwindest du doch in deine alte Heimat. Ich würde es nicht ertragen, wenn du auch noch weg wärst. Auch wenn du nicht mit mir reden wolltest, wusste ich doch, dass du ganz in der Nähe warst.«

»Ich gehe nirgendwohin.«

Elias wandte den Blick ab. »Ich kann den Handel nicht rückgängig machen. Mardöll hat für dich bezahlt.«

»Aber ich will wieder dein Diener sein!«, rief Benedikt aus. Er hätte gerne *leider Gottes* hinzugefügt, denn Elias sah aus wie ein Verrückter, was er sicher auch war. Sein Haar, jetzt ganz kurz geschnitten, abgesehen von einer Stirntolle, war feucht und wirr. Seine Augen flackerten unruhig, und Bartstoppeln bedeckten seine untere Gesichtshälfte. Die Stirn glänzte vor Schweiß, und er konnte Benedikts Blick nicht standhalten. Trotzdem war zwischen ihnen eine Verbindung, wie es sie nur zwischen denen gibt, die einander das Leben gerettet haben.

Elias stieß ein kleines Lachen aus. »Sollte ein Diener einen Diener haben? Ich arbeite wieder für Od, und ich schufte wirklich. Manchmal habe ich den Verdacht, dass er sich Aufgaben für mich ausdenkt, nur damit ich beschäftigt bin. Ich muss zu Hilfsmitteln greifen, um mich für meine privaten Experimente wach zu halten.«

Benedikt hätte beinahe gesagt, dass er nicht glaube, Elias würde nur Drogen nehmen, um wach zu bleiben. »Was hast du genommen?«

»Opium zum Entspannen, nur wurde ich dadurch zu müde für die Experimente. Hate-Pillen als Wachmacher, aber die haben mich zu sehr aufgeputscht. Meine Gedanken hingen nicht zusammen.« Er pochte mit dem Finger an seine Schläfe. »Wein und Met haben mich benebelt, also trank ich etwas Edrú, aber Nüchternheit ist nichts für mich, also musste ich etwas von Cecilies Trank nehmen.« Er zählte an den Fingern ab. »Das war's wohl. Na ja. Dann ist da auch noch die ganze Göttlichkeit, mit der Od mich dauernd überschüttet.«

Das war viel. Benedikt hätte ihm das gerne gesagt, aber er begriff, dass er auf taube Ohren stoßen würde. Er richtete den Blick auf den toten Mann auf dem Tisch. »Woran arbeitest du eigentlich gerade?«

»Wiederbelebung.«

»Du hast es nicht aufgegeben?«

»Im Gegenteil. Ich werde bereit sein, Cecilie und die Mädchen zu wecken, wenn der Rabe kommt.«

»Elias, deine Familie schläft nicht. Sie sind tot«, sagte Benedikt.

Elias wich mit verletztem Gesichtsausdruck zurück. Dann beugte er sich über seine Notizen und blätterte ziellos darin. »Das weiß ich selbst.«

»Es ist unmöglich, die Toten zurück ins Leben zu holen.«

»Ich glaube an das hier. Du bist derjenige, der immer sagt, dass mir in meinem Leben der Glaube fehlt.«

Mitleid erfasste Benedikt und machte ihn weicher. »Wirst du elektrische Magie benutzen?«

»Hilfst du mir?« Hinter den dunklen Augenrändern und den manischen Bewegungen wirkte Elias plötzlich sehr jung.

»Natürlich helfe ich dir.«

Auf Elias' Gesicht erschien ein Lächeln, das fast so aussah wie früher. Dann befestigte er die merkwürdige Nadel in der Blase und nahm ihm das ganze Arrangement aus den Händen. »Du brauchst keine Energiekugeln zu machen. Ich habe das Galvanisieren aufgegeben. Ich glaube jetzt, dass Animismus der richtige Weg ist. Vor allem, nachdem ich das hier in die Finger bekommen habe.« Er schüttelte die Blase.

In dem beutelförmigen Ballon gluckerte es, und die rote Farbe schien durch die transparente Haut, fast so, als leuchte die Flüssigkeit von selbst.

»Was ist das?«

»Ods Blut.«

»WAS?! Hast du Od getötet?« Benedikt spürte die Angst wie ein Ziehen im Bauch, eine echte Furcht vor der Rache der Götter. Elias war noch verrückter, als er befürchtet hatte.

Elias lachte laut und unpassend über seinen entsetzten Ausruf. »Natürlich habe ich meinen Ziehvater nicht umgebracht. Er hat es mir freiwillig gegeben.«

Benedikt sah Elias skeptisch an. »Od Dinesen hat dir sein Blut gegeben, damit du Experimente zur Wiederbelebung der Toten anstellen kannst? Obwohl das absolut gegen den Willen seines eigenen Vaters ist?«

»Od hat es für einen anderen Zweck gespendet. Ich habe den Rest genommen.«

»Darfst du es denn überhaupt verwenden?«

»Ich habe nicht gefragt«, antwortete Elias lachend. »Manchmal ist Vergebung einfacher zu bekommen als Erlaubnis.« Er wendete die Blase auf den Kopf, verschloss aber die Öffnung mit einer Handumdrehung, damit das Blut nicht herauslief. Routiniert stach er dem Mann die Nadel in den Arm. Elias öffnete den Blasenhals wieder, sodass die Flüssigkeit ungehindert in den toten Mann laufen konnte.

So standen sie eine Weile da und betrachteten die seltsame Anordnung. Die Blutmenge wurde nicht sichtbar weniger, obwohl Elias ein paar Mal gegen die Nadel schnippte.

»Was jetzt?«

»Wir warten«, sagte Elias, aber die Flüssigkeitsmenge in der Blase verringerte sich immer noch nicht.

»Sollte etwas passieren?«

»Er sollte eigentlich aufspringen, munter wie ein Fisch, und uns dafür danken, dass wir ihn ins Leben zurückgeholt haben.«

Sie blickten beide hinunter auf den blassblauen Mann. Nichts deutete darauf hin, dass er vorhatte, je wieder aufzuspringen. Mit einem *Hmmm* zog Elias die Nadel aus dem Arm des Mannes, sorgsam darauf bedacht, kein Blut zu verschütten. Er ließ es zurück in eine Flasche laufen, ehe er sich umdrehte. Er lehnte sich rückwärts gegen den Tisch, stemmte die Hände auf die Platte und schwang sich hoch, sodass er nun neben dem toten Mann saß. Er wirkte völlig entspannt neben dem seelenlosen Körper.

»Ich bin mir sicher, dass Demigötterblut etwas Belebendes enthält. Es muss das Blut des Lebens sein, der Heilige Gral oder der Stein der Weisen, nach dem ich mehr als ein Menschenalter lang gesucht habe. Wie in den alten Mythen. Es muss etwas mit der Anbetung zu tun haben. Wenn Menschen zu einem Gott beten, sondern sie einen Hauch von Unendlichkeit ab. Ich denke, das ist es, was Glaube ist. Das Ewige in jedem Menschen, und es geht in den Gott über, wenn man glaubt. Es sammelt sich an, und der Gott lebt, bis die Anbetung aufhört. Die Unsterblichkeit wirkt belebend, aber bisher nur auf etwas, das bereits lebendig ist. Das ist der Grund, warum ich durch das Zusammensein mit Od so alt geworden bin.«

Benedikt sprach langsam und wägte seine Worte ab. »Lass Cecilie und die Mädchen in Ruhe. Kümmere dich um dein Leben und schau nach vorn.«

»Nach vorn? Es gibt kein *Vorn*. Alles, was ich mir wünsche, liegt in der Vergangenheit.«

»Du kannst keinen Toten mit dem Blut eines anderen aufwecken.«

»Nicht einfach Blut. Es ist Demigötterblut. Du bist ein Hexer. Wer wüsste besser als du, dass seltsame Dinge möglich sind!«

Benedikt öffnete seine Hände und drehte die tätowierten Handflächen aufwärts. Er bemerkte, dass die Zeichen magisch glühten. »Ich bin ein Hexer, und ich habe mehr als hundert Jahre Erfahrung in Zauberkünsten. Wenn es etwas gibt, das alle Hexen wissen, dann, dass man Tote nicht wiedererwecken kann. Einige wenige Götter können es, aber außer ihnen kann es niemand.«

»Ich will dir was zeigen.« Elias hüpfte von der Metallpritsche und ging zu seinem Arbeitstisch. Mit einer Pipette nahm er ein wenig Blut auf und ließ zwei Tropfen in einen Mörser fallen. Dann beugte er sich über etwas, das auf dem Tisch lag. Benedikt lehnte sich vor, um zu sehen, was es war.

Eine lebende Spinne lag ausgestreckt auf einem kleinen Brett, niedergehalten von einem dünnen Metalldraht. Sie ruckte vor und zurück, und die acht Beine strampelten, aber sie konnte sich nicht befreien. Das Tierchen war nicht größer als eine Kaffeebohne. Es sah jämmerlich aus, wie es so gefesselt dalag.

»Eine Drachme Blut, zwei Quäntchen Alkohol, zwei Gran Opium, drei Ort Bilsenkraut«, murmelte Elias und gab die Ingredienzen in den Mörser. Dann nahm er ein Skalpell und beugte sich über die festgezurrte Spinne. Die Spitze des Skalpells war scharf, und mit großer Präzision stach er in den Hinterleib des Tiers. Das zuckte und kämpfte, aber Elias kannte keine Gnade. Er fuhr fort, die Messerspitze in den kleinen Körper zu stechen, bis eine klare Flüssigkeit hervorquoll. Mit einem Stück Glas fing Elias sie auf. Vorsichtig bewegte er die Glasplatte zum Mörser hinüber und ließ einen Tropfen hineinfallen. Das Tier wand sich in Krämpfen, dann erschlaffte es. Elias nickte zu dem nun toten Spinnenkörper.

»Ich habe sie vor hundert Jahren im Kraghede Skov entdeckt. Sie sondert einen betörenden Stoff ab, der Schwärmer anlockt. Die geraten vollständig in ihren Bann. Zusammen mit Kornrade habe ich daraus das Medikament Stjórna gemacht, das Menschen hypnotisieren kann. Man hat ja nicht immer einen Zauberer zur Hand.«

»Wozu willst du Leute hypnotisieren?«, fragte Benedikt, aber Elias antwortete nicht.

»Zusammen mit dem Demigötterblut macht der Stoff der Spinne etwas anderes«, sagte er stattdessen.

Mit einer raschen Bewegung schnitt er sich tief in die Handfläche. Er stieß ein *Scch* aus und fletschte die Zähne vor Schmerz. Blut tropfte auf den Fußboden, der bereits von zahllosen undefinierbaren Flecken übersät war. Elias tauchte einen Finger in die Mischung im Mörser und strich sie auf die Wunde. Sofort schloss sich der Schnitt, Muskeln und Haut waren wieder unversehrt. Es blieb nicht einmal eine Narbe zurück. Benedikt nahm Elias' Hand und drehte und wendete sie.

»Unglaublich!«

»Ich nenne es Laekna«, sagte Elias. »Meine größte Entdeckung bisher.«

Vielleicht war doch etwas dran an Elias' Geschwätz. Kaum hatte Benedikt gedacht, dass Elias verrückt war, sagte er etwas Geniales.

»Du hast recht«, sagte Benedikt. »Es ist etwas Heilendes im Blut.«

»Es wirkt reanimierend. Ich habe mehrere Experimente gemacht, bei denen ich es unvermischt verabreicht habe, und alle sind schiefgegangen. Die Leute werden übermenschlich stark, aber ihre Gehirne degenerieren. Wer nicht sofort daran eingeht, wird zum Trottel.«

»An wem hast du es ausprobiert?«

»An armen Leuten. Ausgestoßenen.«

Benedikt öffnete den Mund und wich einen Schritt zurück.

Elias sah ihm direkt in die Augen. Sein Gesicht drückte Zynismus aus und eine Härte, wie sie nur hohes Alter und furchtbare Erlebnisse mit sich bringen. Mit hinein spielte eine Kompromisslosigkeit, die ihn anscheinend zu allem befähigte.

Da erkannte Benedikt, wie gefährlich Elias Eriksen war.

Im Laufe der kommenden vielen Jahre sollte sich das immer wieder bestätigen.

KAPITEL 31

Odins Haar war schneeweiß. Sein Gesicht war mager und die Haut so runzlig, dass selbst das Auge, das er immer noch hatte, in Hautfalten verborgen lag. Die leere Augenhöhle war völlig zu. Er saß zusammengesunken auf dem großen Findling mitten in der Gnipahöhle und atmete pfeifend.

»Was ist los mit dir?«, fragte Loki, als würde er jetzt erst bemerken, das Odin vor ihm saß.

»Die Menschen glauben nicht an mich. Sie sind mit anderen Dingen beschäftigt. Der Pöbel führt Kriege und Revolutionen, aber nicht zu Ehren der Götter. Nein, sie reden vom Volk. Pah! *Das Volk.* Als wäre das Volk etwas Besonderes. Impfstoffe, Lokomotiven, Evolution.« Mit jedem Wort wurde er kurzatmiger. »Landmaschinen und Genossenschaften machen die Bauern mächtig. In der Stadt gibt es Fabriken. Sie brauchen unseren Beistand nicht, wenn sie Industrie haben.«

»Ich dachte, das Goldene Zeitalter wäre gut für dich«, erwiderte Loki und gab seiner Stimme einen tiefen und teilnahmsvollen Klang.

»Das ist jetzt vorbei. Die gewöhnlichen Leute sind an der Macht, und ich bin der Gott der Könige, aber der König von Dänemark ist ein Schlappschwanz, und außerdem ist er Christ.« Beim letzten Wort machte Odin ein Gesicht, als müsse er sich gleich übergeben. »Schau mich an. Fast weg. All meine Besitztümer verschwinden, und Menschen machen sich auf meinen Domänen breit. Sogar Odinshöhe habe ich verloren.«

Loki seufzte verträumt. »Ich mag Landwirtschaft. Die Natur kann sich bei all dem Anbau frei entfalten.«

»Frei entfalten? Hast du von dem kleinen Ding gehört, das Selbstbinder heißt? Sie verwenden Dünger und betreiben dauerhafte Stallhaltung, die Tiere sehen also nie eine Wiese. Ganz zu schweigen von all denen, die es in die Städte zieht. Du verlierst genauso viel wie ich, und das wird immer mehr.«

Loki zog die Mundwinkel zurück und entblößte die Zähne. »In den Städten gibt es doch auch Natur.«

»Die paar Hinterhöfe, die Grasbüschel zwischen den Pflastersteinen und die Zierpflanzen der feinen Damen können sich nicht mit der freien Natur messen.« Er richtete sein Auge auf Sigyn. »Bring deinen Mann mal zur Vernunft.«

Sigyn stand auf Zehenspitzen und hielt die Schale über Lokis Kopf. Ihr Mund zog sich zusammen.

»Was ist los mit ihr?«, fragte Odin mit seinem pfeifenden Atem.

»Sie hat seit siebzig Jahren nicht mehr mit mir gesprochen. Ich habe vergessen, warum.« Loki schüttelte den Kopf.

»Loki, hier geht es nicht nur um mich. Es geht auch um dich. Die Natur wird künftig unter Druck geraten, wenn wir nichts dagegen tun. Das hat Hugin gesagt, bevor ich ihn in die Krypta gesetzt habe.«

Loki blickte zur Decke. »Die Krähe sagt alles Mögliche, um ihre Federn zu retten. Aber es ist doch erfreulich, dass

Odinshöhe wieder frei ist. Dann haben wir anderen vielleicht eine Chance.«

»Hast du dich nicht jahrelang dort aufgehalten?«

»Ich war im Haus, aber die guten Sachen sind in der Grabkammer, und dorthinein komme ich nur, wenn ich mich in eine Made oder einen Käfer verwandle.«

Odin erhob sich mühsam. Er humpelte zu Sigyn und hielt seinen runzligen Mund an ihr Ohr. »Überrede ihn. Falls ich dahinsieche und vergehe, kann ich unsere Vereinbarung nicht einhalten.«

Sigyn blickte entsetzt auf. Einen Moment lang war sie so erschüttert, dass sie die Schale schief hielt. Ätzendes Gift plätscherte auf Loki herab, und er heulte vor Schmerzen. So laut, dass seine Schmerzensschreie die Erde erzittern ließen. Erdbeben erschütterten die Welten der Menschen und der Riesen. Sigyn brachte die Schale wieder in die Waagerechte.

Odin blickte Sigyn vielsagend an. »Hilf mir«, sagte er. »Sonst kann ich dir nicht helfen.«

KAPITEL 32

Elias öffnete die Haustür nach mehreren Tagen, die er unterwegs gewesen war. Er schüttelte den Schnee von seiner Mütze, bevor er eintrat. Mit einer fließenden Bewegung warf er die Illustrierte auf den Tisch.

Das Unglück, das am 11. August 1877 das Fischerdorf Lønstrup traf, kam diesmal nicht von der nahe gelegenen Nordsee, die oft Katastrophen verursacht, sondern von der Landseite, von der gemeinhin keine Gefahren drohen. Plötzlich und ohne Vorwarnung öffnete sich der Erdboden und schuf das, was jetzt Wolfstal genannt wird.

Das Erdbeben war im Vendsyssel zu einer Legende geworden, denn in dieser Gegend gab es solche Naturkatastrophen sonst nicht. Aber jetzt wurde die Sache einem örtlichen Mysterium zugeschrieben, von dem Elias vermutete, dass es übernatürliche Ursachen hatte.

Er bürstete sich den Kopf, damit die Fusseln sich vom Haar lösten. Zum Glück hatte sich die Mode der kurzen Haare und dicken Backenbärte in den letzten siebzig Jahren geändert, deshalb trug er wieder Locken, die bis knapp unter die Ohren reichten. Seine Jacke war kürzer als noch zu Beginn des neunzehnten Jahrhunderts, das Hemd hatte einen hohen Kragen, und das Halstuch war einem Schlips gewichen. Es war nicht nötig gewesen, mit der Pferdekutsche nach Randers zu fahren – stattdessen hatte er den Zug nehmen können. Auf der Rückfahrt war er in Aalborg ausgestiegen, um seiner alten Apotheke, die immer noch in der Østerågade lag, einen Besuch abzustatten. Durch die Fenster sah er den jetzigen Inhaber, und im Laden waren eine Menge Kunden. Es fühlte sich nicht mehr wie sein Zuhause an, und er ging mit schwerem Herzen wieder fort.

Wärme schlug ihm entgegen, als er in die Stube trat, und er griff nach seinem Messer. Der Kamin knisterte, es roch nach verbranntem Holz. Das Haus hätte leer sein müssen, denn er war seit vielen Tagen nicht mehr daheim gewesen, aber in der Stube saß jemand. Der hohe Lehnstuhl stand mit dem Rücken zu ihm vor den Flammen. Elias näherte sich leise.

»Od?«

»Nein.« Eine Frauenstimme.

»Mardöll.«

»Ganz sicher nicht.«

Elias stutzte. Die Stimme kannte er, aber es war Jahre her, dass er sie gehört hatte, und die Erinnerung daran war verschleiert durch die Zeit und vielleicht auch Trunkenheit. Ob das wohl eine seiner vielen Geliebten war, die sein Zuhause aufgespürt hatte, in das er sonst nie jemanden hineinließ?

Eine schlanke Hand legte sich auf die Armlehne des Ledersessels, und Elias konnte sehen, dass rotes Haar über die Schulter der Frau fiel. Sie erhob sich und richtete sich auf, aber als sie ihm ins Gesicht sah, verschwand der entschlossene Ausdruck.

Er öffnete den Mund, als er erkannte, dass es die Frau war, an die er so oft gedacht hatte. Anne hatte sie sich genannt, als sie ihn vor über sechzig Jahren zuletzt besucht hatte. Justine hatte gesagt, dass sie zusammen alle retten würden. Im letzten halben Jahrhundert war sie ihm mehrere Male im Traum erschienen, aber in den Träumen hatten sie alle möglichen anderen Dinge getan, als die Welt zu retten. Jetzt stand sie quicklebendig vor ihm.

»Elias …« Sie war ein bisschen außer Atem.

Elias hielt das Messer immer noch hoch. Ausnahmsweise hatte er keine Ahnung, was er sagen oder tun sollte.

»Du bist wirklich hier.« Ihre Mundwinkel senkten sich, und sie machte einen Schritt vorwärts. Dann lief sie auf ihn zu, und für den Bruchteil einer Sekunde überlegte er, das Messer noch höher zu heben, unsicher, ob sie ihn angreifen würde. Aber sie fiel ihm um den Hals und zog ihn fest an sich. Elias' Arme hingen schlaff herunter. Er war zu perplex, um zu wissen, was er tun sollte.

Sie roch nach Sonne und Wärme, und ihr Körper an seinem fühlte sich an wie … Es war schwer zu beschreiben. Als ob sie ineinanderpassten. Seufzend schmiegte er sich an sie und schloss sie in die Arme.

»Du heißt Anne, richtig?«

Sie nickte. Als sie sich an seinem Körper bewegte, durchfluteten ihn Hitzewellen.

»Bist du Odins Völva und Rabe?«

Sie überlegte. »Das *war* ich zumindest. Jetzt bin ich mir nicht mehr ganz sicher.«

»Ich bin froh, dich wiederzusehen«, flüsterte er. Das hatte er im Laufe der vergangenen Jahrzehnte vielen Frauen gesagt, aber er hatte immer gemeint, dass es schön war, mit irgendjemandem zusammen zu sein. Diesmal war es anders. Er war glücklich, gerade sie zu sehen.

Anne bog den Hals zurück. »Was meinst du mit *wieder*? Das hier habe ich doch noch nie gemacht? Ich hätte überhaupt nicht gedacht, dass du mich erkennen würdest.«

»Du warst Anfang des Jahrhunderts hier.«

»War ich? Was habe ich hier gemacht?« Sie runzelte die Augenbrauen.

Jetzt bemerkte Elias, dass ihre Brauen leicht rötlich schimmerten, und wie er sich erinnerte, war eine davon durch eine weiße Narbe unterbrochen.

»Justine sagte, dass ich jetzt kommen soll.«

»Meine Enkelin?«

Anne staunte. »Sie ist deine Enkelin? Das wusste ich nicht.«

»Woher kennst du Justine?«

»Du hast uns in der Zukunft miteinander bekannt gemacht.« Sie wedelte mit der Hand. »Das findest du alles heraus. Aber Justine sagte, dass du nicht auf sie hören wolltest. Du wirst nur auf mich hören. Das hier ist 1890, oder?«

»1887.« Elias verstand noch genauso wenig wie vorher, aber wenn er ehrlich war, hatte er am meisten Angst davor, dass Anne wieder verschwinden würde.

»Mist! Luna hat vorbeigeschossen.«

»Wer ist Luna? Letztes Mal hast du sie auch erwähnt.«

»Luna Sekibo.«

Elias lief ein kalter Schauer über die Arme. »Ist sie mit Benedikt verwandt?«

Anne sah weg. »Er ist ihr Vater.«

»Aber …«

Sie fiel ihm ins Wort. »Du sollst in vier Jahren nach Odinshöhe kommen. Im Frühjahr 1891. Gib Arthur ein Jahr Zeit, um zu begreifen, dass er Hilfe bekommt.«

Elias verspürte ein schmerzliches Ziehen im Bauch. »Ich traue mich nicht zurück nach Odinshöhe, bevor ich nicht ganz sicher bin, dass mein Vorhaben gelingt. Es ist jetzt fast achtzig Jahre her, dass ich dort war, und ich werde mich noch eine lange Zeit fernhalten.«

»Du MUSST zurück nach Odinshöhe. Mein Vater ist dort völlig schutzlos, und Loki wird versuchen hineinzukommen.«

Elias wurde es innerlich noch kälter. »Loki kann nicht hinein, solange Odin der Ort gehört.«

»Odin verliert in diesen Jahren an Stärke, und mein Vater kauft Odinshöhe, also gehört es Odin gar nicht mehr. Es ist nun sicher, hinunter in die Krypta zu gehen. Ich schwöre. Du musst Arthur als Freund gewinnen. Wenn mein Vater jetzt stirbt, werde ich nie geboren. Nur du kannst ihn vor den Mächten beschützen.«

Elias stieß ein bitteres Lachen aus. »Hast du gesehen, was die Mächte mit mir gemacht haben? Ich kann niemanden beschützen. Nicht meine Familie, meine Nachkommen, nicht einmal mich selbst. Und dann redest du von einem Freund, den ich noch nicht kenne. Ich habe überhaupt keine Freunde. Was immer du von mir hältst, ich bin freundeslos.«

Ihr Gesichtsausdruck wurde weich. »Du bist nicht so freundeslos, wie du glaubst! Du und Arthur, ihr seid Freunde. Zumindest für eine gewisse Zeit. Benedikt war auch dein Freund, obwohl ihr viel gestritten habt.«

»*War?*«

Anne schüttelte den Kopf. »Vergiss es.«

»Was ist mit dir?«, fragte Elias. »Wirst du auch meine Freundin?« Er bekam nicht genug davon, sie anzusehen, und er hätte sie gerne noch enger an sich gezogen, obwohl sie einander schon umarmt hielten.

Als er nicht aufhörte, sie anzustarren, wurde sie rot. »Wir, ähm …«

»Wir … was?«

»Ich weiß nicht.« Sie verhaspelte sich. »Wir sind keine Freunde. Wir sind keine Feinde. Wir sind kein Liebespaar. Wir sind nur …«

»Verbündete?«, ergänzte er und wusste, dass es stimmte. Obwohl er sie nicht kannte, wusste er, dass es eine Verbindung zwischen ihnen gab.

»Wir beide hängen unlösbar zusammen, Elias. Wir streiten, wir sind unterschiedlicher Meinung, aber alle anderen in meinem Leben haben mich verlassen. Du bist als Einziger bei mir geblieben. Wie nervtötend und unerwünscht deine Anwesenheit auch ist«, sie zuckte die Schultern mit einem kleinen Lächeln, »du bleibst.«

»Ich bin nicht der Typ, der aufgibt.«

Sie musste lachen. »Das bist du auf keinen Fall.«

Ohne nachzudenken, strich er ihr eine Haarsträhne aus dem Gesicht. Es fühlte sich so natürlich an, als hätte er sie schon immer gekannt. Sie schmiegte sich an ihn, sodass er ihr klopfendes Herz durch den Pullover spüren konnte. Er versuchte, sich zur Vernunft zu zwingen, denn es gab so vieles, was er sie fragen wollte. Wenn sie der Rabe war, dann würde sie seine Familie retten – aber wie? Woher kam sie? Wann?

»Versprich mir, nach Odinshöhe zu gehen.«

»Ich verspreche es«, flüsterte er, ohne zu wissen, warum er bereit war, zu tun, was sie sagte.

»Danke.«

Sie schenkte ihm ein Lächeln, und das war ein so schöner Anblick, dass er es spontan erwiderte. So viele Jahre lang hatte er sich zwingen müssen zu lächeln, aber in Annes Gegenwart konnte er gar nicht anders. Sie verflocht ihre Finger mit seinen, und sein Herz hörte beinahe auf zu schlagen vor Schreck über das Gefühl, das es in ihm auslöste.

»Darauf habe ich schon so lange Lust gehabt«, sagte sie.

»Worauf hast du Lust gehabt?«

Ohne zu antworten, drückte sie ihre Lippen auf seine. Ihr Mund war warm, und es fühlte sich an, als hätten sie sich schon viele Male geküsst, obwohl sie eine Fremde war. Er hatte oft Frauen geküsst, die er nicht kannte, aber diesmal gab es ihm ein Gefühl in der Brust, als ob ein Schwarm Schmetterlinge darin herumflatterte, und die kleinen Härchen auf seinen Armen richteten sich auf. Annes Finger fanden seinen Nacken, sie schob sie sanft hinauf in sein Haar, und das verursachte ihm wunderbare Kälteschauer.

Sie zog ihn hinüber zum Schlafzimmer, wo er noch nie Besuch gehabt hatte, aber sie schien sich in seinem Haus merkwürdig gut auszukennen. Er hatte absolut nicht vor, dagegen zu protestieren. Drinnen stieß sie die Tür mit dem Fuß zu. Dann küsste sie ihn wieder, und sie unterbrach den Kuss nur, um sich den Pullover über den Kopf zu streifen und auch ihm das Hemd auszuziehen. Auf einem ihrer Oberarme waren kleine Brandzeichen, wie die Krieger in Hrafnheim sie hatten, der Unterarm war mit einem Fehu-Tattoo verziert, und über die Brust verlief eine lange Narbe.

Als sie sich umdrehte und den Pullover wegwarf, sah er noch eine wulstige Narbe. Sie saß auf ihrem Schulterblatt. Die Narbe stellte eine Ansuz-Rune dar. Wer immer sie ihr zugefügt hatte, hatte tief in die Haut geschnitten. Er fuhr die Linie mit dem Finger nach.

»Wie ist das passiert?«, fragte er, aber sie drehte sich wieder um und legte ihm den Zeigefinger auf die Lippen.

»Schhh …« Dann küsste sie ihn wieder, diesmal so leidenschaftlich, dass seine Knie nachgaben. Zum Glück hatte sie ihn rückwärts zum Bett geschoben, sodass er weich landete. Sie folgte ihm mit hartem Griff um seine Arme.

Alles drehte sich. Elias verlor jedes Zeitgefühl und nahm nichts anderes mehr wahr als ihr rotes Haar und ihren nach Sonne duftenden Körper.

Hinterher lagen sie auf dem Rücken und blickten hinauf zur Balkendecke, die Finger ineinander verflochten. Dann setzte sie sich neben ihm auf. Er legte eine Hand auf ihr Knie und konnte nicht aufhören zu lächeln.

»Die Magie wirkt nicht ewig, ich muss also bald weg. Das Einzige, woran du dich erinnern wirst, ist, dass du nach Odinshöhe gehen und Freundschaft mit Arthur schließen sollst. Das musst du, und das wirst du. Morgen wachst du mit dem unwiderstehlichen Drang auf, im Frühjahr 1891 dorthin zu gehen.« Anne sah ihm tief in die Augen, ohne zu blinzeln, als glaubte sie, ihn hypnotisieren zu können. »Meinen Besuch vergisst du wieder.«

Er musste lachen. »Ich vergesse das hier *niemals*.«

»Doch, tust du.« Sie schloss die Augen und kratzte sich den Nasenrücken. »In meiner eigenen Zeit ist das wirklich nervig. Ich fühle mich zu dir hingezogen, will es aber nicht zugeben, und du versuchst die ganze Zeit, mich zu betrügen, was mich echt wütend auf dich macht.« Sie sah ihn vorsichtig an. »Ich wollte nur versuchen, dich einfach zu küssen, ohne die ganzen Probleme, aber es ist mit mir durchgegangen. Das Gute ist, dass du dich morgen überhaupt nicht mehr an mich erinnern kannst.«

Elias wollte sie aber nicht vergessen. Er dachte nach. »Wieso kann ich mich an das letzte Mal erinnern, dass du hier warst?«

Plötzlich sah sie verwirrt aus. Es war merkwürdig, den perplexen Ausdruck auf ihrem entschlossenen Gesicht zu sehen. »Shit!«

Elias hatte keine Ahnung, was das bedeutete, aber es schien nichts Gutes zu sein. »Was ist los?«

»Luna sagte, du würdest alles rund um den Besuch vergessen. Ich könne sagen, was du tun sollst, ohne dass du dich an mich erinnerst. Sie muss einen Fehler mit dem Zauberspruch gemacht haben.«

Elias lag immer noch auf dem Rücken. Anne blickte auf ihn hinunter, das lange Haar fiel ihr in filzigen Locken über den Oberkörper. Sie wurde immer durchsichtiger, obwohl ihre rosigen Wangen leuchteten.

»Du darfst nicht …« Sie sagte noch mehr, aber die Worte verschwanden in einem *Woosh* zusammen mit ihr.

Sie war weg, und er lag allein da, die Arme nach der Stelle ausgestreckt, wo sie eben gesessen hatte.

Es sollte über hundert Jahre dauern, bis er sie wiedersah.

KAPITEL 33

Annes Besuch verfolgte Elias noch Jahre danach im Traum. Immer wieder ging er durch, was sie gesagt hatte. In den meisten Nächten träumte er von dem, was anschließend im Schlafzimmer geschehen war. Er dachte über ihre Worte nach und darüber, woher Anne kam. Falls ihr Vater Odinshöhe im Jahr 1890 kaufte, konnte es nicht mehr als ein Menschenalter dauern, bis er ihre Zeit erreichte.

Am Ende freute er sich auf den Zeitpunkt, an dem er laut Anne nach Odinshöhe aufbrechen sollte. Schließlich war es so weit, das Frühjahr 1891 kam. Obwohl er sich davor fürchtete, den Ort wiederzusehen, wusch und rasierte er sich, zog saubere Kleidung an und verließ sein Labor, um nach Ravnssted zu reiten.

Die Landstraße in die Stadt war gepflastert worden, und die Hufeisen seines Pferdes klapperten auf den Steinen. Elias kam an der Messerfabrik vorbei, die wenige Jahre zuvor eröffnet worden war, und hörte laute Pfiffe des gerade einlaufenden Zuges. Ravnssted pulsierte vor Leben, und die Menschen strömten durch die größte Straße der Stadt, die Grønnegade, die am Wirtshaus vorbeiführte, das jetzt nicht mehr Zur Flamme hieß, sondern Knuds Gasthof.

Der Kraghede Landevej führte direkt nach Odinshöhe. Er kam an üppig grünen Wiesen vorbei, gut genährten Kühen und frisch gekalkten Bauernhöfen. Die Kälte und die Hungersnot, die das Land Anfang des neunzehnten Jahrhunderts geplagt hatten, waren verschwunden. Die Landwirtschaft gedieh prächtig, und die Menschen sahen wohlgenährt und gesund aus. Ein neues Selbstbewusstsein prägte den Bauernstand.

In einiger Entfernung von Odinshöhe hielt Elias an. Er spürte ein Ziehen im Magen, denn er hatte den Ort seit jener Nacht, in der Sofia zum zweiten Mal starb, nicht mehr wiedergesehen. Das weiße Haus stand immer noch oben auf dem Hügel, aber es war jetzt von mehr Bäumen umgeben, und die Scheune war umgebaut. Die Felder waren, obwohl ringsherum alles blühte, braun und kahl. Er nahm die Zügel und ritt im Schritttempo den Feldweg hinauf. Ein rothaariger Mann war damit beschäftigt, in der Erde zu hacken.

Der Mann war höchstens fünfundzwanzig. Das kurze rote Haar stach unter einer flachen Mütze hervor, er hatte die Jacke abgelegt und arbeitete in Hemdsärmeln. Die weite Hose wurde von Hosenträgern gehalten, und seine Bewegungen hatten etwas Frustriertes. Als er Elias entdeckte, unterbrach er seine Arbeit, stützte sich auf die Hacke und legte eine Hand an die Stirn, um die Augen vor der Sonne abzuschirmen.

Elias stieg vom Pferd und ging auf ihn zu. Der Mann hatte Ähnlichkeit mit Anne. Falls er ihr Vater werden sollte, konnte es nicht mehr lange dauern, bis sie geboren wurde.

»Bist du Arthur Sakarias?«

Der Mann nahm die Mütze ab und fuhr sich durchs Haar, woraufhin es noch mehr abstand. »Ja. Wer will das wissen?«

»Ich heiße Elias Eriksen.«

»Der Braumeister?«

»Der bin ich.« Elias hatte sich daran gewöhnt, im ganzen Vendsyssel berühmt oder vielleicht eher berüchtigt zu sein. Der Mann sah ihn abwartend an.

»Ich habe gehört, dass du Probleme mit deinem Boden hast.« Das war gelogen. Er hatte nichts dergleichen gehört, aber es war recht offensichtlich, dass mit den Feldern von Odinshöhe etwas nicht stimmte, ganz im Gegensatz zu den üppigen Äckern rundherum.

Arthurs Lippen wurden schmal. »Ich verkaufe nicht. Der Graf hat auch schon gefragt.«

Elias schüttelte lächelnd den Kopf. »Ich bin ein schlechter Landmann. Sagen wir einfach, dass ich ein Wohltäter bin.«

»Solche Leute gibt es in Wirklichkeit nicht.«

»Mehr, als du ahnst.«

Arthur wirkte zunächst misstrauisch.

»Ich bin jedenfalls hier, um dir behilflich zu sein.«

Arthur zuckte die Schultern. »Komm mit rein.« Er strahlte etwas Lebendiges und Fröhliches aus, obwohl er sich in einer schwierigen Lage befand. Das rührte Elias innerlich und machte ihm Lust, zu helfen.

Er folgte dem Mann hinein. Sein Puls ging schneller, als er durch die Tür des Hauses trat, in dem er ein Jahrhundert zuvor den Tod seiner Tochter verschuldet hatte. Küche und Stube waren immer noch ein und derselbe Raum, aber die Wände waren jetzt weiß. Die kleine Treppe führte nach oben, und selbst der Fliesenboden war nicht erneuert worden. Auch die Möbel waren noch da. Die Klappbank, das Regal und der schwere Esstisch mit den Stühlen. Mitten in der Tischplatte war der Riss, den Odin aus Wut über Elias hineingeschlagen hatte.

Er schaute schnell weg, aber unglücklicherweise fiel sein Blick auf die Stelle, von der er wusste, dass darunter die Leichen von Cecilie und Amalie sowie Sofias Knochen ruhten. Arthur winkte ihn hinüber zu dem schweren Holztisch.

»Kennst du Kaffee?«

Elias rümpfte die Nase. »Ich habe davon gehört.«

Arthur machte Wasser heiß und goss es über ein braunes Pulver. Das Getränk, das dabei herauskam, war dunkel und stark, deshalb taten sie eine Menge Zucker hinein.

»Was hältst du davon?« Arthur lachte. »Ein Händler auf dem Markt in Ravnssted hat mir das aufgeschwatzt. Er sagte, das sei in der Stadt beliebter als Bier.«

Elias nippte an dem merkwürdigen Getränk. »Hab schon Schlimmeres probiert.«

Arthurs Augen waren fröhlich. »Ich auch.« Er lehnte sich zurück. »Erzählst du mir jetzt, warum du wirklich hier bist?«

Elias beantwortete die Frage mit einer Gegenfrage: »Was weißt du über diesen Ort?«

»Nicht sehr viel. Ich bin aus Ribe, und ich hörte von diesem Hof, der seit einer halben Ewigkeit zum Verkauf stand, für fast kein Geld. Die Leute aus der Gegend wollten ihn weder haben noch bewirtschaften, denn das Land bringt keinen Ertrag, und außerdem geht das Gerücht, dass es hier spukt.« Arthur verdrehte die Augen. »Ich bin davon ausgegangen, dass es Sandboden ist, der nur gedüngt werden müsste, und es ist der einzige Hof, den ich mir jemals werde leisten können.« Er senkte den Blick auf seinen Kaffee. »Aber egal, was ich mache, der Boden ist unfruchtbar.«

»Ich kann helfen.«

Arthur lehnte sich auf dem robusten Stuhl zurück. »Das habe ich begriffen. Die Frage ist, was du dafür haben willst.«

Elias steckte den Finger nachdenklich in den Riss, der durch die Tischplatte lief. Dann zog er rasch die Hand zurück und schaute aus dem kleinen Sprossenfenster. Von seinem Platz am Esstisch konnte er den Kraghede Skov sehen. Der schien sich in den letzten dreihundert Jahren nicht verändert zu haben.

»Wusstest du, dass Odinshöhe ein Grabhügel ist?«

Arthur verschränkte die Arme vor der Brust. »Soll das heißen, dass direkt unter unseren Füßen haufenweise Tote liegen?«

»Ja.«

»Die Toten schrecken mich nicht.«

»Mich auch nicht«, sagte Elias. »Aber meine Mutter liegt da unten.« Cecilie und die Mädchen erwähnte er nicht.

»Deine Mutter ist hier begraben?«

»Sie starb, als ich ein Kind war, aber es bedeutet mir immer noch etwas. Ich werde dir helfen, den Boden fruchtbar zu machen, wenn du mir erlaubst, in die Grabkammer zu gehen.«

Arthurs Gesicht drückte deutlich Mitgefühl aus. Tatsächlich schien sein Gesicht alle Gefühle deutlich zu zeigen. »Das tut mir wirklich leid, dass deine Mutter tot ist.«

Elias blickte auf. Keiner hatte je zum Tod seiner Mutter kondoliert. Nie. Nicht einmal vor dreihundert Jahren, als sie starb.

»Selbstverständlich darfst du hinuntergehen.«

»Und ich helfe dir mit dem Land.«

Arthur lächelte schief. Sein ganzer Kopf war voller Sommersprossen, von der Arbeit in der grellen Sonne. »Was soll ich tun?«

Elias beugte sich vor. »Du musst deinen Geist öffnen. Es

werden Dinge geschehen, die du nicht für möglich gehalten hättest. Du sollst uralte Rituale durchführen.«

Arthur atmete lachend aus. »Alles andere habe ich inzwischen auch schon probiert.«

KAPITEL 34

»Auf keinen Fall!«

»Benedikt …«

»Wieso sollte ich irgendeinem Bauern helfen?« Benedikt lief mittlerweile ohne weiße Perücke herum. Jetzt waren seine bunten Dreadlocks im Nacken mit einer Schnur zusammengefasst. Er trug ein grünes Hemd, eine Goldkette um den Hals und eine kurze gelbe Jacke, die zwischen der schwarzen und weißen Kleidung aller anderen leuchtete.

Sie saßen in Knuds Gasthof in Ravnssted beim Bier. Der Krug wirkte jetzt offener, denn die Decke war höher gezogen worden, und man hatte bleigefasste Fenster hinzugefügt, sodass Licht hereinfiel.

Benedikt trank einen Schluck Bier. »Was habe ich davon?« Er wischte sich mit seiner großen Hand den Schaum von der Oberlippe. Die Leute in Ravnssted waren den dunkelhäutigen Mann mit dem wilden Haar nicht gewohnt und beäugten ihn misstrauisch.

Elias breitete die Arme aus. »Willst du einem alten Freund nicht helfen?«

Benedikt lachte dröhnend. Mehrere Gäste drehten die Köpfe, aber er würdigte sie keines Blickes. »Du hast mich verkauft, nachdem du mich ein halbes Jahrhundert lang als Sklave gehalten hast.«

»Ich habe dich beschützt.«

»Es gibt verdammt viele Formen des Schutzes.«

Elias schickte einen Gedanken an Od, der ihn für sechsundachtzig Jahre in einem Elfenhügel versteckt hatte. »Sieh dir Arthur Sakarias erst mal an. Sprich mit ihm.«

»Was gibst du mir dafür, dass ich mit ihm rede?«

»Muss denn wirklich alles ein Handel sein?« Elias verlieh seiner Stimme einen müden Klang.

»Bei dir schon.«

»Und wenn ich dir verspreche«, sagte Elias langsam, »dass ich dir an dem Tag helfen werde, an dem du wirklich von Mardöll loskommen willst? An dem Tag, an dem die Welt bereit dafür ist, dass du ein freier Mann bist.«

Benedikt stemmte den Ellbogen auf den Tisch und stützte das Kinn mit der Hand ab.

»Ich soll nur mit ihm sprechen?«

»Ja.«

»Also gut. Ich rede mit dem Bauernlümmel.«

»Er sitzt gleich dort drüben.« Elias zeigte auf den Rücken eines Mannes, der an einem etwas abseitsstehenden Tisch über einen Bierkrug gebeugt dasaß.

»Sehr wohl.« Benedikt beugte den Hals und imitierte einen unterwürfigen Diener. Dann erhob er sich.

»Warte«, sagte Elias, dem eine Idee gekommen war. »Ich will dich noch was fragen.«

Benedikt stand beinahe, setzte sich nun aber wieder. »Was?«

»Wenn du ein Kind bekommen würdest. Eine Tochter. Wie würde sie dann heißen?«

Benedikt runzelte die Augenbrauen. »Mardöll hat sehr deutlich gemacht, dass sie keine Nachkommen will.«

»Und wenn du mit einer anderen Frau Kinder bekämst?«

»Werde ich nicht. Sag mal, hast du es endlich geschafft, eine deiner Geliebten zu schwängern?«

»Was? Nein! Ich frage nicht, ob du Kinder willst. Ich frage dich, wie du deine Tochter nennen würdest, wenn du eine bekämst.«

»Mardöll und ich werden keine Kinder bekommen.«

»Nun sag schon.«

Benedikt strich sich übers Haar. »Damals, als ich ein Kind war und in Accra lebte, hat meine Mutter die Mondgöttin angebetet. Sie ist die stärkste, gütigste und fähigste Göttin aller Welten und besitzt große Kräfte. Ich liebe den Mond, und meine Tochter würde ich ebenso sehr lieben. Wenn ich also eine Tochter bekäme, würde ich sie Luna nennen.«

Elias starrte ins Leere.

»Sollen wir jetzt zu diesem Arthur rüber, oder was?«

Elias nickte abwesend. Dann stand er auf. »Gehen wir zu Arthur.«

KAPITEL 35

Überall war Staub. Er schwebte in der Luft und legte sich auf die Gesichter von Elias, Benedikt und Arthur, sodass sie alle drei aussahen wir Greise, mit weißem Haar und faltigen Linien auf der Haut. Sie stemmten den Fliesenboden in der Stube von Odinshöhe auf. Jedes Mal, wenn sie mit den Hämmern auf den Boden schlugen, flogen ihnen Splitter und Ziegelstaub um die Ohren. Es war die Woche nach ihrer ersten Begegnung.

»Benedikt, du brauchst nicht zu helfen«, sagte Arthur.

»Ich möchte aber.«

Arthur hatte etwas an sich, das wie Klebstoff wirkte. Er war verbindlich, sodass er und Benedikt schnell gute Freunde geworden waren. In seiner Anwesenheit schien Benedikt auch seinen alten Groll gegen Elias zu vergessen.

»Ich bin hinaus aufs Feld gegangen, wie Benedikt gesagt hat«, erzählte Arthur. »Ich habe den altnordischen Spruch aufgesagt, den du mich gelehrt hast.« Er sang tief und laut: »Koma Freja gerir jarðveginn frjóan.«

»Halt, halt, halt!«, rief Benedikt lachend aus. »Wir wollen nicht, dass die Göttin hereinkommt.«

»Ich habe Korn und Wein geopfert.« Arthur stieß einen langen Seufzer aus. »Ich liebe sie so sehr.«

Elias sagte nichts davon, wie gefährlich Freya sein konnte. Selbst Od, der ein mächtiger Demigott war, konnte sich nicht mit der Göttin messen. Es ging sogar das Gerücht, dass Odin manchmal Angst vor ihr hatte.

»Ich habe mich nackt in eine Pflugfurche gelegt«, begann Arthur. »Und dann kam …«

»Na, na, na!« Elias hob eine Hand.

»Ich singe nicht mehr.« Arthur machte ein unschuldiges Gesicht.

»Ich brauche keine Details über deine Eskapaden mit Freya.«

Arthur ließ seine weißen Brauen hüpfen, während er Elias ansah. »Nee, denn du hast sicher alles gesehen, was es in dieser Art gibt.«

»Wer, ich? Ich bin so rein wie frisch gefallener Schnee.«

»Hör doch auf. Du bist neulich Abend im Knuds nicht nur mit einer, sondern gleich zwei Damen verschwunden.« Arthur grinste.

»Und ich kenne dich seit wirklich vielen Jahren«, fügte Benedikt mit erhobenen Händen hinzu. »Mehr brauche ich wohl nicht zu sagen.«

Elias wandte den Blick mit einem kleinen Lächeln ab. »Ich erzähle keine Details und ich höre mir auch keine an.«

»Dann belasse ich es dabei, dass die Göttin schön und wunderbar war. Und das Beste ist, dass mein Getreide schon am Tag darauf zwei Zoll hoch ausgetrieben hatte. Ich fühle mich stärker und lebendiger, so als könnte ich ewig leben.«

Elias und Benedikt wechselten einen Blick, was Arthur aber nicht bemerkte.

»Der Lebensnerv war überall. Im Boden, in der Saat und in mir.«

»Es ist ein altes Ritual, und für gewöhnlich wirkt es. Wenn

nicht mit der Göttin selbst, dann mit einer Ersatzperson. Jeder Mann und jede Frau kann als Frey und Freya fungieren.« Elias schlug auf eine besonders hartnäckige Fliese, und sie zersprang krachend.

»Hast du es ausprobiert, Elias?«

»Kein Kommentar.«

Endlich gaben die letzten Fliesen nach, und ein flacher Findling kam zum Vorschein. Das war der, der in alten Zeiten auf der Kuppe der Odinshöhe gelegen hatte. Elias fegte einmal rundherum und fand die Kanten. Gemeinsam hoben sie den Stein hoch. Es gab ein schmatzendes Geräusch, als er sich aus der Erde löste. Krümel rieselten die dunkle Treppe hinunter, die ins Innere von Odinshöhe führte. Elias griff zu einer Öllampe. Er hoffte inständig, dass Anne recht gehabt hatte, als sie sagte, man könne jetzt gefahrlos hinunter in die Krypta gehen, weil Odin der Hügel nicht mehr gehörte.

»Ich möchte gerne allein hinuntergehen.«

»Wir gehen ins Knuds und trinken einen Kaffee«, sagte Arthur.

»Auf gar keinen Fall!« Benedikt lachte. »Das Zeug schmeckt widerlich, aber zu einem Gläschen Schnaps sage ich nicht Nein.«

Sie verließen die Stube. Vorsichtig stieg Elias die Treppe hinab. Es roch nach Erde und abgestandener Luft, und die Wände glänzten feucht im Licht der Öllampe. Würmer krochen über die steinernen Wände, und Elias' Stiefel scharrten auf den Stufen.

In der Vorkammer musste er sich auf den Boden legen, um in die Grabkammer von Odinshöhe zu kriechen. Als er hineinkam, verharrte er auf Knien.

»Roork.« Der Vogelschrei hallte durch die Krypta.

Rasch kroch er das letzte Stück und kam zum Steinaltar. An einem Ende saß ein Rabe und verhinderte, dass er ganz bis zu Cecilie und den Zwillingen gelangen konnte. Der Vogel sah ihn mit schwarzen, blinzelnden Augen an.

»Lass mich zu meiner Familie«, versuchte es Elias, aber der Rabe spreizte seine großen Flügel und hackte mit seinem spitzen Schnabel nach ihm. Elias sprang zurück und war kurz davor zu fliehen, hielt jedoch inne.

»Du selbst hast mich hierhergeschickt, nur dass du es weißt.«

Der Rabe schlug mit den Flügeln und machte ein verwirrtes Gesicht, sofern das bei einem Vogel möglich ist. Elias trat einen Schritt vor.

»Du kamst aus der Zukunft, in der Verkörperung einer Frau.« Er wusste nicht genau, wie viel er dem Vogel verraten durfte. »Du sagtest, ich MÜSSE in die Odinshöhe hinein, also würdest du mich jetzt bitte vorbeilassen?«

Der Rabe machte ein paar unentschlossene Hüpfer. Dann drehte er den Kopf und blickte über seine Schulter. »Roork?«

Ein weiterer Rabe kam zum Vorschein. Er betrachtete Elias prüfend.

»Das iiiist er«, schnarrte der hintere Rabe. »Er rrrrettet uns in der Zuuuukunft.«

Zukunft, dachte Elias. Das musste Hugin sein.

Der vordere Rabe, der demnach Munin war, legte den Kopf zurück. Der Schnabel zeigte zur Höhlendecke. »Komm. Koooomm.«

Elias ging vorwärts, entfernte das Laken, und da lagen Cecilie und Amalie. Auf dem Boden um den Altar lagen

Sofias kleine Knochen verstreut. Mit brennenden Augen sammelte er sie auf und packte sie in ein Stück Stoff. Dann drehte er sich zum Altar um und glaubte, sein Herz müsse zerspringen.

In den rund hundertfünfzig Jahren, die seit dem Tod von Cecilie und Amalie vergangen waren, hatten sie sich nicht im Geringsten verändert. Nur ein wenig Staub hatte sich auf ihre Gesichter gelegt, und er wischte ihn vorsichtig weg. Ihre Haut war kalt, aber elastisch. Er holte Luft, doch seine Atemwege bebten vor Ergriffenheit, und so mischte sich beim Ausatmen ein Schluchzer darunter. Er hatte überhaupt nicht bemerkt, dass er weinte. Tränen tropften hinunter auf ihre Wangen, und obwohl es seine Tränen waren, sah es aus, als wären es ihre.

»Ich tue alles, was ich kann«, flüsterte er.

Er rechnete beinahe mit einer Antwort. Mit Cecilies liebevoller Stimme oder einer schnellen Frage von Amalie, aber es war vollkommen still im Grab.

»Ich werde es schaffen. Und wenn ich alle töten muss, wenn ich die Götter in den Staub werfen und meine Freunde verraten muss, ich werde euch zurückbekommen.«

Er weinte, bis er keine Tränen mehr hatte. Dann richtete er sich auf und trocknete sich das Gesicht.

Als er fertig war, schloss er die Luke hinter sich. Er setzte sich in den Wagen und fuhr zu Knuds Gasthof. Dort fand er Benedikt und Arthur im Gespräch vertieft.

»... ein goldenes Kleid, aber man konnte direkt hindurchsehen«, sagte Arthur zu Benedikt. Beide verstummten, als Elias zu ihnen trat.

»Hast du deine Mutter gefunden?«, fragte Arthur behutsam.

»Was ist mit …?«, begann Benedikt, aber Elias schüttelte kaum merklich den Kopf.

Arthur klopfte ihm auf die Schulter, und Benedikt warf ihm einen mitleidigen Blick zu, ehe er Richtung Theke verschwand, um Bier zu holen.

Elias betrachtete die beiden. Arthurs ehrliche grüne Augen in dem lächelnden Gesicht. Selbst Benedikt sah ihn von seinem Platz am Tresen über die Schulter hinweg an, und seine Augen leuchteten voller Wärme. Elias hatte hier einen sicheren Hafen und Menschen, die ihm beistanden. Er hatte Freunde, die nur das Beste für ihn wollten. Aber auf dem Wagen lag seine Familie, und die war wichtiger als Freundschaft.

Benedikt kam mit einem Bierkrug zurück, den er Elias in die Hand drückte.

Elias beeilte sich, ihn an die Lippen zu setzen und gierig zu trinken, um die Sinne etwas zu betäuben.

»Wir sind für dich da«, sagte Arthur. »Wir drei halten zusammen.«

Elias nickte, aber in ihm war nur Kälte. Er war bereit, die beiden zu opfern, falls nötig, um seine Familie zurückzubekommen.

KAPITEL 36

»Au, au, aaaauuu!«, schrie Loki bei jedem grünen Gifttropfen, der ihn traf. Alles bebte, und für einen Moment fürchtete Sigyn, dass die Höhle um sie herum zusammenstürzen würde, aber sie schob ihre Angst beiseite.

Sie saß mit verschränkten Armen auf dem Felsblock. Vor ihr auf der Erde stand die Schale, die sie mehr als neunhundert Jahre lang über Lokis Kopf gehalten hatte. In den Mühlsteinen gefangen stand ihr Ehemann da und wand sich vor Schmerzen.

»Jetzt komm, Sigyn. Komm und schütze mich.«

»Nein!«

»Dann komm wenigstens her und tröste mich.«

»Und wenn ich dicht genug dran bin, schlüpfst du in meinen Körper und haust ab? Du musst etwas Lebendiges berühren, um aus den Mühlsteinen herauszukommen, also halte ich mich fern. Ich bin mir sicher, dass die Schlange das auch tut.«

Als hätte sie Sigyn verstanden, zog die Schlange sich ein wenig zurück und blickte verächtlich auf Loki, der abwechselnd bettelte und fluchte. »Du blödes, dummes Miststück von Weib. Hilf mir, so hilf mir doch, süße, liebe Sigyn!«

»Odin ist kurz davor, zu verschwinden«, sagte Sigyn. »Und wir haben jetzt 1918.«

»Was willst du, das ich tun soll?«

»Das, was du immer tust. Entfessle einen Orkan, eine Überschwemmung, oder lass die Ernte für ein paar Jahre ausfallen. Die Menschen bekommen Angst und beten zu Odin, sodass er wieder stark wird. Er muss Kraft haben, damit ich Nari zurückbekomme.«

Jetzt schluchzte Loki vor Schmerz. »Sie sind zu mächtig geworden.«

»Die christlichen Götter?«

»Gott und Jesus leiden genauso unter den Zuständen wie wir. Die Häuser sind stabiler, sodass die Naturkatastrophen nicht mehr viel ausrichten. Überall auf der Welt wird mit Getreide gehandelt, wenn also die Ernten ausbleiben, besorgen sich die Leute ihre Nahrung einfach woanders.«

Sigyn stand auf. Ihr Kleid war zerlumpt, und sie streckte die knochigen Arme vom Körper weg. »Bist du auch nicht mehr stark? Ich dachte, es wäre nur Odin, der geschwächt ist.«

»Das sind wir alle. Au. Aaaaauuu.«

Sigyn setzte sich schwerfällig wieder auf den Stein. »Du musst dafür sorgen, dass er angebetet wird. Wie du das machst, ist mir egal.«

»Aua, zum Helheim!«, fluchte Loki, als ihn noch ein Tropfen traf. »Ich mache eine Epidemie. Und … und … einen Krieg. Es geht nichts über einen schnellen kleinen Krieg; der lehrt die Menschen wieder beten.«

»Dann tu das.«

»Komm erst mal her.«

»Zuerst Krankheit und Krieg. Dann halte ich die Schale wieder hoch.«

»Aichh.« Loki starrte finster hinauf zur Schlange, die

ihn anzischte. »Hör auf, mich zu beträufeln, du verdrehtes Strumpfband. Wenn mein Sohn Jörmungandr, die Midgardschlange, dich zu fassen bekommt, verschlingt er dich. Dafür werde ich sorgen. Du bist die Erste, die in kleine Stücke zerrissen wird, wenn ich freikomme.«

Die Schlange ringelte sich ängstlich.

»Schwörst du, meinen Auftrag auszuführen?« Sigyn machte ein strenges Gesicht.

Loki lächelte, und plötzlich sah er aus wie ein Wolf, kurz bevor er seine Zähne in ein Lamm schlägt. »Ich löse eine Epidemie aus, die Millionen töten wird. Wir geben ihr den Namen *Spanische Grippe*. Das ist angemessen grandios. Und einen Krieg mit bisher ungekannten Waffen von unübertroffener Stärke. Die Menschen erfinden ja so gerne Neues, also lassen wir sie ihren Erfindungsreichtum gegeneinander einsetzen anstatt für den Fortschritt. Sie bekommen einen Führer, der unsere Geschichte liebt. Die nordischen, blonden Recken mit dem Schwert in der Hand. Odins Söhne. Du wirst schon sehen, wie der alte Tattergreis sich wieder erholt.«

Sigyn lächelte erleichtert.

Loki straffte den Nacken. »Und dann töte ich dich, Sigyn.«

KAPITEL 37

Odins Muskeln wölbten sich so üppig, dass sich Hemd und Jacke fast nicht mehr zuknöpfen ließen. Sein Haar war dicht und schwarz und das Gesicht ohne jede Falte. Auf der Brust klirrten Medaillen, und er trug einen Helm mit Adlerabzeichen und eisernem Totenkopf.

Der Krieg hatte ihn wieder mächtig gemacht. So stark, dass er fast unbesiegbar war. Endlich hatte er die Kraft, in die heilige Kammer von Odinshöhe hinabzusteigen. Vorher war er zu schwach gewesen, aber jetzt kannte seine Kraft keine Grenzen. Und der Hügel sollte ihm gehören, ihm ganz allein.

Er trat in die Mitte der Kammer und schloss sein Auge. Mit einem langen Atemzug holte er Luft und genoss die Erinnerung an die Opferungen und Rituale, die hier vollzogen worden waren. Er hatte hier unten sogar Liebe erfahren, als er auf dem Altar zusammen mit Signe, deren Gebeine auch hier irgendwo in den Alkoven ruhten, seinen Sohn Od zeugte. Signe war die einzige Menschenfrau, die er jemals geliebt hatte.

Seine großen Hände glitten über die Steinplatte, während er Bilder von dem, was er und Signe zusammen getan hatten, in sich erstehen ließ. Sein Auge war immer noch geschlossen, während er sich über die unebene, kalte Platte vorantastete. Er war der Unverwundbarkeit so nahe, wie er nur sein konnte. Das Einzige, was ihm noch fehlte, war das Gjallarhorn, und wenn das wieder in seinem Besitz war, würde er die Gefahr von Ragnarök beseitigen.

Elias Eriksen war ein Trunkenbold, der nur lebte, weil er sich an die kümmerliche Hoffnung klammerte, seine Familie zurückzubekommen. In dieser Hinsicht waren Menschen seltsam. Hoffnung konnte sie weit bringen, doch nähme Odin ihm die Hoffnung, würde Elias komplett aufgeben und verraten, wo das Gjallarhorn war.

Odins Hände bewegten sich über die Tischplatte. Da lag ein Laken, und darunter befand sich Elias Eriksens Familie. Die musste er aus dem Weg räumen, und dann würde Elias kuschen.

»Roork ...«

Odin drehte den Kopf in Richtung des Geräuschs. »Bist du das, Munin?«

»Roork ...«

»Du bist sauer«, stellte er fest. »Wütend darüber, dass ich dich in den Hügel geschickt habe.«

»Jaiiii.«

»Ich brauchte dich, damit du auf die Familie des Braumeisters aufpasst. Sie ist das letzte Hindernis, bevor ich unbesiegbar werde.«

»Aiiii. Weg. Wegwegweg.«

Odin öffnete sein Auge. »Was ist weg?«

Munin machte ein paar Hüpfer auf dem Altar und sah ihn trotzig an. Ein kleines Stück hinter ihm saß Hugin.

Er verwünschte die Raben bis ins tiefste Helheim. Immer machten sie ihm Ärger. Alle machten nur Ärger. Hugin, Munin, Loki und Mimir.

Sigyn und Mardöll, die seinem kleinsten Wink gehorchten, interessierten ihn nicht besonders. Dann fiel sein Blick auf den Altar. Er war leer. Sogar Sofias Knochen auf dem Fußboden waren weg.

»Ihr solltet auf sie aufpassen«, sagte er zu Munin.

Der Rabe reckte den Schnabel vor. »Unsere Zuuuukunft.«

»Ihr Verräter«, tobte Odin. »Ihr aasfressenden und treulosen Hühner.« Zornig schlug er nach dem Vogel, sodass dieser vom Altar fiel. Er flatterte herum, und Hugin folgte ihm, um zu helfen. Es war ein Durcheinander aus Gekrächze und Staub, und schwarze Federn segelten zu Boden.

»Ihr habt zugelassen, dass Elias Eriksen seine Familie holt.«

»Helfen«, krächzte Munin vom Fußboden. Einer seiner Flügel stand steif ab. »Helfen Braumeister.«

»Wo sind sie? WO SIND SIE?«

»Außerhaaalb deiner Rrreichweite.«

»Verflixtes Federvieh. Lumpenpack und Mistvögel.« Odins Arm fuhr in ein Regal mit Toten und fegte eine Reihe von Skeletten mit Gepolter auf die Erde.

»Als meine Raben sollt ihr mir helfen!« Er ballte die Fäuste und warf den Kopf in den Nacken. Dann stieß er ein Wutgebrüll zur Decke aus.

KAPITEL 38

Benedikt, Arthur und Elias saßen im Café Otto in Ravnsted. Benedikts blaue Lederjacke leuchtete zwischen all den Pastellfarben, und wie immer zog er die Blicke auf sich.

Im Unterschied zu den früheren Jahrhunderten schaute man nun bewundernd auf seine groß gewachsene, breite Gestalt, auf die losen, bunten Dreadlocks und die Tattoos, die unter seinem offenen Hemd sichtbar waren. Elias fing selbst einige Blicke auf und sah die Münder der Mädchen, die mutig zurücklächelten. Haare wurden über Schultern geworfen, Lippen mit der Zunge befeuchtet, Hände unters Kinn gestützt. Alles Zeichen, wie Elias wusste, die garantierten, dass er die Nacht nicht allein verbringen würde. Musik schallte aus großen Lautsprechern, und hinten an der blank polierten Theke wiegten sich junge Männer in Cowboyhosen im Takt zu den Tönen, während sie darauf warteten, bedient zu werden.

»Herzlichen Glückwunsch zum Geburtstag.« Arthur stieß mit der Bierflasche gegen die von Benedikt. »Dreihundert Jahre sind kein Alter, wenn man aussieht wie dreißig.«

Elias nickte. »Willkommen in den Reihen der Erwachsenen.«

»Du gehst ja schon auf die vierhundert zu«, sagte Arthur zu ihm. »Wer hätte gedacht, dass du der Älteste von uns bist. Du siehst aus, als wärst du der Jüngste.« Mit seinen eigenen hundertfünfzig Jahren war Arthur bestimmt kein Jüngling, aber sie betrachteten ihn trotzdem als ihren jungen Freund.

»Ich hab mich gut gehalten.« Elias zwinkerte. Das Zwinkern galt Arthur, aber es gelang ihm, es gleichzeitig in Richtung eines besonders appetitlichen Mädchens zu schicken. »Du kommst schon auch noch dahin. Ich würde dir raten, dir eine Ehefrau zu nehmen. Vielleicht ein Kind zu bekommen.« Er lächelte, aber es geriet zur Grimasse. Er hatte jetzt über hundert Jahre darauf gewartet, dass Arthur Anne bekam. Kein Tag verging, an dem er nicht an sie und an Cecilie dachte. Manchmal verschmolzen die beiden zu einer einzigen Frau. Das Problem war nur, dass Anne auf sich warten ließ.

»Mein Platz ist an Freyas Seite. Keine Frau kann sich mit der Göttin messen. Sie beschützt mich, verleiht mir ewige Jugend, schenkt mir Wachstum und Fruchtbarkeit auf meinen Feldern, und dann ist da auch noch das andere.« Er lachte albern.

Elias erhob sich und ging zum Tresen. Die Glastür schwang auf, und zwei junge Frauen kamen herein. Die eine hatte blondes, fast weißes Haar, das ihr bis zur Taille reichte, das Haar der anderen war dunkel und lag in weichen Locken um ihr Gesicht. Die Blonde war groß und schlank, die Dunkelhaarige etwas kleiner. Sie machte ein finsteres, beinahe wütendes Gesicht.

Sie kam ihm vage bekannt vor, ohne dass Elias hätte sagen können, wo er sie schon mal gesehen hatte. Die Blonde lächelte ohne ersichtlichen Grund, und sie hatte große, kornblumenblaue Augen. Sie trug ein lila Kleid, orangefarbene Schuhe, ein gelbes Haarband und große grüne Ohrringe. Am Tresen stellten sie sich neben Elias.

»Gehen wir nachher zu Betina und sehen uns ihr Baby an? Ich habe versprochen, vorbeizukommen«, sagte die in der bunten Kleidung.

»Ich habe mir letzte Woche ein Baby angesehen«, antwortete die Dunkelhaarige. »Mein Bedarf ist gedeckt.«

»Thora!«, rügte sie die farbenfrohe junge Frau. »Das ist gemein.«

»Ach ja?«

Elias lachte vor sich hin.

»Worüber lachst du?«, fragte die, die offenbar Thora hieß.

Elias versuchte, ein passendes Gesicht zu machen. »Ich fand lustig, was du gesagt hast.«

»Das war kein Scherz.«

Elias trat überrascht einen Schritt zurück. Es waren nicht so sehr ihre Worte, auf die er reagierte, sondern der Zorn, den sie ausstrahlte. Nur die Schwarzelfe Mjödwitnir, die im Bootsmann arbeitete, war ebenso grantig. Er warf dem Mädchen sein charmantestes Lächeln zu. Das wirkte jedes Mal. Schon seit fast vierhundert Jahren.

»Kommt doch an unseren Tisch. Dann werde ich …«, begann er, aber die Worte erstarben auf seinen Lippen.

Thora hatte die dunklen Augenbrauen tief gesenkt. »Ich kann dein Lächeln nicht ausstehen«, sagte sie mit hochgezogener Oberlippe.

Elias spitzte den Mund. »Ich wollte nicht …«

»Doch, wolltest du.«

Die weißblonde Frau schloss die Augen. »Thora«, sagte sie aus dem Mundwinkel. »Wir können nicht ausgehen, wenn du unschuldige Menschen überfällst.«

»Unschuldig! Schau ihn dir doch an, Rebecca«, erwiderte Thora. Sie schwenkte die Hand in Richtung Elias, als würde das alles erklären.

Rebecca musterte Elias prüfend. »Du bist doch ein netter Kerl, oder?«

Elias legte den Kopf von einer Seite auf die andere, die Mundwinkel heruntergezogen.

Rebecca sah irgendwas in seinem Gesicht und trat dicht an ihn heran. Ohne zu zögern, legte sie eine schlanke Hand an seine Wange und blickte ihm mit ihren riesigen blauen Augen in die Pupillen. Elias wollte den Kopf zurückziehen, aber etwas veranlasste ihn, stillzuhalten. Ein kleines, goldenes Blinken am Rande seines Sichtfelds. Er verlor sich in ihrem leuchtenden Blick und entspannte sich vollkommen.

»Schau selbst, Thora. Er ist doch …« Plötzlich ließ sie ihn los und wedelte mit der Hand, als wolle sie einen üblen Geruch vertreiben. »Puh. Igitt.« Dann starrte sie ihn mit ihren seltsamen blauen Augen an. Sie blickten verletzt, als hätte er sie persönlich gekränkt. »Was hast du getan?«

Elias stolperte rückwärts und ergriff die Flucht. Er war erschüttert, als er am Tisch ankam.

»Ihr glaubt nicht, was für zwei schreckliche Mädchen ich gerade kennengelernt habe.« Er schnippte mit den Fingern vor Benedikts Gesicht. Arthur wirkte ebenfalls völlig versteinert.

»Was ist los mit euch?«

»Habt ihr die gesehen?«, fragte Arthur.

»Die Weißhaarige?«, fragte Benedikt ebenso dösig.

»Nein, die Dunkelhaarige.«

Elias blickte entsetzt von einem zum anderen. »Ich habe gerade mit ihnen gesprochen, und sie sind schrecklich.«

Hinten am Tresen hatten Rebecca und Thora jetzt Benedikt und Arthur entdeckt. Thora schien keineswegs beeindruckt zu sein, aber Elias bezweifelte, dass ihr überhaupt irgendwas imponierte. Rebecca dagegen starrte Benedikt an und winkte ihm, als wäre er ein alter Freund.

Elias blickte zwischen ihnen hin und her. »Kennt ihr euch?«

»Nein«, antwortete Benedikt. »Aber ich habe noch nie eine so schöne Frau gesehen.«

In den hundertfünfzig Jahren, die Elias Benedikt kannte, hatte er ihn kein einziges Mal so erlebt.

Rebecca marschierte auf ihren Tisch zu, mit Thora im Schlepptau. Jetzt sah Elias, dass Thoras Gesichtsausdruck eher beklommen als zornig war. Rebecca blieb vor dem Tisch stehen. Sie wandte ihre blauen Augen nicht von Benedikt ab, der ihren Blick so heiß erwiderte, dass die Temperatur im Raum beinahe anstieg.

»Da bist du ja«, sagte Rebecca mit einem glücklichen Lächeln.

»Ja«, antwortete Benedikt benommen. »Hier bin ich.«

Arthur sah Thora schweigend an. Tatsächlich sah er aus, als hätte er die Sprache verloren. Sie schaute Benedikt Arthur ebenfalls an, und Elias rechnete damit, dass sie ihm die Meinung sagen würde, aber auch Thora blieb stumm.

Rebecca ergriff Benedikts Hand. »Ihr kommt heute Abend mit zum Tagundnachtgleiche-Ball im Bootsmann.«

»Woher weißt du das?«

Rebeccas kornblumenblaue Augen leuchteten auf eine Art, die nicht ganz normal sein konnte. »Das spüre ich.«

»Ahh ...«, sagte Benedikt, wobei Elias nicht sicher war, was für ein Licht ihm gerade aufgegangen war.

»Dann sehen wir uns dort.«

»O...okay.«

Rebecca bückte sich und küsste Benedikt auf die Wange. Dann machte sie kehrt und verließ mit wiegenden Hüften das Café ebenso elegant, wie sie hereingekommen war.

Thora runzelte die Augenbrauen. Sie starrte Arthur immer noch an, aber es lag eher Verwunderung in ihrem Blick als ausgesprochene Feindseligkeit.

Urplötzlich ging Elias auf, wieso er das Gefühl hatte, sie schon mal gesehen zu haben. Vor allem, weil sie direkt vor Arthur stand. Sie hatte Ähnlichkeit mit Anne. Dem Raben, auf den er nun seit zweihundert Jahren wartete. Thora musste ihre Mutter sein. Während er sich gut vorstellen konnte, dass Benedikt und Rebecca ein Paar wurden – tatsächlich wäre alles andere eine Unmöglichkeit –, wollte ihm nicht in den Kopf, wie jemand es wagen könnte, sich Thora romantisch zu nähern. Sich ihr überhaupt auf irgendeine Art zu nähern.

Als die Frauen weg waren, blieb es eine ganze Weile still am Tisch.

»Sie wird mein«, sagte Benedikt langsam. »Ich schwöre, dass sie die Meine wird. Elias, du musst mir helfen, von Mardöll loszukommen.«

»Und ich gebe mich der anderen hin«, sagte Arthur. Es klang feierlich.

Elias zuckte die Schultern und ließ den Blick über die anderen Frauen im Café schweifen. »Dann nehme ich den Rest.«

KAPITEL 39

Die Dächer leuchteten golden im feuerroten Sonnenuntergang, und die Walküren hoben die gefallenen Einherjer auf, damit sie zusammengeflickt würden und am abendlichen Festmahl teilnehmen konnten. In der Ferne streckte Yggdrasil seine Äste über alle Welten aus. Der Baum des Lebens war so groß, dass er zusammen mit Bifröst den ganzen westlichen Horizont ausfüllte.

Odin saß auf seiner geschnitzten Bank, mit Walhall im Rücken. Er stieß einen langen, zufriedenen Seufzer aus. Dann nippte er an dem Becher Wein, den er in seiner faltenfreien Hand hielt. Pechschwarzes Haar ohne die geringste Spur von Grau fiel auf sein Handgelenk, und er genoss das Gefühl von Vitalität.

»Können wir uns nicht nächstes Mal drüben bei mir treffen?«

Odin blickte zu Freya hoch, die aus dem puren Nichts aufgetaucht war, wie es schien.

»Folkwang ist so langweilig«, sagte Odin.

»Wenn man nichts für freie Liebe, ein ewiges Erntefest und Nackttänze auf den fruchtbaren Feldern übrighat, kann ich verstehen, dass mein Heim uninteressant erscheinen muss«, erwiderte Freya spitz.

»Ich habe gar keine Zeit für so was.«

»Du wärst um einiges geselliger, wenn du dir die Zeit nehmen würdest.«

Odin antwortete mit einem Lachen. »Ist das ein neues Kleid, das du anhast?«

Freya blickte an sich hinab. »Das ist Abendtau.«

Und tatsächlich war sie nackt, als Odin genauer hinsah. Der weiße, transparente Schleier um sie herum legte sich auf ihre Haut als kleine Tropfen, die in der Abendsonne glitzerten.

»Du bist so schön«, flüsterte er.

Freya warf ihr feuchtes, weizenblondes Haar über die Schulter zurück und streckte den Hals in einer koketten Pose. »Den einen Moment machst du mich herunter, und im nächsten bin ich schön.«

»Darf ein Obergott nicht seine Göttin bewundern? Darf ein Mann einer Frau kein Kompliment machen?«

»Du meinst wohl, ob ein Sieger seine Geisel begehren darf?«

»Das auch.«

Freya setzte sich neben ihn. Ohne Zögern ergriff Odin ihre Hand. Sie lehnte den Kopf an seine Schulter, und für eine Weile saßen sie einfach so zusammen und schauten auf Asgard, während die Sonne hinter Bifröst verschwand. Der Himmel ging über in ein Hellblau mit lachsfarbenem Streifen darunter. Dann wurde er blauschwarz mit klaren Sternen und einer silbern leuchtenden Mondsichel.

»Ist das nicht wunderschön?«, fragte Odin.

»Ja«, murmelte Freya. Sie rückte dichter an ihn heran.

Er legte den Arm um sie. »Es wäre eine Schande, würde all das hier verschwinden.«

Freya gähnte wohlig und kuschelte sich unter seinen

Umhang. »Das wird es nicht. Es war gut, dass du Hrafnheim erschaffen hast. Wir bekommen eine Menge Anbetung von dort.«

»Elias Eriksen hat das Gjallarhorn.«

Freya hob den Kopf und sah Odin erschrocken an. »Das ist ja furchtbar.«

»Die Götter sind in großer Gefahr.«

»Wieso das?«

»In Midgard beten sie uns kaum mehr an. Wenn sie in Hrafnheim auch damit aufhören, bekommen wir wirklich Probleme. Deshalb musst du die Finger von Arthur lassen. Er und Thora sollen für eine Weile ein Paar werden. Sie sollen eine Tochter bekommen, der ich Rabenkräfte verleihen kann. Diese Völva wird meine stärkste Waffe.«

»Ich freue mich für Arthur«, sagte Freya mit mürrischem Schmollmund.

»Er ist bereits ganz verrückt nach Thora und sie nach ihm. Ich habe einen Liebeszauber auf sie geworfen.« Odin lächelte hintergründig.

»Du hast auch die Umstehenden getroffen. Deshalb sollten Männer kein Seiðr ausüben. Ihr übertreibt immer. Außerdem würde der Liebeszauber gar nicht wirken, wenn sie nicht ohnehin füreinander bestimmt wären. Du hast nur das Tempo ein bisschen beschleunigt.«

»Du weißt es also schon?«

Freya gab ein kurzes *Hm* von sich. »Natürlich weiß ich es. Niemand kann mit der Liebe herumspielen, ohne dass ich davon erfahre. Aber Arthur? Ich fühle mich so wohl mit ihm.«

»Du bekommst ihn zurück. Wenn er Thora geschwängert hat, lasse ich ihn töten.« Odin sagte das mit einer Selbstverständlichkeit, als hätte er verkündet, er wolle vor dem Schlafengehen noch einen kleinen Spaziergang machen. »Du bekommst ihn für dein Totenreich, und ich nehme mir Thora zur Gespielin. Sie ist ein prachtvolles Weib.«

»Ich habe gehört, dass sie wild und bissig ist.«

»Eben.«

Freya rückte von ihm ab und setzte sich schräg auf die Bank, sodass sie Odin besser ansehen konnte. »Liebesmagie ist ein heftiger Zauber. Sie ist nicht beherrschbar. Du hast keine Ahnung, was du in Gang gesetzt hast.«

»Ich habe alles unter Kontrolle.«

Freya lachte laut. Es war ein helles, perlendes Lachen, und Odin hörte darin Schilf im Wind rascheln, Sommerregen auf fruchtbaren Boden fallen und fette Fische im See springen. Auch Freya war prachtvoll, und er dachte an die vielen herrlichen Stunden, die sie beide zusammen verbracht hatten. Krieg und Liebe hatten schon immer gut zueinander gepasst.

»Ihr Männer und eure Kontrolle.« Die Göttin prustete. »Dass du Macht über die Liebe hast, glaube ich erst, wenn ich es sehe.«

KAPITEL 40

Elias ließ seine Muskeln spielen und spürte wachsende Stärke und Vitalität, nachdem er mit Göttlichkeit aufgefüllt worden war. Od erhob sich vom Sofa, auf dem sie beide eng nebeneinandergesessen hatten. Er setzte sich an seinen großen Schreibtisch, zog eine Schublade auf, nahm die Flasche mit Skaldenmet heraus und schenkte zwei Gläser ein. Eins davon schob er Elias hin.

»Sind Benedikt und Arthur gekommen?«

»Sie sitzen in der Lümmelstube.« Elias leerte das Glas.

Od hob eine perfekt geschwungene Augenbraue. »Ein passender Ort. Was ist mit Rebecca und Thora?«

Elias zuckte die Schultern.

»Ich habe Rebecca eingeladen. Sie ist die vielversprechendste Hexe, die ich seit Mardöll getroffen habe«, sagte Od.

»Sie ist eine Hexe?«

»Eine junge. Aber sie ist bereits stark. Sie ist gerade dabei, ihre Kräfte kennenzulernen. Ihre Freundin, Thora«, Od legte den Kopf auf eine Art schräg, wie er es nur tat, wenn ihn etwas frustrierte, »aus der werde ich nicht schlau.«

»Ja, was ist mit ihr? Ist sie eine halbe Schwarzelfe, oder was?«

»Nichts Übernatürliches seit Generationen. Mein Vater

hat mir befohlen, sie ebenfalls einzuladen, aber so viel Schelte habe ich selten erhalten.«

»Mich hat sie auch ausgeschimpft«, sagte Elias.

»Zumindest ist sie mutig. Wir müssen sehen, was die Zukunft bringt. Odin hat jedenfalls Pläne mit ihr.«

Elias behielt lieber für sich, dass er eine ziemlich genaue Vorstellung davon hatte, was Odins Pläne waren. Er stand zögernd vor dem Schreibtisch in dem sechseckigen Büro. Dann griff er zur Metflasche und goss sich noch ein Glas ein. Od verfolgte seine Bewegungen mit den Augen, sagte aber nichts dazu.

»Arthur und Benedikt sind im Begriff, sich zu verlieben.« Elias unterbrach sich, um einen Schluck zu trinken. »Nein, sie sind schon verliebt. Ich habe noch nie gesehen, dass es so schnell geht. Sie konnten nichts dagegen tun.«

»Freya und Mardöll sind eifersüchtige Frauen«, sagte Od. »Auf gewisse Art sind sie ein und dieselbe Person, und ich habe Angst davor, wie sie reagieren werden.«

»Obwohl ich Cecilie liebe, habe ich auch andere Frauen, und sowohl Mardöll als auch Freya haben andere Männer. Die Göttin ist sogar verheiratet. Mit dir. Gilt die Freizügigkeit nicht für beide Seiten?«

»Ich glaube nicht, dass Mardöll und Freya das so sehen.«

Elias trank sein Glas aus. Der Skaldenmet verteilte sich behaglich in seinem Inneren. Mittlerweile gab es nicht mehr viel, das eine berauschende Wirkung auf ihn hatte, aber der Met stieg ihm merkwürdig zu Kopf. Er stellte das Glas zurück auf den Tisch. »Ich wünsche mir für meine Freunde nur, dass sie glücklich sind.«

»Also gut.« Od lächelte auf seine sanfte Art. »Ich möchte, dass du jemanden kennenlernst.« Er erhob sich und verschwand durch eine der vielen Türen. Als er zurückkam, hatte er eine junge Frau bei sich. Sie war nicht besonders groß und hatte kleine, schlanke Hände, schmale Arme und ein zierliches Stupsnäschen. Ihr helles Haar war kurz und zu einem modernen Wuschelkopf frisiert.

»Das ist Ulla.«

Elias begrüßte sie höflich mit einer angedeuteten Verbeugung. Ulla antwortete mit einem schüchternen Nicken. Sie sah ihn eine Weile neugierig an. Dann richtete sie den Blick ins Leere, als würde sie jemanden sehen, den Elias nicht sah.

»Ja, ja …«, flüsterte sie. »Ich werde es sagen.«

Elias blickte fragend von Od zu Ulla.

»Ulla ist ein starkes Medium. Sie kann mit Geistern sprechen, an die selbst ich nicht herankomme. Manchmal spricht sie mit welchen, die schon in Walhall sind.«

Elias sah Ulla mit neu erwachtem Interesse an. »Zu wem hast du Kontakt?«

»Zu deiner Mutter«, sagte Ulla mit dünner Stimme.

Das kam so unerwartet, dass Elias überrumpelt aufs Sofa sank. »Ist sie jetzt hier?«

»Sofia Amalie versucht seit einer ganzen Weile, Kontakt zu dir aufzunehmen.«

»Warum bist du nicht hinübergegangen, Mutter?« Elias stellte die Frage ins Leere.

Ulla schloss die Augen und lauschte. »Sie ist hiergeblieben, um auf dich aufzupassen. Es macht ihr Kummer, wie sehr du leidest. Deine Mutter bittet dich, loszulassen. Sie möchte, dass du nach vorn schaust und nicht zurück.«

Elias richtete die Augen auf Od. »Hast du sie dazu gebracht, das zu sagen?«

»Natürlich nicht.«

Elias ballte die Fäuste. »Ich lasse meine Familie nicht los. Ich weiß, dass der Rabe unterwegs ist, und dann bekomme ich sie zurück.« Überwältigt von Gefühlen drehte er sich um und marschierte aus dem Büro.

Das Bootsmann war voller festlich gekleideter Menschen. Sie redeten und lachten und aßen von üppig gefüllten Tellern. Obwohl derzeit eher japanisches Sushi in Mode war, hielt Elias bei den Tagundnachtgleiche-Festen im Bootsmann an klassischen Gerichten fest. Serviert wurden gedünstetes Fleisch, Nüsse, Beeren und kleine, knusprige Plätzchen mit Fisch.

Er ging hinüber zur Bar, wo Mjödwitnir schon ein Glas Branntwein bereithielt.

»Du siehst aus, als hättest du es nötig«, sagte die kleine Elfenbarfrau mit ihrer tiefen Stimme.

Er murmelte ein *Danke*, als er ihr das Glas abnahm. Sie lächelte teuflisch, bevor Elias trank. Er streckte den Arm aus, und Mjödwitnir füllte das Glas mit munterer Miene erneut. Abermals leerte Elias es.

Aus den Augenwinkeln sah er, dass Thora und Rebecca eintrafen. Benedikt und Arthur gingen ihnen entgegen. Als sie einander erreichten, schlang Rebecca ihre Arme um Benedikt, während Thora und Arthur schüchtern miteinander redeten. Der Lärm schlug über Elias zusammen, und er rang nach Luft. Wieder zeigte er auf sein Glas. Mjödwitnir folgte seinem Fingerzeig mit der Flasche und goss ein.

Er trank in einem Zug, ohne die Augen von der kleinen Gruppe abzuwenden. Sie sahen aus wie vier Puzzlestückchen, die perfekt zusammenpassten. Elias streckte den Arm aus.

»Ich kann das hier den ganzen Abend machen.« Mjödwitnir füllte das Glas wieder. Dann stieß sie mit der Flasche an den Glasrand und setzte sie an den Mund.

»Ich auch.« Elias hob das Glas an die Lippen, aber im selben Moment betrat Od die Bühne. Jetzt würde er die Massenhypnose beginnen.

»Ein herzliches Willkommen an alle«, sagte Od, und seine Stimme tönte durchs Lokal. Die Musik verstummte, die Leute wurden still. Einige hatten bereits glasige Augen.

»Die Tagundnachtgleiche ist der Abend, an dem wir Danke sagen«, begann Od. »Für überquellende Speisekammern, fruchtbare Frauen und milde Winde. Ragnarök ist weit weg, und mit Danksagungen halten wir den Untergang auf Abstand.«

Elias stolperte hinaus, bevor er selbst von der Hypnose erfasst wurde. Er schwankte zum Ausgang, und die schwere Holztür schlug hinter ihm zu, als er in die kühle Abendluft hinaustrat. Von hier aus konnte er das Meer riechen. Die salzigen Düfte erfrischten und schickten ein wenig Klarheit zurück in seinen Kopf. Möwen kreischten, und unter seinen Füßen knirschte der Sand.

Er streifte die Schuhe ab und ging barfuß die Düne hinauf. Obwohl es Herbst war, hatte die Sonne immer noch Kraft, und der Boden unter seinen Fußsohlen war warm von der Hitze des Tages. Strandhafer schnitt ihm in die Fußknöchel und ein Zweig schrammte seinen Fußrücken auf, aber er ging weiter, bis er an den Rand des Steilhangs kam, der vierzig Meter tief zum Strand unter ihm abfiel. Vor ihm lag die Nordsee, und die Sonne war gerade auf ihrem Weg hinab in die rauschenden Wellen und färbte das ganze Himmelszelt pink.

Seine Beine knickten ein, Elias setzte sich und ließ die Füße über den Rand baumeln. Er starrte blicklos vor sich hin.

Im Sand neben ihm machte es *Sshhh*. Als er hinuntersah, schlängelte sich eine braune Kreuzotter mit schöner Zeichnung auf dem Rücken über den Sand. Sie bewegte sich direkt auf ihn zu. Die Schlangenhaut erinnerte an Seide, die im Wind flattert. Als sie sein Knie erreichte, ließ er sie über seine Beine kriechen. Durch den Hosenstoff spürte er ihre fließenden Bewegungen.

»Bist du Teil meiner Schlangenlinie?«, fragte er.

Aus gutem Grund antwortete die Kreuzotter nicht.

»Beiß mich.« Tränen füllten seine Augen. »Würdest du das bitte tun?«

Aber die Kreuzotter setzte einfach ihren Weg über seine Beine fort, bevor sie wieder im Strandhafer verschwand.

Nun waren nur er und die Sonne noch da, und sie wärmte nicht einmal mehr, obwohl sie groß und orangerot war. Eilig sank sie unter den Horizont, und da wurde es richtig kalt. Jemand näherte sich hinter seinem Rücken, aber Elias schaute sich nicht um. Erst als sie sich neben ihn setzte, sah er, dass es die junge Ulla war.

»Bist du gekommen, um mir weitere Ratschläge von meiner Mutter zu bringen?«

Ulla betrachtete die feuerrote Sonne. Behutsam schob sie ihre Finger zwischen seine.

Mit gerunzelter Stirn sah Elis hinunter auf ihre ineinandergeflochtenen Finger. Dann blickte er Ulla in die Augen. Wie schon in Ods Büro schaute sie ihn schüchtern an mit ihrem feinen, ein wenig rabenartigen Gesicht.

»Ich bin gekommen, um dir eine Nachricht von jemand anders zu bringen.«

»Von wem?«

Ulla beugte sich vor, und etwas an dieser Bewegung war vertraut. »Elias. Ulla ist ein Medium. Sie kann mit allen Toten sprechen und sie in sich einziehen lassen.«

Er starrte sie an. »Ce… Cecilie?«

Sie lächelte. »Ich habe lange gebraucht, um ein Medium zu finden, das stark genug ist.«

Elias packte Ullas Schultern. »Sag mir, was ich tun soll, Cecilie. Sag es.«

»Du sollst weitermachen. Du bist kurz davor, Odin zu besiegen. Wir können wieder zusammen sein.«

KAPITEL 41

Loki stand wie immer in der Gnipahöhle, eingezwängt zwischen den Mühlsteinen. Nach bald tausend Jahren in Fesseln, nur unterbrochen von einigen kleinen Spaziergängen, wurde es langsam langweilig, stillzustehen. Er fühlte sich wie ein schlummerndes Samenkorn, das, nachdem es jahrelang tief in der Erde vergraben gewesen war, nun mehr als bereit war, sich zu voller Blüte zu entfalten.

Sigyn hatte sich nach ihrem Verrat wieder an ihren Platz gestellt, und Loki nutzte jede Gelegenheit, um sie daran zu erinnern, dass er sie töten werde. Sich ihren schmerzhaften Tod fantasievoll auszumalen, gehörte zu seinem liebsten Zeitvertreib.

Seine Gedanken wanderten, und er dachte an Springfluten, Windhosen und Bakterien, die sich mit dem Wind verbreiteten. Da hörte er trampelnde Schritte, und Odin kam in die kleine Höhle getrabt, sodass Sigyn aus dem Weg springen musste. Heute sah er aus wie ein Mann in mittleren Jahren, mit schlaffen Wangen, einem dicken Bauch und dünnem Haar.

»Es lief gerade so gut«, sagte er, als wären sie mitten in einem Gespräch. »Ich hatte alles unter Kontrolle. Die Völva ist unterwegs, Elias war kurz davor, aufzugeben, und sie haben mich hier und dort und überall angebetet. Aber jetzt hat Elias frischen Mut gefasst, Hrafnheim wackelt und Thora wollte mich nicht. Man stelle sich vor, sie ist mit Arthur durchgebrannt.«

»Ich glaube, die Menschen gleiten dir langsam aus den Händen. Sogar die Gespenster machen, was ihnen passt«, schnaufte Loki, ohne darauf hinzuweisen, dass Odin ihn seit hundert Jahren nicht besucht hatte und nun angelaufen kam und sich beklagte.

Odin stoppte seine langen Schritte.

»Glaubst du, wir können die Menschen nicht mehr steuern?«

»*Wir?* Ich steuere sie doch gut. Ich bin alles. Riesenkraft ist die Natur, und die Natur gewinnt letzten Endes alle Schlachten. Die Natur ist …«

»KOMM MIR NICHT MIT DER NATUR! Hast du nicht kapiert, dass die Menschen die auch bezwingen?« Odin senkte den Nacken, und in dem Moment sah er aus wie ein bösartiger alter Stier mit nur einem Auge. »Die Menschen haben sich weiterentwickelt. Hast du von Ragnara in Hrafnheim gehört? Sie hat sich ausgerechnet, wie sie gewinnen kann, nicht nur über die Götter, sondern auch über die Riesen. Was wird aus uns, falls ihr das gelingt?«

»Ragnara ist bloß ein Mensch. Mit ihrer Sorte haben wir doch schon oft zu tun gehabt. Selbst diesen kleinen Kerl mit dem Schnauzbart haben wir geschafft. Sobald Ragnara stirbt, gewinnen wir die Macht zurück.«

»Ragnara ist unsterblich geworden. Ach, das wusstest du nicht? Ich glaube, dass sie Ragnarök ist«, sagte Odin. »Das Einzige, was Ragnara töten kann, ist Thoras Blut. Hugin hat das vorhergesagt, bevor ich … Nicht so wichtig.«

»Dann bring Thora um. Ist doch ganz einfach.«

Odin presste die Lippen aufeinander und blickte die Wand an.

»Allvater! Jetzt reiß dich zusammen und töte das Weibsbild. Dann sind deine ganzen Probleme gelöst.«

»Ich mag Thora.«

Loki starrte Odin ungläubig an. »Wie, du magst sie … So richtig? Bist du in sie verliebt?«

»Das hatte ich bei keiner Frau mehr, seit Signe.« Er blickte hinunter auf seine Füße, sodass die dünn behaarte Stelle auf seinem Oberkopf deutlich sichtbar war.

»Ods Mutter?«

»Ich will nicht darüber sprechen. Wir müssen eine andere Lösung finden, Ragnarök zu verhindern.«

»Ragnarök kann ohne den Fimbulwinter nicht kommen. Ich lasse ihn einfach nicht beginnen.«

»Fimbul ist eine Geschichte, die ich mir zusammen mit Vili und Vé ausgedacht habe, um euch Riesen in Schach zu halten. Du bist herumgelaufen und hast gedacht, du wärst so mächtig. Im besten Fall hilft mir Fimbul, etwas Anbetung für mich zusammenzukratzen, aber Ragnarök kündigt sich durch andere Vorzeichen an. Die Midgardschlange muss ihren Schwanz loslassen, der Fenriswolf muss sich losreißen, und du musst freigelassen werden.«

Lokis Brust hob und senkte sich hastig, aber seine Atmung wurde von den schweren Mühlsteinen behindert. Sigyn blickte mit großen Augen zwischen ihnen hin und her. Sie stellte sich auf Zehenspitzen, um noch eine Kaskade Gift aufzufangen.

»Sind Hugin und Munin noch in Odinshöhe?«, fragte Loki leise.

Odin schaute zum Höhlenausgang. »Sie sind in Thoras

Bauch. Bald bringt sie eine Tochter zur Welt, und das Kind nehme ich. Mit einer mächtigen Völva an meiner Seite kann ich siegen.«

»Hast du deine Lektion bei Heid nicht gelernt?«

»Ich bin mir sicher, dass diese hier einfacher zu unterwerfen sein wird.«

»Aber von allen Frauen ausgerechnet Thora? Sie wollte dich nicht mal.« Loki sang das wie ein fröhliches Lied, obwohl Odin einer Gewitterwolke glich. »Thora hat einen simplen Bauern dem großen Allvater vorgezogen, und trotzdem schenkst du ihr deine stärkste Waffe. Die Raben sollten dich beschützen. Sie sollten alle Götter beschützen, aber du hast sie in Menschenfleisch eingesperrt. In einem Säugling.«

»Geri und Freki sind noch bei mir.«

»Die trägen Köter sind doch nur als lebendige Mülleimer zu gebrauchen, die deine ganzen Reste fressen.«

»Ich brauche eine Völva. Eine so starke Völva, wie Heid es war. Sonst gewinne ich die letzte Schlacht nicht.«

Loki überliefen kalte Schauer. Er musste sich anstrengen, um zu erkennen, dass dieses Gefühl Angst war. Nach so vielen Jahren, in denen die aufregendsten Ereignisse die kleinen Intrigen zwischen den Göttern gewesen waren, wirkte der Gedanke an etwas so Großes fast berauschend. »Vielleicht ist das Ende wirklich nah«, flüsterte er. »Vielleicht geht Heids Prophezeiung endlich in Erfüllung.«

Die Sonne von Süden,
des Mondes Gesellin,
hielt mit der rechten Hand
die Himmelrosse.

Sonne wusste nicht
wo sie Sitz hätte,
Mond wusste nicht
was er Macht hätte,
Die Sterne wussten nicht
wo sie Stätte hatten.

Odin raffte seinen langen Umhang zusammen. Er drehte sich um und rannte aus der Höhle, als täten Lokis Worte ihm weh.

Loki rief ihm nach.

Eine Tochter entstammt
der strahlenden Göttin
Eh der Wolf sie würgt:
Glänzend fährt
nach der Götter Fall
Die Maid auf den Wegen der Mutter.

»Hörst du, Odin? Nach der Götter Fall. Deine Zeit ist um.«

Odin war weg, und Loki stand allein zusammen mit Sigyn da.

»Tausch den Platz mit mir.«

»Nicht schon wieder.«

»Du hast versprochen, mir zu gehorchen, nachdem ich Odin gestärkt habe. Jetzt tausch schon den Platz mit mir.«

»Nein, nein, nein …« Sigyn blickte hoch zur mächtigen Schlange.

»Ich brauche deinen Körper.« Loki schob ruckartig den Kopf vor, sodass seine Stirn Sigyns Hand traf. Um ihn herum flimmerte es, und er wechselte die Gestalt. Zwischen den Mühlsteinen stand plötzlich Sigyn, die in Lokis Körper gefangen war. Sie blickte angstvoll auf die züngelnde Schlange, die sich wand und spuckte. Loki, jetzt in Sigyns Körper, kippte die Giftschale aus, sodass die grüne Flüssigkeit zischend und spritzend auf die Erde floss. Er hüpfte und sprang in wildem Tanz herum.

»Juhuuuu …« Er streckte die Beine in wildem Spagat, und das mürbe Unterkleid zerriss noch mehr.

»Was hast du vor?«

Loki verschränkte die Finger beider Hände und streckte die Arme nach vorn. Die Gelenke knackten laut, und er schüttelte sich voller Vorfreude. »Jetzt geht die Natur ans Werk.«

»Was willst du tun, Loki?«

»Da ist ein Ei in Thoras Bauch, das muss geteilt werden.« Loki reckte einen Finger in die Luft. Dann hob er den nächsten. »Ich werde Ragnara sagen, was sie tun soll. Elias wird mein Diener sein. Ich gebe ihm das, was er sich am allermeisten wünscht. Juhuuu. Ich werde weiterleben. Nur weil die kleinen Menschen und die Götter verwirrt durch die Gegend stolpern, habe ich nicht vor, zugrunde zu gehen.«

Sigyn konzentrierte sich auf den Giftzahn der Riesenschlange, an dem ein grüner Tropfen hing. »Wenn Odin stirbt, kann er Nari nicht aufwecken.«

»Ach, der stirbt nicht. Der ist ebenso zäh wie ein alter Köter. Aber ich muss frei sein, damit ich ihm helfen kann.«

»Das Gift. Es trifft mich, Loki.« Sigyn versuchte, den Zähnen der Schlange auszuweichen, aber sie konnte sich nicht von der Stelle rühren.

Die Schlange schaute bedauernd auf sie hinunter.

»Ich halte das nicht noch mal aus. Ich sterbe davon.«

Loki ging zu seiner Frau. »Du warst mir eine gute Gattin, Sigyn. Bis du mich betrogen hast.« Er küsste sie zärtlich. Weil er in ihrem Körper war und sie in seinem, war es die Loki-gleiche Gestalt, die während des Kusses schluchzte.

»Heid hat dein Schicksal vorhergesehen. Ich habe es immer gewusst«, flüsterte er.

Einen Gefangenen sah sie liegen
im Wald der Quellen,
eine Unholdsgestalt,
Loki ähnlich;
dort sitzt Sigyn,
nicht froh
um ihren Mann. –
Wisst ihr nun noch etwas?

»Verlass mich nicht, Loki.«

Aber Loki drehte sich auf nackten Beinen schwungvoll um; in dem zerrissenen Zeug und in Sigyns Körper verschwand er aus der Gnipahöhle, um nie mehr wiederzukommen.

Sigyn blieb alleine zurück, ohne eine Schale zwischen sich und der Schlange. Dann fiel der Tropfen vom Schlangenzahn.

KAPITEL 42

»Ich heirate Jørn.« Ulla musste ihren ganzen Mut zusammennehmen, um so mit Elias zu reden. Wenn sie ihn nur ansah, geriet ihr Wille ins Wanken und ihre Knie wurden weich.

»Wer ist Jørn?«

»Er ist mein Verlobter. Das weißt du doch.«

Sie standen vor Elias' Haus am Grishøjgårds Krat. Ullas kleines grünes Auto parkte auf dem Kies. Der Wind blies so stark, dass sie Mühe hatte, sich auf den Beinen zu halten.

»Komm mit rein. Du frierst.«

Ulla versuchte, ein wenig Wärme in Elias' graublauen Augen zu finden. Eigentlich gab es nichts, was sie lieber wollte, aber inzwischen wusste sie, dass die Güte, von der sie geglaubt hatte, er besäße sie, reines Wunschdenken von ihr war.

»Wenn ich mit dir hineingehe, wissen wir beide, was dort passiert.«

Elias sah sie mit einem dieser Blicke an, bei denen ihr Magen Purzelbäume schlug. »Was passiert dort, Ulla?«

Sie blickte zu Boden, aber er packte sie an den Schultern. Die Berührung ließ ihre Haut glühen, und aus dieser Nähe konnte sie seinen würzigen Duft riechen.

»Lass mich dich mit hinauf zu Od nehmen. Du kannst viel länger leben als die gewöhnlichen Menschen.«

»Warum sagst du *gewöhnliche Menschen* auf diese Art? Als wären sie weniger wert als du.«

»An ihnen ist nichts auszusetzen. Sie sind einfach nicht wie wir.«

»Ich bin ein gewöhnlicher Mensch.« Ullas Mundwinkel zitterten.

»Du bist ein Medium. Das stärkste Medium in Dänemark.«

»Ich wünschte, ich wäre es nicht.« Jetzt zitterte sie am ganzen Körper, aber ob es wegen des Windes war, der durch Mark und Bein ging, oder aus Trauer über ihre Entscheidung, das wusste sie nicht.

Elias hörte sie nicht. Vielleicht, weil sie in dem pfeifenden Wind zu leise sprach. Vielleicht wollte er nur sich selbst hören.

»Wir können die nächsten Hunderte von Jahren zusammen sein«, sagte er.

»Ich will keine Hunderte von Jahren leben. Ich will heiraten und Kinder bekommen. Und dann will ich als alte Frau zusammen mit meinem Mann sterben. Im achtzehnten Jahrhundert wolltest du das auch.«

Wieder ignorierte Elias ihre Worte. »Wenn es dir darum geht, einen Ehemann zu haben, dann heirate ich dich eben.«

Ullas Augen füllten sich mit Wasser. Sie sah die kleine Zeremonie vor sich. Od, der sie nach altertümlicher Art mit Blòt und heiligen Ritualen traute. Mardöll, die sie mit Freyas Fruchtbarkeit segnete. Sie schloss die Augen, sodass die Tränen überliefen.

»Nein«, flüsterte sie.

Elias sprach langsam und wägte anscheinend jedes Wort

ab. »Während des letzten Jahres war ich glücklicher als in den hundertfünfzig Jahren davor.«

Ulla legte die Hand an seine Wange. Ihre Nägel waren pink lackiert, und an jedem Finger trug sie mehrere Ringe. An ihrem Handgelenk klirrten Armreifen. »Du hast mich gelehrt, mich den Geistern zu versperren. Du hast mich gelehrt zu leben, und du hast mir alles bedeutet.«

»Jetzt komm mit rein, dann besprechen wir das.« Er trat dicht an sie heran. Wieder roch sie seinen Duft, und sie erlaubte sich ein paar tiefe Atemzüge. Ulla gab sich dem Traum hin und war kurz davor, nachzugeben. Dann schüttelte sie den Kopf.

»Es ist vorbei!«

Jetzt blitzten Elias' Augen eiskalt. »Du beendest überhaupt nichts.«

Ulla sah ihn an. »Ich war so verliebt in dich.«

»Was soll das heißen, du *warst* verliebt? Ich *bin* in dich verliebt.«

Ulla nahm die Hand von seiner Wange. »Du bist verliebt in Cecilie. Ich bin nur der Behälter, in dem sie sich befindet.«

Elias wandte den Blick ab. »Du bedeutest mir auch viel, Ulla.«

Ulla entfernte sich rückwärts, aber Elias griff nach ihr. Er rief verzweifelt: »Sie entkommt, Cecilie! Nimm sie in Besitz!«

Ulla erzitterte, als sie von einer unsichtbaren Kugel getroffen wurde. Doch sie schloss die Augen und öffnete alle Sinne. »Schütze meine Fähigkeiten, schütze meine Gabe, gib mir Schutz.« Sie sagte es auf wie einen Spruch, so wie Elias es ihr beigebracht hatte. Sie wurde wieder angegriffen.

Cecilies Geist rief etwas, aber Ulla verschloss sich vor ihr. Dann drehte sie sich um und ging zu ihrem Auto.

Elias lief ihr nach. »Ich habe dich gelehrt, dich abzuschirmen, und jetzt verwendest du es gegen mich.«

»Du hast mich gelehrt zu lieben, und das hast du gegen mich verwendet.« Sie ging mit festen Schritten weiter.

»Wenn du jetzt nicht mit reinkommst, dann …«

Bevor Elias seine Drohung aussprechen konnte, fiel Ulla ihm ins Wort: »Wenn du mir etwas antust, schneide ich dich vollständig von Cecilie ab. Dann wirst du nie wieder mit ihr sprechen.«

Elias bremste ab, bevor er das Auto und Ulla erreichte, die bereits die Fahrertür geöffnet hatte.

Sie blieb einen Moment mit dem Rücken zu ihm stehen, bevor sie sich umdrehte. »Wenn du in Kontakt mit deiner toten Frau kommen willst, gilt für dich derselbe Preis wie für alle anderen. Wir können einen Mengenrabatt vereinbaren, falls es um mehrere Séancen geht. Aber das andere ist vorbei.«

»Wie kannst du meine Gefühle so ausbeuten?« Elias' Stimme versagte. »Du bist mein einziger Zugang zu Cecilie.«

Ulla trommelte mit ihren lackierten Fingernägeln auf die Oberkante der Autotür. »Die Gefühle anderer auszubeuten, das habe ich vom besten Lehrmeister gelernt.« Dann stieg sie ein und fuhr weg, dass der Kies nur so spritzte.

Im Rückspiegel sah sie, wie Elias ihr nachschaute.

KAPITEL 43

Ullas Auto verschwand den Feldweg hinunter, und ohne sich daran hindern zu können, schrie Elias: »Cecilie … Komm zurück!«

Eigentlich wollte er Ulla rufen, aber es war der andere Name, der herauskam. Er lief dem Auto hinterher, doch Ulla fuhr sehr schnell, und schließlich stolperte Elias und fiel auf die Knie. Es hätte wehtun müssen, aber der Schmerz saß allein in seiner Brust. So hockte er mit verschränkten Armen da und keuchte.

»Du wirst nie wieder ein Festgelage geben«, sagte eine knarrende Stimme hinter ihm. »Die Flamme hat deinen ganzen Besitz verbrannt.«

Elias rappelte sich auf und sah eine abgemagerte Frau näher kommen. Jetzt merkte er, dass seine Knie blutig aufgeschrammt waren, und er humpelte auf die Frau zu. Sie kicherte, als wäre sie eine Hexe aus dem Märchen. Ihr Zeug hing in Fetzen herab, und ihre Arme, Beine und Füße waren nackt. Ihr Haar war zottelig, die grauen Augen lagen tief.

»Wer bist du?«

»Tja, wer bin ich?« Die Frau schien ernsthafte Zweifel zu haben. »Ich habe so viele Namen und so viele Gesichter, dass ich es selbst nicht mehr weiß.« Sie machte eine Handbewegung, und plötzlich war sie eine wohlgenährte Dame mit gelbem Haar in einem langen blauen Rock und gemusterter Bluse.

Elias wich zurück. »Katrine Fredriksen? Die ist seit 1850 tot.«

Katrine drehte ihre Hand und war verschwunden.

»Hier unten«, piepste eine Stimme, und Elias blickte hinunter. Ein kleiner Floh hüpfte auf einem Stein. Wieder flimmerte die Luft, und nun stand ein oranges Flammenmännchen vor ihm, das sich in einen zweijährigen Jungen in weichem Hemd verwandelte.

»Carl?«, flüsterte Elias.

Carl verwandelte sich wieder in die abgemagerte Frau.

»Du musst Loki sein!« Elias überlegte, ob er wegrennen sollte, denn er hatte nur schreckliche Dinge über den Riesen gehört, aber Loki könnte sich einfach in einen Löwen verwandeln und ihn von hinten anspringen. Sollte er es bis ins Haus schaffen, könnte der Riese die Gestalt einer Laus annehmen und durch eine Ritze krabbeln. Also blieb Elias stehen. »Was willst du?«

Loki machte ein paar komische Hüpfer. »Die Frage ist, was *du* willst, Elias Eriksen. Überlege gut. Jetzt kommt es darauf an.«

Elias schloss die Augen. »Ich will meine Frau und meine Kinder wiederhaben.«

»Aber deine kleine Geliebte, die Cecilie in sich aufnehmen konnte, hat dich gerade verlassen, also wird sie keinesfalls das Problem mit Sofia, Amalie und dem kleinen Carl lösen.« Loki hatte die Mundwinkel heruntergezogen und sprach wie ein quengelndes Kind.

»Kannst du mir helfen? Ich würde alles tun, wenn ich sie nur zurückbekäme.«

»Ich werde dich wieder mit deiner Familie vereinen.« Loki breitete die Arme aus und rief, dass es durch den Wald schallte: »Du kommst zu ihnen zurück!« Er brach in kreischendes Gelächter aus, als hätte er den besten Witz des Jahres gemacht. »Aber eine Hand wäscht die andere. Du bist ja der beste Kaufmann, von dem ich je gehört habe.«

Elias' Herz setzte für einen Schlag aus. »Was ist der Preis?«

»Du musst Thora töten«, sagte Loki unverblümt. »Eine große Bedrohung für meinen Blutsbruder verschwindet, wenn Thoras Blut vergossen wird. Odin will es nicht selbst tun. Er sagt, dass er verliebt ist.« Loki würgte den letzten Satz heraus.

Elias hätte eigentlich darauf hinweisen müssen, dass Thora die Frau seines besten Freundes war und er selbst außerdem kein kaltblütiger Mörder, aber es war etwas ganz anderes, das ihm einfiel. »Wenn ich Thora umbringe, stirbt das Kind, das sie erwartet.« Anne … Allein bei dem Gedanken, den Tod der rothaarigen Rabin und Völva zu verursachen, wurde ihm eiskalt.

»Du bist doch Aaaarzt.« Loki klopfte mit dem Finger an Elias' Stirn. »Du kannst das Kind herausholen und es behalten.«

Elias dachte nach. Anne hatte gesagt, dass er ihr eines Tages das Leben retten würde. Vielleicht war es das hier, was sie gemeint hatte.

»Jetzt mach doch nicht so ein schockiertes Gesicht. Du hast viel schlimmere Dinge getan. Falls du Thora nicht eigenhändig umbringen willst, lass es doch jemand anderen für dich tun. Es geht das Gerücht, dass diese Ragnara immer für ein Abschlachten zu haben ist.«

Elias dachte an Arthur, den er noch nie so verliebt gesehen hatte. An Benedikt und Rebecca, die sich für alle Zeit von ihm abwenden würden. Und an Thora, die er zwar nicht leiden konnte, die es aber dennoch nicht verdiente, zu sterben.

»Es ist nur ein einziges kleines Leben«, sagte Loki. »Thora stirbt sowieso eines Tages, und bei ihrer Lebensweise passiert das eher früher als später. Du verschiebst den Zeitpunkt bloß ein wenig, und bei der Gelegenheit stellst du das Gleichgewicht wieder her.«

Elias sah hinunter auf den Feldweg. Es hatte angefangen zu regnen, und das Wasser tropfte von seinen Locken. Dann nickte er.

»Thoras Tod«, sagte er. »Aber nur Thoras.«

KAPITEL 44

Es war dunkel draußen an diesem kürzesten Tag des Jahres. Elias saß in seinem Auto. Er schob alle Gefühle beiseite und blickte hinaus auf das flache Nordjütland. Die Wintersonne tauchte alles in orange Flammen. Die Felder waren nackt, abgesehen von ein bisschen Schnee, und er fand, dass die Landschaft kahl aussah.

Noch vor wenigen Jahrzehnten hatte es hier kleine Wälder, gewundene Bäche und Sumpfgebiete gegeben. Jetzt teilten Asphaltstraßen die Felder in Rechtecke auf, und alles war entwässert und begradigt. Es war, als würde ein Fischernetz die Natur niederdrücken. Im Sommer war das Netz prall gefüllt mit wachsenden Feldfrüchten, grasenden Rindern und summenden Insekten, aber jetzt lag es ebenso still da wie der Tod, zu dem er unterwegs war.

Elias richtete sich im Sitz auf und schob alle Zweifel und Gewissensbisse weg. Er weigerte sich, die Flammen der Sonne in sich aufzunehmen. Seine Seele war zu alt und erschöpft, um gemartert zu werden.

Es war die Nacht der Wintersonnenwende, und alles war dem Tode nah. Die Frau seines besten Freundes zu opfern, um die eigene Frau zurückzubekommen, war ein hoher Preis, aber er war bereit, ihn zu zahlen.

Der Beutel um seinen Hals war gefüllt mit Fläschchen

voller Laekna, Cecilies Trank und Edrú. In der Tasche hatte er Skalpell, Schere und eine kleine Garnitur Babysachen.

Elias fuhr auf den Platz hinter dem Bootsmann. Dort stand bereits ein Auto. Es war ein rostiger Kombi, und um ehrlich zu sein, war er ziemlich beeindruckt, dass die Karre es über die glatten Landstraßen bis hierher geschafft hatte. Auf dem Fahrersitz saß eine Gestalt mit Lockenkopf.

Als Elias einbog, fiel das Licht seiner Scheinwerfer auf Thora. Sie saß da mit den Händen am Steuer, leicht vornübergebeugt und mit entschlossenem Gesichtsausdruck, aber den hatte sie immer.

Elias stieg aus und ging auf den Kombi zu. In der Hand hatte er seine Arzttasche. Thora öffnete die Fahrertür und stieg ebenfalls aus, schwerfällig wegen ihres dicken Bauchs. Sie stützte ihn mit einer Hand und kam mithilfe eines Stocks auf die Beine. Elias sah genauer hin. Es war ein langer Stab. Er schaute noch genauer. Nein, kein Stab, dazu war er zu dünn. Das war ein Speer, und obwohl er ramponiert und rostig aussah, schimmerte er mit einem inneren Glanz.

»Bist du allein?«, fragte Elias.

»Du hast doch gesagt, ich soll allein kommen«, schnaubte Thora. »Was gibt es so Wichtiges, dass ich mich hier heraufschleichen muss?«

»Das habe ich dir doch am Telefon gesagt. Du kannst es hier ein für alle Mal beenden. Aber nur du.«

»Jetzt rück schon raus mit der Sprache. Ich steh nicht auf heimliche Briefe und kryptische Telefonanrufe.«

»Ich erzähle dir alles drinnen.« Elias ging zur Hintertür und schloss sie auf. Er verfluchte seine Hand dafür, dass sie zitterte.

Thora folgte ihm. Er hörte ihren Schritten an, dass ihr das Gehen schwerfiel. Endlich bekam er die Tür auf, und sie gingen zusammen durch den schmalen, dunklen Flur, der zu Ods Büro führte.

Thora fluchte, als sie sich den Fuß stieß. »Kannst du kein Licht machen?«

»Stromausfall«, sagte Elias über die Schulter.

»Hat Od nicht irgendein magisches Leuchtdingsbums?«

Elias lachte, aber er fand, dass es hohl klang, also versuchte er, einen munteren Ton anzuschlagen. »Das hat er bestimmt, aber ich habe keine Ahnung, wo das sein könnte oder wie es funktioniert.«

»Hey, Elias«, sagte sie ins Dunkel hinein.

»Ja?«

»Die anderen sagen, dass ich dir nicht trauen soll.«

Elias' Lippen kribbelten. »Wer sagt das?«

»Rebecca findet, du riechst nach Verrat. Benedikt sagt, dass er dich schon lange kennt, als würde das alles erklären, aber er ist dankbar, dass du ihm geholfen hast, von Mardöll freizukommen. Odin bezeichnet dich als … ist auch egal, wie er dich nennt, aber es ist alles nicht schmeichelhaft. Arthur ist der Einzige, der dich verteidigt.«

»Und was ist mit dir?« Elias blieb vor der Tür zum Büro stehen. Er drehte sich zu Thora um, die er im Halbdunkel kaum erkennen konnte. Nur der Speer, auf den sie sich stützte, leuchtete schwach.

»Ich kann dich nicht leiden. Aber das geht mir mit den meisten Leuten so.«

»Manchmal wundere ich mich, dass du mich nicht längst getötet hast.«

Thora lachte, und es klang diabolisch. »Will man Unkraut loswerden, muss man es an der Wurzel packen. Ich glaube nicht, dass du die Wurzel bist. Es sind größere Kräfte im Spiel, die sind es, die vernichtet werden müssen.«

Elias atmete auf. Für einen Moment hatte er wirklich geglaubt, Thora würde ihn angreifen.

»Und ich bin stärker als du«, fügte Thora hinzu. »Wenn du irgendwas versuchst, werde ich gewinnen. Ich wäre nie alleine hierhergekommen, wenn ich mir nicht bombensicher wäre, dass ich dich besiegen kann.« Sie sagte das einfach so, und es klang mehr nach einer Feststellung als nach einer Drohung.

»Ich weiß«, sagte Elias. »Du bist viel stärker als ich.« Das stimmte, und er hatte es in seinen Plan einkalkuliert. Er öffnete die Tür zum Büro, in dem zwei Gestalten warteten. »Aber ich bin der Klügere.«

KAPITEL 45

Thora stand in der Türöffnung und starrte in den Raum.

Ragnara war eine sehr kleine Frau, die aussah, als wäre sie höchstens achtzehn Jahre alt. Sie hatte ein rundes Gesicht mit fein geschnittenen Zügen, und ihr dunkles Haar war zu einer komplizierten Frisur aufgesteckt. Sie trug einen Harnisch und ein kleines Messer und war offensichtlich aus einer anderen Welt. Sie lächelte erwartungsvoll.

»Dann wird das jetzt endlich geklärt«, sagte sie mit einer so hellen Stimme, dass Elias geglaubt hätte, sie gehöre einem Kind, wenn er Ragnara nicht gesehen hätte. »Du weißt sicher, dass ich nichts gegen dich habe. Aber wir müssen das hier tun, um unser Ziel zu erreichen.« Wen genau sie mit *wir* meinte, blieb unklar. Sie strahlte eine fanatische Überzeugung aus, und darin glich sie Mardöll.

Eskild war über anderthalb Köpfe größer als Ragnara. Durch seine kurzen braunen Locken zogen sich graue Strähnen. Er hatte ein blaues und ein pechschwarzes Auge. In seiner schrundigen Hand hielt er ein mächtiges, zweischneidiges Schwert, dessen Klinge mit Runenzeichen bedeckt war. Er lehnte lässig an Ods geschnitztem Schreibtisch, aber als er Elias und Thora sah, richtete er sich auf.

Thora wich nicht zurück. Sie packte ihren Speer fester und hob ihn leicht an.

»Sie hatten recht.«

Ragnara und Eskild sahen sich verständnislos an.

»Alle hatten recht damit, dass du hinterhältig bist, Elias. Du bist die schlimmste Sorte Mensch, die es gibt.«

Die Worte gingen Elias unter die Haut, aber er fand seine Stimme und sah Ragnara und Eskild an. »Hier ist sie.«

»Ja.« Eskilds Stimme war rau. »Da bist du, Thora.«

Jetzt hob Thora den Speer noch ein wenig mehr. »Wir zwei haben schon früher die Klingen gekreuzt, Eskild Schwarzauge. Du kannst mich nicht schlagen.«

Eskild drehte das Schwert mit einer langsamen Bewegung. »Ich habe jetzt Tilarids. Es ist aus göttlichem Eisen geschmiedet und unbesiegbar.«

Thora hielt den Speer hoch. »Odin hat mir Gungnir gegeben. Ivaldis Söhne haben ihn gemacht, und er kann mit einem Wurf den Mond erreichen.«

Zum ersten Mal zeigten sich Zweifel in Eskilds ansonsten unbeeindrucktem Gesicht, aber er ging auf Thora zu, die mit Gungnir auf ihn zeigte. Mit ihrem hochschwangeren Bauch, den dunklen, spiralförmigen Locken um ihren Kopf und dem magischen Speer in der Hand bot sie einen beeindruckenden Anblick, wie Elias einräumen musste. Eskild nahm ein paar Schritte Anlauf und schwang Tilarids gegen Thora, die ihn hoch aufgerichtet erwartete.

Als er fast bei ihr war, duckte sie sich mit einer eleganten Bewegung unter seinem Arm weg. Wie sie das mit einem so dicken Bauch hinbekam, war unfassbar. Sie ließ Gungnir über ihrem Kopf kreisen, um ihm Schwung zu geben, und gerade als Elias dachte, dass sie ihn in Eskilds Rücken stechen würde, änderte sie die Richtung und stieß ihn Ragnara in die Brust.

»Du bist die Wurzel!«, schrie Thora.

»Nein!«, brüllte Eskild, als der Speer zischend und spritzend in Ragnaras Herz glitt.

Ragnara griff sich mit einem gehauchten kleinen *Aaaah* an die Brust.

Eskild lief zu seiner Herrscherin und legte den Arm um sie, aber sie schüttelte ihn ab. Gungnir ragte aus ihr heraus, und sie blickte darauf hinab. Mit beiden Händen packte sie den Schaft.

Thora hielt den Speer immer noch fest und zog mit aller Kraft, um ihn herauszubekommen, aber Ragnara war viel stärker. Sie platzierte die Hände hintereinander und drückte Gungnir tiefer in sich hinein. Mit kräftigen Schüben presste sie den Speer durch ihr Herz und auf der anderen Seite wieder aus ihrem Körper hinaus. Die verblüffte Thora wurde vorwärtsgezogen, weil sie Gungnirs Ende hielt.

»Ich bin doch unsterblich.« Gungnir fiel zu Boden.

Jetzt stand Thora direkt vor Ragnara, und mit einer schnellen Bewegung zog die kleine Frau ihr Messer und stach es Thora in den Hals.

Thora brach gurgelnd zusammen.

Elias war hinter dem Sofa geblieben, um dem Kampf nicht in die Quere zu kommen, aber in ihm tobte Panik.

Ragnara ging neben Thora in die Knie. Thora zitterte am ganzen Körper, das Blut schoss ihr aus dem Mund. Sie versuchte aufzustehen, aber Ragnara drückte sie hinunter.

»Ich mag dich. Ich mag dich wirklich. Du hast so viel Wildheit und Rebellion in dir, genau wie ich. Aber mein Ziel ist unerreichbar, solange dein Kind lebt.«

Das veranlasste Elias, aus seinem Versteck hervorzutreten. »Das Kind bekomme ich. Du hast es versprochen.«

Eskild stemmte seine große Hand auf Elias' Brust und hielt ihn zurück. »Hast du wirklich geglaubt, meine Herrscherin würde gegenüber einem ehrlosen Hund wie dir Wort halten? Du hast deinen besten Freund verraten.«

Elias erkannte, wie naiv er gewesen war, dass er geglaubt hatte, Ragnara würde zu ihrem Wort stehen. Er hatte selbst lange genug gelogen und betrogen, um zu wissen, dass man niemandem trauen sollte.

Ragnara ließ Thora nicht aus den Augen, sie streichelte deren blutige Wange. Ein paar Locken klebten an der Wunde im Hals, und Thora rang nach Luft.

Ragnara nahm ihr Messer und richtete es auf Thoras Bauch. »Dein Kind ist dein Blut. Und dieses Blut kann meinen Tod herbeiführen. Ich bin die Erlöserin. Willst du dem Volk wirklich die Erlösung versagen?«

»Anne«, stieß Elias hervor, und Thora sah ihn scharf an, als er den Namen rief.

Wegen der Wunde in ihrem Hals konnte sie nicht sprechen, aber sie wandte den Blick nicht von ihm ab. In dem Moment stach Ragnara ihr die Klinge in den Bauch.

KAPITEL 46

Benedikt war noch nie so schnell gefahren. Er holte noch das Letzte aus dem orangen VW-Bus heraus, der vor Anstrengung ächzte. Währenddessen benutzte er seine Magie, um den Wagen auf der Landstraße zu halten, die von einer dünnen Schicht Eis bedeckt war.

»Schneller.« Rebeccas Babybauch hüpfte, als sie über einen Stein auf der Straße fuhren und für ein paar Hundert Meter ins Schlingern gerieten, bevor Benedikt den Wagen wieder unter Kontrolle bekam.

»Was ist eigentlich los?«, fragte Arthur vom Rücksitz.

»Der Alarm ist losgegangen«, antwortete Rebecca.

»Was für ein Alarm?«, fragte Benedikt.

»Ich habe Arthur und Thora mit Alarmglocken ausgestattet. Diese Glocken, die zu zaubern du mir beigebracht hast«, sagte Rebecca. »Unsere Freunde sind ganz normale Menschen und in diesen übernatürlichen Kram verwickelt, aber sie haben selbst keine Kräfte. Natürlich habe ich Vorkehrungen getroffen.«

Wärme erfüllte Benedikts Brust. Es verging kein Tag, an dem Rebecca ihn nicht überraschte. Die junge Hexe entwickelte immer mehr Fähigkeiten und Fürsorge. Er hatte ihr alles beigebracht, was er konnte, und er zweifelte nicht daran, dass sie eines Tages stärker sein würde als er.

Seine Liebe wuchs im gleichen Maße wie sein Respekt vor ihr. Mardöll war nicht erfreut gewesen, als er sich aus ihrem Besitz befreite, aber egal womit sie sich eines Tages rächen würde, es war ein Preis, den er bereit war zu zahlen, um mit seiner geliebten Rebecca zusammen sein zu können.

Auf dem Rücksitz war es still. Dann sagte Arthur, und seine Stimme war dünn: »Das ist nicht mein Alarm, den du hörst, oder?«

Rebecca faltete die Hände über ihrem dicken Bauch. »Es ist der von Thora.«

Arthur schnappte so heftig nach Luft, dass es wie ein Schrei klang. »Was ist mit ihr?«

Rebecca drehte sich um. Sie setzte ihr beruhigendstes Gesicht auf, obwohl Benedikt sah und spürte, wie viel Angst sie hatte.

»Keine Ahnung, aber irgendwas stimmt nicht. Das Signal kommt aus dem Bootsmann.«

»Was spürst du?«

Benedikt sah im Rückspiegel, dass Rebecca sich die Hand vor den Mund hielt. Sie überlegte, wie viel sie Arthur sagen sollte.

»Ich spüre Zorn. Aber das ist nichts Neues, dass Thora wütend ist. Schmerz. Ich kann spüren, dass sie Schmerzen hat. Und Angst.«

»Angst? Ich habe Thora noch nie ängstlich erlebt.«

Im Rückspiegel sah Benedikt, wie Arthur blass wurde.

»Sie ängstigt sich nicht um sich.«

»Nicht unser Kind. Nicht das Kind«, flüsterte Arthur.

»Keiner tut deinem Kind etwas an«, sagte Benedikt mit so tief grollender Stimme, dass die Blechseiten des VW-Busses vibrierten. »Bei meiner Ehre als Hexenmeister, ich werde es beschützen, und wenn ich dazu die schwärzeste Magie anwenden muss, das schwöre ich.«

»Ich auch«, sagte Rebecca. »Du und Thora, ihr seid meine besten Freunde, und ich werde auf euer Kind achtgeben, was immer auch passiert.«

Im selben Moment kamen sie auf dem Parkplatz hinter dem Bootsmann an. Dort standen bereits zwei Autos. Thoras rostiger Kombi und der Sportwagen von Elias. Benedikt warf einen Blick auf das rote Auto.

Elias würde doch niemals … Oder doch?

Rebecca riss die Tür auf und lief in den Flur. In Ods sechseckigem Büro erwartete die drei ein furchtbarer Anblick.

Thora lag auf dem Fußboden, und auf ihr saß Ragnara. Thoras Hals war fast durchgeschnitten und ihr Bauch quer aufgeschlitzt. Aus ihm hatte Ragnara ein Baby gezogen, das aus Leibeskräften schrie. Elias versuchte, zu den beiden zu gelangen, aber Eskild drängte ihn zurück. Ragnara zielte mit dem Messer auf die Brust des Säuglings, und ihr eigenes kindhaftes Gesicht leuchtete fanatisch. Sie blickte begehrlich auf den schmächtigen kleinen Körper.

Arthur stürzte, ohne zu zögern, auf Ragnara und Thora zu. Da Eskild damit beschäftigt war, Elias zurückzuhalten, konnte Arthur vorbeischlüpfen.

Benedikt sah wie in Zeitlupe, dass Eskild Elias losließ. Er hob sein großes Runenschwert und stach es Arthur in den Rücken.

Auf Arthur Gesicht erschien ein überraschter Ausdruck, bevor er zusammenbrach. Eskild holte erneut mit dem Schwert aus, um ihm den Kopf abzuschlagen, doch Benedikt gelang es, seinen Freund wegzuziehen. Er rollte ihn herum und nahm ihn in die Arme.

Arthur starrte verwirrt hoch. Sein Blick wurde bereits glasig. Er war so blass im Gesicht, dass die Sommersprossen deutlich hervortraten.

»Thora und das Kind …«

»Ich habe geschworen, deine Familie zu beschützen«, versicherte Benedikt mit Tränen in den braunen Augen. »Diesen Eid werde ich halten bis zum Tag meines Todes.«

Da erlosch Arthurs Blick, und sein Körper wurde schlaff. Benedikt hüllte ihn instinktiv in einen Stillstandszauber ein, der die Leiche im Augenblick des Todes konservierte. Verzweifelt zog er Arthur an sich.

Thora wand sich, um freizukommen, aber Ragnara setzte ihr das Knie auf die Brust.

»Arthur!«, schrie Thora.

Benedikt blickte auf. Wegen der Wunde im Hals hätte sie eigentlich gar nicht sprechen können, aber die hatte sich geschlossen.

Ragnara hatte nur Augen für das kleine, blutbeschmierte Mädchen. Mit einer harten Bewegung stieß sie dem Baby das Messer in die Brust. Wieder schrie Thora. Rebecca versuchte, zu ihr zu laufen, aber da kam Eskild mit erhobenem Schwert auf sie zu.

»Die Prophezeiung war ja nicht schwer zu entkräften«, sagte Ragnara, aber ihr Gesichtsausdruck änderte sich von triumphierend zu entsetzt, als die Wunde in der Brust des kleinen Mädchens sich zusammenzog und unter ihren Händen heilte. Ragnara stach wieder und wieder zu, aber jedes Mal heilte die Wunde. Unter ihr schloss sich auch Thoras aufgeschlitzter Bauch wieder.

»Warum stirbt sie nicht?«, fragte Ragnara mit ihrer hellen Stimme. »Eskild! Warum stirbt das Kind nicht?«

Das Mädchen hatte nun von den vielen Messerstichen eine gerötete, knotige Narbe auf der Brust. Es schrie immer noch aus Leibeskräften.

»Wer heilt sie?«, rief Ragnara. Sie war so wütend, dass sie anscheinend vergaß, Thora zu Boden zu drücken und den Säugling richtig festzuhalten.

Thora nutzte das aus, um sich mit den Fingern langsam vorzuarbeiten und Gungnir zu ergreifen. Sie schwang den Speer, sodass er Ragnaras Arm aufschlitzte. Nichts konnte diese infame Frau töten, aber sie konnte Schmerz empfinden, und das hatte Thora beabsichtigt.

Flach auf dem Rücken liegend, stach sie Ragnara immer wieder. Ins Gesicht, in die Brust, in Schultern und Bauch. Als Ragnara sich an die Wunden fasste, kam Thora auf die Beine und schnappte sich das Baby. Sie versuchte wegzulaufen, aber Ragnara packte sie an den Haaren. Thora selbst konnte nirgendwohin, doch es gelang ihr, Rebecca das blutige Baby in die Hände zu legen.

»Nimm sie«, zischte Thora ihr zu. »Lauft. Alle beide. LAUFT.«

Obwohl es Benedikt innerlich zerriss, hob er den toten Arthur auf und drängte Rebecca zum Ausgang.

»Nein!«, protestierte Rebecca. »Nicht ohne Thora.«

Aber Benedikt zog sie mit sich. Elias folgte ihnen ebenfalls. Er hatte die Hand auf Arthurs Rücken gelegt. Dann versuchte er, Rebecca das Kind abzunehmen, aber sie drehte sich zu ihm um, und ihre blauen Augen waren so furchterregend, dass sogar Benedikt einen Schritt zurückwich.

»Du hast deine einzigen Freunde verraten«, sagte sie eisig. »Ich würde dich verfluchen, wenn du dich nicht bereits selbst verflucht hättest.«

»Ich habe es für meine Familie getan«, erwiderte Elias. »Ich habe nur versucht …«

»Halte dich von uns und unseren Kindern fern.« Dann drehte sie sich wieder um und drängte Benedikt in den VW-Bus. Jetzt waren es Benedikt mit dem Baby und der tote Arthur, die auf dem Rücksitz saßen.

Rebecca setzte sich ans Steuer und raste vom Parkplatz.

Benedikt blickte aus dem Rückfenster auf Elias, der ihnen hinterherstarrte. Er hatte die Arme nach vorn gestreckt, als ob er versuchte, ihr Auto einzufangen.

Wieder einmal hatte Elias alles verloren.

KAPITEL 47

Elias lag auf dem Fußboden. Er hatte sich Arthurs Blut nicht von den Armen gewaschen. Es trocknete langsam auf seiner Haut.

Er hatte so viel von Cecilies Trank getrunken, wie er meinte, dass nötig sei, um ihn umzubringen. Auf dem Tisch lagen Cecilie und Amalie und sahen aus, als würden sie schlafen. Neben ihnen lagen Sofias weiße Knochen und ihr Schädel.

»Bist du bereit?«, fragte eine Frauenstimme. Elias hatte die Gestalt nicht kommen hören, und er blickte mit trüben Augen zu ihr hoch.

Sie war sowohl jung und hübsch als auch eine halb verweste Leiche.

Er blinzelte, denn sie musste doch entweder das eine oder das andere sein, aber als sein Blick sich endlich scharf stellte, sah er, dass sie der Länge nach geteilt war. Der eine Nasenflügel war schön geformt, während der andere ein großes Loch war, das den Blick auf einen weißen Knochen freigab.

»Bist du Hel?«, flüsterte er.

»Mein Vater hat mich geschickt.«

Elias hatte erwartet, dass die Totengöttin boshaft sein würde, aber sie sprach ganz sanft. Mit eiskalter Hand strich sie ihm über die Wange.

Er seufzte unglücklich. »Ich habe das Allerletzte verloren, was ich besaß. Ich bin schuld am Tod meines besten Freundes.«

»In Helheim gibt es niemanden, der über dich richtet. Alle sind willkommen. Mörder, Schwindler und gewöhnliche Leute. Alle vergessen ihr Leben, und dann *sind* sie nur noch. Möchtest du nicht gerne alles vergessen?«

»Doch, aber sag mir, lebt Thora?«

»Sie lebt, obwohl du meinem Vater versprochen hast, für ihren Tod zu sorgen.«

Obwohl er bei der Erfüllung seines Auftrags versagt hatte und Thora nicht mochte, war er erleichtert, dass sie nicht getötet worden war. Elias ließ los und trieb auf das Vergessen und die Stille des Todes zu. »Ist meine Familie auch in deinem Reich?«, fragte er schläfrig.

»Loki hat sie zu sich nach Jotunheim geholt«, flüsterte Hel. »Weil du deinen Teil eurer Abmachung nicht eingehalten hast, nehme ich dich mit nach Helheim.«

Das brachte Elias zum Weinen. »Nicht einmal im Tod werden wir vereint sein.«

»Schhhh … Gräme dich nicht. Du wirst sowieso gleich alles vergessen.«

»Ruf deinen Vater«, bat Elias. »Lass mich mit Loki sprechen.«

»Das ist gegen die Regeln.«

»Wer macht die Regeln?«

Hel stutzte. »Die machen wir selbst.« Dann wurde es für einen Moment still, bevor sie rief: »Vaaater!«

Ein Windstoß plusterte Elias' Haare auf, und er roch Erde, Schweiß und frisches Gras.

»Was gibt es, Tochter?« Die Stimme war tief. »Was ist das

für ein Tier, das du in den Armen hältst? Ist es ein verletztes Kaninchen?«

Elias spürte, wie er vorwärtsgezogen wurde. Große Hände drehten und wendeten ihn. »Schau dir den kleinen Kerl an. Ist es nicht schade um ihn?«, fragte Hel.

»Das ist ja der Braumeister«, sagte Loki, denn er war es, der Elias jetzt betrachtete.

»Im Moment hat er nicht viel von einem Meister.«

Elias öffnete ein Auge einen Spalt und sah zum ersten Mal Loki, wie er wirklich aussah. Breitschultrig, mit nackter Brust und eisengrauem Haar. Eiskristalle schimmerten auf seinen nackten Armen und den Locken. Elias erwartete, Schadenfreude in seinem Gesicht zu sehen, aber es lag Mitleid darin. Der Riese sah jung und verletzlich aus, und in seinen Augen standen Tränen. »Wir waren zu hart gegen dich, Elias Braumeister.« Er schniefte. »Verdammt! Ich hasse es, Mitleid zu haben.«

»Ich bin bereit zu sterben«, hauchte Elias.

»Vater, das ist nicht zum Aushalten.« Hels Stimme bebte. »Er leidet wirklich.«

»Es ist besser, jemandem wie ihm das Leben zu nehmen. Ihn zum Weitermachen zu zwingen, ist Menschenquälerei«, erwiderte Loki.

Elias war derselben Meinung. Er war schon allzu viele Jahre lang ein gequälter Mensch. Dennoch zwang er sich, die Augen weit zu öffnen und Loki anzusehen. »Ist Jotunheim ein Totenreich?« Er lag in Hels Armen und wurde an ihre offen liegenden, weißen Rippen gepresst.

Loki brach in ein plötzliches Lachen aus, das von überall her widerhallte. »Totenreich? Pfff ... Jotunheim ist ein Lebensreich. Alles, was in allen anderen Welten jemals gestorben ist, lebt dort weiter, und zwar genau in der Version, die dir am liebsten ist. Sogar dein Sohn Carl ist wieder Kind, falls es das ist, als was du ihn sehen möchtest.«

»Lass mich in deinem Reich mit meiner Familie zusammen sein.« Elias legte so viel Autorität in seine Worte, wie er nur konnte.

Loki runzelte die Augenbrauen. Ein wenig Frostreif rieselte aus seinem Haar. »Das ist absolut gegen unsere Abmachung.«

Elias blickte hoch zu Hel. Er hatte schon immer ein gutes Händchen für Frauen gehabt. Warum sollte das bei der Totengöttin anders sein? Vorsichtig streichelte er ihren Knochenarm. »Hilf mir«, flüsterte er.

Sie richtete ihren halb milchweißen, halb braunäugigen Blick auf Loki. »Du bist so mächtig, Vater. Ich bin nur der Tod, aber du bist das Leben selbst. Kannst du ihn nicht mitnehmen?«

Loki verschränkte die Arme vor seiner breiten, tätowierten Brust. »Wir hatten abgemacht, dass Thora sterben sollte, aber sie ist quicklebendig.«

»Brich unseren Pakt.«

»Was in aller Welt redest du da, du sterbender Jämmerling? Soll die Natur höchstselbst einen Vertrag brechen?« Lokis Stimme war ungeduldig.

»Wenn es etwas gibt, was ich über dich weiß, dann, dass du Abmachungen nie einhältst«, presste Elias hervor. »Du bist unberechenbar.«

Loki betrachtete ihn prüfend, als sähe er ihn mit ganz neuen Augen. »Selbst an der Schwelle des Todes versuchst du, deinen Willen durchzusetzen. Beeindruckend! Aber mein Mitleid ist verschwunden. Ich danke den höheren

Mächten dafür. Wobei … *Ich* bin ja die höheren Mächte. Also danke ich mir selbst.« Er kicherte.

»Angenommen, du lässt mich …«

»NEIN! Hör auf zu feilschen. Es ist vorbei, Elias Braumeister. Akzeptier das endlich. Du hast nichts, was du mir anbieten könntest, und ich habe kein Mitleid mit dir. Tatsächlich bist du mir völlig egal. Ich habe keinen Grund, dir zu helfen.«

Elias dachte fieberhaft nach. Riesen waren die Natur. Sie waren ätherisch und launisch. »Hilf mir nicht aus Mitleid oder weil ich dir etwas dafür gebe«, sagte er schnell. »Tu es aus einer flüchtigen Laune heraus.«

Loki stützte das Kinn auf die Hand. »Eine Laune … Ich liebe Launen. Springfluten, Lawinen und plötzliche Unglücke. Krankheiten, die blitzschnell zuschlagen, und den Erdboden, der sich öffnet und alle verschlingt.«

»Und die schönen Dinge«, sagte Elias. »Freundschaften, zufällige Begegnungen, aus denen Liebe wird. Schwangerschaften. Und Krankheiten, die entgegen allen Erwartungen verschwinden.«

Loki schwieg, während er nachdachte. Dann breitete er die Arme aus. »Gut! Du kannst auf ewig dort sein. Ewig, ewig, ewig. Ihr könnt zusammen und glücklich sein in Jotunheim.«

Elias atmete auf. Nach all dem Streben, bei dem er die Jahrhunderte hindurch so viele geliebte Menschen verloren und nicht wiedergutzumachende Fehler begangen hatte, änderte Loki den Kurs mit einem Fingerschnipsen. Er machte eine Bewegung, die einem Schwimmzug glich. Die Wand vor Elias flimmerte und öffnete sich.

Dahinter war ein Wald. Ein Bach plätscherte, und weit in

der Ferne lag eine Ebene mit Tieren, die in Midgard seit Jahrtausenden ausgestorben waren. Vier Gestalten saßen unter einem Baum. Zwei von ihnen sprangen auf, als sie ihn sahen.

»Papaaaaaa!« Sofia und Amalie liefen auf ihn zu. Dort, wo der Übergang nach Midgard war, blieben sie stehen. Es sah aus, als wäre eine durchsichtige Membran zwischen den Welten. Dann winkten sie. Hinter ihnen tauchte Cecilie auf. Sie trug Carl auf dem Arm und stellte sich dicht hinter ihre Töchter.

»Komm, Elias!«, rief sie. »Hier ist es herrlich.«

Elias streckte die Arme nach ihnen aus.

»Ihr müsst euch nur berühren.« Lokis Stimme war der Wind in den Bäumen, das Wasser im Bach und der knisternde Frost.

Elias beugte sich vor. Seine Muskeln erstarrten, die Gedanken wurden träge und der Puls langsamer. Er hatte das Gefühl zu schrumpfen, während ihm immer kälter wurde.

»Komm.« Cecilie lächelte.

»Jetzt komm doch, Papa!«, riefen Sofia und Amalie.

»Schlafe«, sang Loki. »Schlafe.«

Ob eine Sekunde verging oder eine Ewigkeit, er wusste es nicht. Alles drehte sich, und er wurde nach Jotunheim gesogen wie ein Staubkorn in einen Wirbelwind. Der Ruhe entgegen. Dem Tod entgegen.

Cecilie rief, die Kinder lachten, und frische Winde wehten.

Elias spürte eine leichte Brise, als die ganze Riesenwelt auf ihn zukam, oder vielleicht war er es auch, der auf sie zuschwebte. Er nahm Blumenduft wahr und einen Hauch von Sandelholz und Lavendel. Er streckte die Hand aus, gleich würde er sie berühren.

»Halt!«, rief eine weit entfernte Stimme.

Elias hatte Mühe, sie zu erkennen.

»Komm zurück.«

Es war die Stimme von Anne. Odins Völva und Rabe, mit der er vor einhundertzehn Jahren geschlafen hatte.

KAPITEL 48

»Echt jetzt, Mama, er bewegt sich nicht.« Jemand rüttelte Elias, und irgendwer rubbelte seine Hände. »Er ist eiskalt.« Die Stimme versagte. Sie gehörte nicht Anne. Es war die eines jungen Mädchens, und sie klang hysterisch. »Ist er tot?«

»Komm schon, Elias. Wach auf«, flüsterte Anne ihm ins Ohr. »Du sollst sie sehen.«

»Er ist nicht tot«, sagte einen Jungenstimme. Zwei Finger wurden an Elias' Hals gelegt.

Elias mühte sich, die Augen aufzubekommen, und er sah, dass er sich keinen Zentimeter wegbewegt hatte, obwohl er von Hel hochgehoben und gedreht und gewendet worden war, und später hatte Loki ihn Richtung Jotunheim geschoben. Jetzt waren der Riese und die Totengöttin verschwunden, und er lag noch genau an derselben Stelle auf dem Fußboden, wo er die Flasche mit Cecilies Trank geleert hatte.

Vor ihm knieten drei Personen, die er nicht erwartet hatte zu sehen. Da war Anne, deren rotes Haar verfilzt war. Der Völvenstab lag achtlos hingeworfen hinter ihr, und der Kristall funkelte zwischen den zwei geschnitzten Raben. Die beiden anderen waren ein Mädchen von vielleicht siebzehn Jahren und ein etwa zehnjähriger Junge. Beide Kinder kamen ihm bekannt vor, obwohl er sie noch nie zuvor gesehen hatte.

Cecilies Trank war immer noch in seinem Blut, und er fühlte einen Sog in Richtung Wand. Als er nachschaute, entdeckte er, dass die Mauer weiterhin transparent war und dass Cecilie und die Kinder dahinter winkten. Er richtete den Blick auf Anne und die beiden Kinder.

»Wer …?« Elias war nicht in der Lage, eine vollständige Frage zu formulieren.

Anne legte jeweils einen Arm um die Kinder.

Elias betrachtete die drei verständnislos.

»Erkennt er uns nicht?«, fragte das Mädchen.

Er wollte blinzeln, ließ aber versehentlich die Augen geschlossen, sodass er ins Bodenlose stürzte. Im selben Moment bekam er eine heftige Ohrfeige, und nach Luft schnappend riss er die Augen auf. Es war Anne, die den Jungen losgelassen hatte, um ihm eine runterzuhauen.

»Kommt nicht infrage! Du gehst nirgendwohin. Du hast mich noch nie alleingelassen, und du wirst jetzt nicht damit anfangen!«

Elias sah sich das Mädchen genauer an, das Anne wie aus dem Gesicht geschnitten war, nur mit braunen Haaren, schrägen Augen und hohen Wangenknochen. Der Junge hatte große rote Locken, Sommersprossen auf der Nase und graublaue, neugierige Augen. Im Moment betrachtete er Elias prüfend.

»Nö. Er erkennt uns echt nicht.«

»Noch nicht«, sagte Anne. »Das wird er schon noch. Er muss nur erst diese Nacht überleben.«

»Wer sind sie?«, fragte Elias.

»Das hier sind Ast und Fridur.«

»Sie sehen dir beide so ähnlich«, murmelte er in Annes Richtung. Er konnte selbst hören, wie sehr er nuschelte.

»Uuuund …? Wem ähnelt Fridur noch?«

Elias betrachtete den Jungen eingehend, der ein bisschen verwundert den Kopf von einer Seite zur anderen drehte, damit Elias ihn aus allen Richtungen sehen konnte.

»Er ähnelt …« Elias kniff ein paarmal die Augen zu und öffnete sie wieder. »Er hat Ähnlichkeit mit mir.«

»Ja.«

»Warum hat er Ähnlichkeit mit mir?« Etwas kitzelte in Elias' Magen. Ein Verdacht, oder eine Hoffnung.

»Die Nacht, in der ich dich besucht habe«, sagte Anne mit verlegenem Gesichtsausdruck. »Im Jahr 1887 … äh … also, ich habe auch nicht geahnt, dass so etwas geht.« Sie lächelte ein wenig perplex. »Aber hier ist er. Dein Sohn. Unser Sohn. Und meine Tochter.«

Ast hob eine Hand. Sie war durchsichtig. »Mama?«

Anne blickte an sich hinab. Sie war auch gerade dabei, transparent zu werden. Fridur flimmerte, und Elias kämpfte sich hoch und stützte sich auf die Ellbogen.

»Habe ich einen …«

»Ja, hast du. Und ich wollte, dass du es weißt, damit du deine Entscheidung treffen kannst. Willst du zurück in die Vergangenheit?« Anne zeigte auf die Wand, wo Elias' Familie stand. »Oder willst du dich uns in der Zukunft anschließen?«

»Überleben Ast und Fridur, falls ich jetzt sterbe?«, fragte Elias.

»Ich habe jedenfalls nicht vor, sie sterben zu lassen«, sagte Anne schroff. Dann wurde ihr Gesichtsausdruck sanft. »Wir möchten gerne, dass du dich uns anschließt. Du bist Teil unserer Familie.«

»Nach all den schrecklichen Dingen, die ich gemacht

habe?« Das rutschte Elias heraus, bevor er es verhindern konnte.

Anne beugte sich vor. Sie war jetzt ganz nah bei Elias. »Du tust auch viel Gutes. Wer hat noch keine Fehler gemacht? Besonders, wenn man über vierhundert Jahre lebt. Entscheide dich, Elias. Wir warten auf dich.«

Elias wollte antworten, aber im selben Moment wurden alle drei vollkommen durchsichtig, bevor sie verschwanden. Er blieb allein auf dem Fußboden seines Zimmers zurück.

Die Wand war immer noch transparent, und Cecilie und der Rest seiner Familie waren immer noch sichtbar. Sie signalisierten ihm, dass er kommen solle, und riefen nach ihm. Er versuchte aufzustehen, aber seine Beine knickten unter ihm ein, und er fiel der Länge nach hin.

Die Wand verströmte reine Naturkraft. Elias hörte Vögel zwitschern, roch moosbedeckte Baumstämme, schmeckte Blut auf der Zunge und spürte, wie Blitze ihn durchzuckten. Er war kurz davor, zur Wand zu kriechen, aber dann dachte er an Fridur. Den Sohn, der auf ihn wartete. Sein Herz gab auf. Der Sohn, dem er unmöglich ein guter Vater sein konnte, da er doch selbst ein so schrecklicher Mensch war. Vorsichtig bewegte er die Finger auf Jotunheim zu.

Da flimmerte die Luft wieder. Das Mädchen Ast mit dem braunen Haar und den hohen Wangenknochen erschien. Sie hatte immer noch den erschrockenen Gesichtsausdruck, der sie ein bisschen wie ein Reh aussehen ließ. Jetzt trug sie andere Kleidung als vorhin, und obwohl sie ihn gerade erst verlassen hatte, war er unerklärlicherweise froh, sie wiederzusehen.

»Hallo«, sagte sie mit verlegenem Lächeln. »Ich wollte dir nur was sagen. Mama hat gesagt, dass du Fridurs Vater bist, aber du bist auch meiner. Ich habe zwei Väter. Einen toten und einen lebendigen. Ich möchte nicht zwei tote Väter haben.« Sie betrachtete ihn von oben bis unten. »Es werden viele Jahre vergehen, aber wir warten auf dich. *Ich* warte auf dich.« Ihr stiegen Tränen in die Augen. »Ich mag mir ein Leben, in dem du nicht vorkommst, überhaupt nicht vorstellen.« Sie legte den Kopf in den Nacken. »Ich hab es ihm gesagt, Kehinde. Du kannst mich zurückholen.«

»Wer ist Keh…«, konnte Elias gerade noch sagen, bevor Ast verschwand.

Elias hielt einen Moment inne und atmete tief durch. Dann schaute er zur Wand, wo Cecilie und die Kinder standen. Seine Vergangenheit.

»Loki!«, rief Elias.

»Ja«, dröhnte es durchs Zimmer. Der Riese war nirgends zu sehen, aber seine Stimme war überall.

»Wenn ich meinen Tod aufschiebe, darf ich dann später nach Jotunheim kommen?«

Für einen Moment war es still. »Du weißt ja, dass meine Laune andauernd wechselt. Tatsächlich bin ich gerade dabei, meine Meinung zu ändern.«

»Können wir einen Handel abschließen?«

»Vielleicht solltest du deinen Namen von Braumeister in Krämer ändern.« Lokis Stimme klang munter.

»Was verlangst du?«, fragte Elias.

»Ich weiß nicht, aber es wird teuer, wenn mir irgendwann etwas einfällt. Du wirst mir das Zehnfache bezahlen müssen, um mit Cecilie und den Kindern in Jotunheim vereint zu sein, sofern ich meine Meinung nicht wieder ändere.«

»Das Risiko gehe ich ein«, sagte Elias. Er schaute auf die Wand mit seiner Familie.

»Ich komme später!«, rief er ihnen zu. »Das verspreche ich.«

Sie ließen die Arme sinken. Dann drehten sie sich um und gingen weg.

Elias stand auf, um zu leben.

Er würde sich auf den Weg in die Zukunft machen.

MALENE SØLVSTEN, geboren 1977, debütierte 2016 mit dem ersten Band der Fantasy-Trilogie *Das Flüstern der Raben* und wurde im selben Jahr für den »Læsernes bogpris« (dt. »Buchpreis der Leser«) nominiert. Die Serie entwickelte sich in Dänemark rasch zu einem Bestseller, woraufhin Malene Sølvsten weitere Romane aus der *Flüstern der Raben*-Welt veröffentlichte. 2022 erhielt sie für den ersten Band der Trilogie *Ansuz* den renommierten deutschen Jugendbuchpreis ›Buxtehuder Bulle‹. Die Autorin lebt mit ihrer Familie in Kopenhagen.

DAGMAR LENDT ist Skandinavistin und übersetzt aus dem Norwegischen, Schwedischen und Dänischen. Bisher hat sie rund neunzig Bücher ins Deutsche übertragen, u. a. von Jon Fosse, Viveca Sten, Karin Alvtegen, Siri Pettersen und Liza Marklund. Sie lebt in Berlin.

DAGMAR MIẞFELDT ist Skandinavistin und Übersetzerin aus dem Schwedischen, Dänischen, Norwegischen und Finnischen, u. a. von Werken von Liza Marklund, Jonas Moström, Siri Pettersen und Marianne Kaurin. Sie übersetzt zudem für Fernseh- und Kinoproduktionen und lebt in Hamburg.

ZITATNACHWEISE

Die Götterlieder der Älteren Edda. Übersetzt, kommentiert und herausgegeben von Arnulf Krause. © 2006 Philipp Reclam jun., Stuttgart (S. 265)

Der Abdruck erfolgt mit freundlicher Genehmigung des Rechteinhabers.

Alle weiteren Zitate stammen aus den gemeinfreien Übersetzungen von Karl Simrock »Die Edda« (https://de.wikisource.org/wiki/Die_Edda_(Simrock_1876), S. 5, 262, 263).